KB072847

사자의 아들

칸의 여행

사자(獅子)의 아들: 칸의 여행 11

허담 新무협 판타지 소설

초판 1쇄 찍은 날 § 2021년 9월 6일
초판 1쇄 펴낸 날 § 2021년 9월 13일

지은이 § 허담
펴낸이 § 서경석

총괄팀장 § 노종아
편집책임 § 김범석
디자인 § 스튜디오 이너스

펴낸곳 § 도서출판 청어람
등록번호 § 제387-1999-000006호
등록일자 § 1999. 5. 31
어람번호 § 제2-2886호

주소 § 경기도 부천시 부일로 483번길 40 서경B/D 3F (우) 14640
전화 § 032-656-4452 팩스 § 032-656-4453
http://www.chungeoram.com
E-mail § chungeorambook@daum.net

ⓒ 허담, 2020

ISBN 979-11-04-92381-4 04810
ISBN 979-11-04-92295-4 (세트)

청어람
新출판

허담 新무협 판타지 소설

11

사자의 아들

칸의 여행

FANTASTIC ORIENTAL HEROES

겨울 대륙
(빙하의 땅)

북해

무산열도

대마협

서북빙해

열화산
곤모산

누비섬

석림

봄섭

무산해협

요족의 섬

수호자들의 섬

사령군도

신마대암성
마령

아둥섬

사령반도

흑풍왕

일라강

신마대암성

은하평

파나류
(검은 대륙)

대협산

라망왕

대사막

고해
(잊혀진 바다)

사자의 섬

육주의 바다
(천해)

오사성 포수대민
소의왕

사지림

궁산

북천령

협아

송강

화림

육주
(천섬, 천록의 땅)

선학

사해
상가

대라강

천록의 섬

왕의 섬

롬의 바다
(야수해)

열사의 섬

남대해

도산

굴산

남화령

백령

파산섬

사자의 아들
칸의 여행

목차

창해

제1장

전설의 왕국이 부활하다

　정확하게 일백 개의 검이 움직이는 것인지는 알 수 없었다.

　그러나 그들이 호천백검으로 불리는 옛 천록의 왕국 최고의 전사 집단이라는 사실은 분명했다. 그들은 지금 능력으로 자신들의 존재를 입증하고 있었다.

　거친 물살이 헤집어놓은 비룡성 진영은 호천백검에 의해 다시 한번 쑥대밭이 되어버렸다.

　수공에 휘말려 떠내려 간 자들이 적지 않다고 해도 여전히 비룡성 진영에는 일천이 넘는 전사들이 남아 있었다. 그럼에도 그들은 단 일백여 명에 지나지 않는 호천백검을 막아내지 못했다.

　그들은 늑대 무리에게 쫓기는 양 떼들처럼 주란과 그녀의 호위 무사들이 도주한 숲으로 정신없이 도망치기에 바빴다.

　비룡성의 위대한 노전사 모간은 백전노장이었지만, 도주하는 비룡성 전사들의 걸음을 돌려놓지 못했다.

"대전사님! 후퇴하셔야 합니다!"

한 명의 전사라도 전장에 붙들어놓으려고 동분서주하는 모간의 옷소매를 그의 오랜 심복들이 잡아끌었다.

"전사가 전쟁터를 버리자고 말하는 것이냐?"

모간이 노한 시선으로 수하를 보며 소리쳤다.

"대전사님! 지금은 아가씨를 지켜야 할 때입니다. 이대로라면… 아가씨께서 무사하실 수 없습니다."

수하가 냉정한 표정으로 말했다.

"아가씨는 걱정 없다. 그분의 곁에는 오사성의 호위 전사들이 있으니까."

모간이 말했다.

그러자 수하가 고개를 저으며 말했다.

"그들로서는 역부족입니다. 저길 보십시오."

수하가 손을 들어 남쪽으로 이어진 강변을 가리켰다.

모간이 수하의 손을 쫓아 시선을 돌리자 번쩍이는 수백 개의 빛들이 강변을 따라 올라오다가 숲으로 방향을 틀고 있었다.

"저게… 무엇이냐?"

"정확하게 알 수는 없지만, 적어도 우리 비룡성의 전사들은 아닙니다."

"그럼!"

"그렇습니다. 아마도… 녹산연가에서 동원한 병력일 겁니다. 수공 이후의 이 차 공격을 위해 하류에 매복해 있었겠지요. 그리고 저들이 이곳이 아니라 숲으로 향했다는 것은 이미 아가씨의 행보를 알고 있다는 뜻일 겁니다. 저자들의 목표는 주란 아가씨가 분명합니다."

"음……."

모간이 침통한 표정으로 신음을 흘렸다.

여전히 사방에서 호천백검의 검에 쓰러지는 비룡성 전사들의 비명 소리가 들리고 있었다.

지휘자로서 한 명 한 명 자식 같은 전사들이었다. 하지만 그들이 모두 전멸한다 해도 단 한 명은 살려야 한다.

비룡성의 머리와 같은 주란이었다. 그녀가 죽기라도 하는 날이면 비룡성은 속절없이 무너지고 말 것이다.

현재의 성주이자 주란의 동생인 주천은 이 험난한 시기에 비룡성을 이끌기에는 용기와 지략이 턱없이 부족한 사람이었다.

모간의 고민은 길지 않았다. 어떻게 해서든 주란을 살려야 하기 때문이었다.

"가자!"

결심이 서는 순간 모간이 말 머리를 돌렸다. 그리고 주란이 도주한 숲을 향해 무서운 속도로 말을 달리기 시작했다.

그 뒤를 따라 그의 오랜 수하들 역시 물에 잠긴 숙영지를 바람처럼 빠져나갔다.

*   *   *

"어떻게 되어가는 거죠?"

송강까지 진격할 때와 달리, 마차가 아니라 말을 탄 채 숲을 질주하던 주란이 한순간 말을 세우며 물었다.

그러자 그의 뒤를 따라오던 오사성 출신의 호위대장 사도한이 급히 말했다.

"더 가야 합니다. 강변에서의 싸움은 패했습니다. 이미 비룡성의 전사들 다수가 숲으로 도주해 오고 있습니다."

"전사들이란 자들이……."

자신도 도주 중이면서 비룡성의 전사들이 진영을 버리고 도주하는 것이 못마땅한 주란이다.

"일단 안전한 곳까지 쉬지 말고 가셔야 합니다."

사도한이 다시 주란을 재촉했다.

그러자 주란이 고개를 저었다.

"아뇨. 이쯤이면 괜찮을 겁니다. 적어도 모간 대전사가 숲 안쪽에서는 적을 막아낼 수 있을 거예요."

"그렇기 하지만 그래도 안전한 곳으로 가시는 것이……."

"나중에 도망치기만 했던 사람으로 기억되긴 싫군요."

"…알겠습니다."

사도한이 주란의 고집에 결국 고개를 숙였다.

그리고는 수하 전사들에게 명했다.

"누구도 주모님의 십 장 안쪽으로 들어오지 못하게 하라!"

"옛! 대장님!"

사도한을 따르는 오사성의 전사들이 일제히 대답을 하고는 그의 명에 따라 주란 주위 십여 장 반경을 에워쌌다.

그런데 그때였다.

주란의 주변을 에워싸던 전사 중 한 명이 급하게 소리쳤다.

"대장님! 남서쪽에서 누군가 오고 있습니다."

"남서쪽? 그쪽에는 우리 전사들이 없는 곳인데……?"

사도한이 의아한 표정을 지으며 주란 곁을 떠나 십여 장 앞으로 이동했다. 그리고 잠시 수하가 가리킨 방향을 살피다가 한순간 얼굴이 굳어졌다.

"적입니다. 빠져나가야 합니다. 근방을 포위하고 있습니다!"

사도한이 주란 옆으로 다가오며 소리쳤다.

"적이라고요?"

주란이 놀란 얼굴로 되물었다.

"남쪽에 매복이 있었던 것 같습니다. 수공으로 우리 전사들이 흩어지기를 기다렸겠지요. 이대로 포위당하면 절대 빠져나갈 수 없을 겁니다. 어서!"

사도한이 주란을 재촉했다.

그러자 주란이 얼굴에 두려움이 떠올랐다. 그리고 더 이상 아무 말도 하지 않고 북서쪽을 향해 말을 몰기 시작했다.

＊　　　　＊　　　　＊

두두두두!

빠르지도, 그렇다고 느리지도 않은 말발굽 소리가 끝없이 숲 안쪽에서 들려왔다.

그 소리들은 일정한 방향으로 움직이면서 비룡성 전사들을 사냥했다. 마치 아주 오래전에 쳐놓은 그물처럼 비룡성의 전사들은 그 그물에서 쉽게 벗어나지 못하고 있었다.

그리고 그건 가장 앞서서 도주했던 비룡성 원정대의 우두머리 주란도 마찬가지였다.

남쪽 숲에서 나타난 기마대의 일부가 질풍처럼 아름드리나무 사이를 질주하더니 크게 원을 그리며 주란 일행의 앞쪽을 막아섰다.

그러자 주란을 호위하던 사도한이 맹렬하게 소리쳤다.

"뚫어라!"

사도한의 명이 떨어지자 오사성에서부터 그를 따라온 전사들이 일제히 포위망을 좁혀 오는 적을 향해 돌진했다.

쐐애액!

오사성 전사들은 말 허리에 중창(中槍)을 매달고 있었는데, 그들의 공격은 그 중창을 꺼내 적을 향해 던지는 것으로 시작됐다.

퍼퍼퍽!

"컥!"

"욱!"

포위망을 형성하던 자들 중 일부가 오사성 전사들이 던진 창에 맞아 말에서 떨어졌다.

또 몇 개의 창은 말의 몸을 뚫고 들어가며 놀란 말들이 날뛰게 만들었다.

그 덕분에 잠시 포위망이 흔들리자 사도한이 주란을 이끌고 벼락처럼 포위망을 돌파했다. 그의 뒤쪽으로 포위망을 흔든 수하들이 기러기들이 날아가듯 대형을 갖추며 뒤따랐다.

"쫓아라! 반드시 잡아라. 다른 적들은 신경 쓰지 마라! 오직 비룡성의 여우를 잡는 데 집중한다!"

도주하는 주란과 사도한의 귀에 적의 우두머리가 명령을 내리는 소리가 들렸다.

그리고 뒤를 이어 잠시 흔들렸던 적들이 다시금 사냥감을 추격하기 시작했다.

누가 말해주지 않아도 주란은 자신이 점점 궁지에 몰리고 있다는 사실을 알고 있었다.

바위처럼 단단하게 그를 호위하던 오사성 출신의 전사들 숫자도 어느새 대여섯 명으로 줄어 있었다. 그나마 사도한만이 여전히 호랑이 같은 모습으로 그녀 앞에서 길을 열고 있었다.

하지만 그녀의 눈에는 사도한의 넓은 등이 오늘만큼은 한없이 작고 초라해 보였다.

번쩍거리는 검광들이 그녀의 앞쪽 멀리서 그물을 형성하고 있는 것을 보았을 때는 더더욱 그랬다.

'그였다면……'

사도한이 도저히 포위망을 뚫을 수 없을 거란 생각이 들었을 때, 문득 그녀의 머릿속에 떠오르는 사람이 있었다.

육주 역사상 가장 강할지도 모른다고 평가받던 사람, 세상을 악의 기운으로 채울 것 같던 검은 마종 흑라를 죽인 사람, 철사자 무곤이었다.

그였다면 아마도 이런 어려움쯤은 가볍게 헤쳐 나갔을 것이다. 철사자 무곤에 비하면 그의 두 번째 남편이었던 오사성의 성주 사중산이나, 혹은 오사성주가 불구가 되어 돌아온 이후 그녀의 새로운 정인(情人)이 된 호위대장 사도한은 그저 평범한 필부에 지나지 않았다.

히히힝!

위기의 순간 철사자 무곤을 떠올리던 주란의 귀에 날카로운 말과 사람의 비명 소리가 들렸다.

사도한과 함께 길을 열던 오사성의 전사 한 명이 말과 함께 쓰러지면서 낸 소리였다.

그리고 사도한이 더 이상 달리기를 멈췄다.

이미 몇 겹의 포위망이 촘촘한 그물처럼 주란 일행을 포위하고 있었던 것이다.

그 순간 노전사 한 명이 두 사람 앞에 모습을 드러냈다.

"오사성주 부인을 뵙고 싶소!"

어둠 속에서 말을 타고 나타난 노전사가 주란을 찾았다. 그러자 사도한이 앞으로 나서며 소리쳤다.

"부인께선 감히 그대가 만날 수 있는 분이 아니다!"

"…오사성주의 부인 곁에 그녀를 지키는 오사성의 위대한 전사들이 있다는 소리는 들었다. 그대가 그 우두머리인 사도한인가?"

노전사가 다시 물었다.

순간 사도한의 얼굴에 당혹감이 깃들었다. 그가 주란을 호위하고 있는 것이 큰 비밀은 아니었지만, 자신의 이름과 지위를 정확하게 아는 것은 오사성과 비룡성의 수뇌들뿐이기 때문이었다.

"…녹산연가를 돕는 자들인가?"

사도한이 자신의 이름을 묻는 노전사의 말에 긍정도 부인도 하지 않고 상대의 정체를 물었다.

그러자 노전사가 고개를 저었다.

"녹산연가를 돕는 것이 아니다. 우린 위대한 천록의 왕국의 전사들이다!"

순간 사도한이 노전사의 기백에 질려 잠시 입을 다물었다.

그러자 그런 사도한을 못마땅한 표정으로 바라보며 주란이 앞으로 나섰다.

"내가 주란이에요. 당신이 녹산연가, 아니, 재건된 천록의 왕국의 수장인가요?"

주란이 앞으로 나서자 노전사가 잠시 주란을 바라보다가 가볍게 고개를 숙여 보였다.

"부인의 명성은 익히 들었소이다. 난 고도왕이라 하오. 천록의 왕국 호천백검을 대신해 부인께 인사드리겠소."

노전사는 고개를 숙이는 것조차 당당했다.

"호천백검… 정말 그 유명한 호천백검이 다시 등장한 것인가요?"

주란이 호천백검이라는 말에 놀란 듯 물었다.

"그렇소. 호천백검이 공주님을 모시고 다시 천록의 왕국을 열었소. 그리고 아쉽게도 부인께서 재건된 천록의 왕국의 첫 희생양이 되셔야겠소이다."

"희생양… 날 죽이겠다는 뜻인가요?"

주란이 물었다.

그러자 천록의 왕국 노전사 고도왕이 강렬한 눈빛으로 주란을 보며 말했다.

"공주께서 말씀하시길, 단 한 번의 기회만 주라 하셨소. 지금 비룡성의 모든 전사들에게 항복을 명하시면 안전하게 공주님을 만나러 가실 수 있소."

"항복… 후우, 항복이라… 호호호!"

주란이 갑자기 날카로운 웃음을 터뜨렸다. 숨길 수 없는 절망감과 분노가 담긴 웃음이다.

그런데 그 순간 갑자기 포위망의 뒤쪽에서 요란한 말발굽 소리가 들려왔다.

두두두!

"누가 감히 대비룡성의 주란 님께 항복을 강요하느냐!"

콰콰쾅!

호랑이가 울부짖는 것 같은 호통 소리와 함께 한순간에 포위망 한 부분이 무너지더니 수십 명의 기마 전사들이 주란을 보호하려는 듯 그녀 주위를 에워쌌다.

"대전사!"

주란의 얼굴에 화색이 돌았다.

강변 진영을 지키는 것을 포기하고 주란을 구하기 위해 달려온 대전사 모간이 사자와 같은 위엄을 뿜어내며 천록의 왕국의 노전사 고도왕을 노려보고 있었다.

처처척!

대전사 모간이 흩어놓은 포위망은 금세 복구됐다. 그리고 포위망을 회복한 천록의 왕국 전사들이 포위망에 갇힌 비룡성 전사들을 향해 창검을 겨누었다.

고도왕의 명이 떨어지면 언제든지 포위망 안에 갇힌 적을 몰살시킬 준비가 되어 있는 천록의 왕국 전사들이었다.

그럼에도 고도왕은 공격 명령을 미뤘다.

비룡성의 대전사 모간이 달려와 잠시 미뤄지기는 했지만, 항복을 권한 그의 질문에 대해 주란의 대답을 아직 듣지 못했기 때문이었다.

"자! 이제 대답을 해주시오! 주 부인!"

장내의 소란함이 어느 정도 가라앉자 모간과의 감격적인 해후를 조롱이라도 하듯 고도왕이 주란에게 대답을 재촉했다.

주란이 잠시 주변을 둘러보았다. 그리고 금세 현실을 자각했다.

비록 대전사 모간이 오십여 명의 전사들을 이끌고 달려오기는 했지만, 그들만으로 천록의 왕국 전사들의 포위망을 뚫을 가능성은 거의 없어 보였다.

하지만 그렇다고 시도조차 하지 않고 항복하는 것 역시 미련이 남기는 마찬가지였다.

특히 그녀의 자존심이 한 번의 반항도 없이 항복하는 것을 허락지 않았다.

"뚫을 수 있겠나요?"

거의 불가능하다는 것을 알면서도 주란이 모간에게 물었다.

그러자 모간이 굳은 표정으로 말했다.

"힘들겠지만 아예 불가능한 것은 아닙니다. 적어도 아가씨 한 분 탈출시키는 것은……"

"대신 많은 전사들이 죽겠죠?"

주란이 다시 물었다.

"…아마도 그럴 것입니다."

"대전사께 선택권을 드리지요."

주란이 항복과 항전의 결정을 모간에게 미뤘다.

순간 모간의 눈가에 씁쓸한 미소가 지나갔다. 그는 단번에 이 영활하고 야심 가득한 여인의 의도를 파악한 것이다.

그녀는 모간 자신에게 결정을 미루는 순간 자신이 절대 항복하지 않을 것이란 것을 알고 있는 것이다.

또한 모간이 항전을 결정하면, 그녀의 탈출 이후 죽은 전사들에 대한 책임을 모간에게 미룰 수도 있었다.

이 와중에도 그런 영악한 계산을 하는 주란의 행동이 모간으로서는 씁쓸할 수밖에 없었다.

하지만 사실 누가 결정하든 그는 싸우기를 원했다.

항복하는 것보다 주란을 보호해 이곳을 탈출하는 것이 전사로서의 그의 명성에 더 부합하는 일이기 때문이었다.

"대형을 갖춰라! 돌파한다!"

모간이 냉정하게 명을 내렸다.

그러자 그를 따라온 오십 기의 비룡성 기마 전사들이 주란을 중심으로 마름모 형태의 진형을 만들었다.

"어리석은 결정을 하는구려!"

천록의 왕국이 자랑하는 호천백검의 노전사 고도왕이 어두운 음성으로 말했다.

"평생 전장에서 살아온 나요. 항복은 내 방식이 아니오."

"그 결정으로 모두가 죽게 될 것이오. 그대가 살리고자 하는 주 부인조차!"

"…그야 두고 봅시다. 난 적어도 아가씨는 살려 보낼 자신이 있으니까! 쳐라!"

모간이 더 이상의 대화는 필요가 없다는 듯 단호하게 명을 내렸다.

그러자 주란을 에워싼 비룡성 전사들이 천록의 왕국 전사들의 포위망을 향해 돌진하기 시작했다.

쿠쿠쿵!

기마 전사들의 충돌은 보통 전사들의 충돌과 달리 지축을 흔드는 무거운 파열음을 만들어냈다.

창과 창이 엇갈리고, 검과 검이 충돌한다. 그리고 다음 순서는 누구나 예상하듯 붉은 혈화의 세상이다.

모간은 그의 장담대로 격렬한 돌격으로 비좁지만 포위망을 뚫었다.

고도왕이 지휘하는 천록의 왕국 전사들도 전력을 다해 적을 막지는 않았다.

대신 그들은 좁은 길을 열어준 후 그 길을 따라 빠져나가는 적을 측면에서 공격했다.

자신들의 피해를 줄이면서 적에게 최대한의 타격을 입히는 수법이다.

물론 그 대가로 모간을 선두로 한 비룡성의 전사들 일부가 주란을 데리고 포위망을 뚫었지만.

그렇게 포위망을 뚫은 비룡성의 전사들이 서북 방향을 향해 다시 달리기 시작했다.

*　　　*　　　*

"억!"

쿵!

외마디 비명 소리가 들리고, 화살에 등이 꿰뚫린 전사 한 명이 또다시 말에서 떨어져 죽었을 때, 모간이 고삐를 당겨 말을 세웠다.

그리고 여전히 사도한 곁에서 지친 말에 채찍을 가하고 있는 주란을 불렀다.

"아가씨!"

모간의 부름에 주란이 급히 말을 세웠다.

"왜요?"

멀찍이 떨어져서 더 이상 달리지 않는 모간을 보며 주란이 의아한 표정을 지었다.

"전 이곳에서 작별을 해야겠습니다."

"그게 무슨……?"

모간의 말을 주란은 여전히 이해하지 못했다.

그러자 모간이 오사성의 경비대장 사도한을 보며 말했다.

"끝까지 아가씨를 모시고 비룡성으로 가주게."

"…알겠습니다."

모간의 의도를 알아챈 사도한이 비장한 표정으로 대답했다.

사도한이 대답하자 모간이 고개를 한 번 끄떡여 보이고는 다시 주란을 보며 말했다.

"비룡성에 도착하거든 비룡성의 전사들을 모두 데리고 삼룡대산맥을 넘어 오사성으로 가십시오. 오사성은… 비록 대원정의 후유증으로 쇠락했지만 지리적으로 천험의 요새이니 쉽게 공격당하지 않을 것입니다."

"대전사, 어쩌시려고……?"

그쯤 되면 주란도 이미 모간이 하려는 일을 알아채고 있었다. 그럼에도 불구하고 묻지 않을 수 없었다.

"전 이곳에서 형제들과 함께 적을 막겠습니다. 아가씨는 꼭 비룡성까지 가십시오."

"대전사……."

아무리 영악한 주란이라도 스스로 죽을 자리를 선택한 모간의 결정에는 숙연해질 수밖에 없었다.

물론 그의 희생을 거절할 그녀는 아니었지만.

"한 가지 부탁을 드리지요."

"…말씀하세요."

"성주를 잘 부탁드립니다. 연약하신 분이지만 그래도……."

"걱정 마세요. 제 동생인 걸요."

주란이 고개를 끄떡였다.

하지만 모간은 알고 있었다. 동생이라도 필요가 없어지거나, 자신의 야망에 방해가 되면 언제라도 등을 돌릴 수 있는 사람이 주란이라는 것을.

그래서 그는 한마디 말을 덧붙였다.

"어쩌면 비룡성은 새로운 성주를 필요로 할 수도 있습니다. 그 새로운 성주의 운명이 아가씨라면… 그래도 반드시 성주님의 목숨만은 지켜주십시오."

모간이 다시 한번 당부했다.

그의 말을 통해 그는 스스로 그 자신이 주란이 아닌 현 성주이자 주란의 동생인 주천의 신하임을 강조한 것이다.

다른 때라면 주란은 그런 모간을 향해 분노를 터뜨렸을 것이다. 하지만 지금은 그런 분노조차 사치스러운 상황이었다.

"제가… 동생 대신 성주가 될 일은 없어요. 그리고 어떤 경우라도 동생의 목숨은 제가 지켜요. 그것이야말로 나 주란의 자존심이니까요."

주란의 대답에 모간이 흡족한 표정을 지었다. 동생의 생존이 자신의 자존심이라 말하는 것만큼 확실한 대답은 없기 때문이었다.

그가 아는 한 주란은 세상에서 가장 도도한 여인이기 때문이었다.

"그 말씀을 들으니 안심이 됩니다. 자! 이제 가십시오. 반드시 무사히 돌아가셔서 비룡성을 다시 재건하시기 바랍니다. 오사성과 힘을 합치면 충분히 가능할 것입니다."

모간이 웃음을 보이며 주란이 떠나기를 재촉했다.

그러자 주란이 잠시 망설이는 듯하다 말머리를 돌렸다.

"꼭 살아서 돌아오세요."

그 말을 남긴 주란이 사도한이 호위를 받으며 다시 숲을 질주하기 시작했다.

물론 그녀 역시 대전사 모간이 살아서 비룡성으로 돌아올 가능성이 없다는 것을 잘 알고 있었다. 그러나 그녀는 모간을 사지에 남겨두고 떠나는 자신을 인정하기 싫었던 것이다.

주란이 떠나자 모간이 그와 함께 남은 비룡성의 전사들을 보며 외쳤다.

"들어라! 칼 든 자! 전장이 집이고 무덤이다. 흐르는 피는 친구이고, 죽음은 돌아가야 할 고향이다. 두려워하지 말고 당당히 적과 맞서라. 나 모간이 너희들과 함께한다!"

"옛, 대전사!"

모간의 단호하고 대범한 외침에 비룡성의 전사들이 비장하게 대답했다.

"좋아! 너희들과 함께해서 영광이었다. 진형을 갖춰라!"

다시 모간의 명이 떨어지자 수십 명의 비룡성 기마 전사들이 횡으로 늘어서기 시작했다.

그런 그들을 향해 호천백검이 이끄는 녹산연가의 추격대가 들이닥쳤다.

*　　　　*　　　　*

두두두!

먼 곳에서 들려오는 고함과 비명 소리가 점점 멀어졌다. 그리고 들리는 소리는 오직 말발굽 소리.

말발굽 소리도 요란하기는 마찬가지지만, 그래도 사람의 비명 소리가 들리지 않으니 마치 침묵 속을 달리는 것 같았다.

주란에게는 안도가 될 수 있는 침묵이었다. 적어도 대전사 모간이 그 목숨을 담보로 추격대를 저지하고, 일정한 시간을 버는 데 성공했다는 의미기 때문이었다.

떠날 때야 모간에게 미안한 감정이 없지 않았지만, 눈에 보이지 않는 희생을 슬퍼할 주란이 아니었다.

"후우……."

여전히 바쁘게 말을 몰며 주란이 깊게 한숨을 내쉬었다. 안도와 허탈감이 뒤섞인 한숨이다.

"속도를 늦추면 안 됩니다."

옆에서 사도한이 주의를 줬다.

"걱정 말아요. 최소한 송강을 눈앞에 둬야 쉴 수 있다는 것을 알고 있어요."

"반나절이면 송강에 도착할 겁니다."

"반나절… 말이 버틸까요?"

주란이 밤새 도주하느라 땀에 흠뻑 젖은 말을 보며 물었다.

"오사성의 말이 얼마나 강인한지 아시지 않습니까?"

사도한이 말했다.

"하긴… 오사성의 전마들은 육주에서 가장 강한 말들이지요."

주란이 고개를 끄떡였다.

그녀의 말대로 역사적으로 북방의 차가운 환경에서 자란 오사성의 전마들은 육주에서 가장 강한 전마들이었다.

　다만 번식이 쉽지 않아 기마 전사들을 충분히 키워내기 어렵다는 단점이 있었지만.

　주란과 사도한은 그들의 계획대로 밤새 말을 달렸다.

　그리고 어스름한 새벽빛이 서서히 세상을 깨어나게 만들기 시작할 무렵, 그들은 거대한 용처럼 꿈틀대는 송강 상류, 그들이 이틀 전 도하했던 바로 그 장소에 도착했다.

　그런데 송강이 가까워질수록 그들의 표정이 변하기 시작했다.

　적지만 얼마간의 전사들을 남겨 지키게 했던 송강 남쪽의 진지에서 마중을 나오는 사람이 없을뿐더러, 몇 줄기 연기가 솟아오르는 것이 어스름한 새벽빛 속에도 보였기 때문이었다.

　그 연기가 아침 일찍 밥을 짓기 위해 피우는 불 때문이 아니라는 것은 분명했다. 그런 연기라기에는 너무 굵고 큰 연기의 기둥이다.

　주란과 사도한이 본능적으로 말을 멈췄다.

　"뭐죠?"

　주란이 물었다. 물론 그녀 역시 송강 남쪽 진영이 공격당했을 거란 걸 짐작하고 있었다.

　"철저하게 준비를 한 모양입니다. 이곳까지 공격을 하다니……."

　"역시 그런 거겠죠?"

　주란이 불안한 추측을 확인시켜 주는 사도한의 대답에 풀이 죽은 표정으로 되물었다.

"좀 더 상류로 가야겠습니다."

"상류는 물살이 거칠어서 오히려 배가 없으면 송강을 건널 수 없잖아요?"

주란이 물었다.

"상류로 올라가면 삼룡대산맥 초입의 큰 숲들이 이어집니다. 그곳으로 몸을 피한 후 나무를 베어 뗏목을 엮으면 강을 건널 수 있을 겁니다. 남쪽으로 가면 물살이야 느려질 테지만 강폭이 넓고 몸을 감출 곳이 없어 금세 적들에게 발견될 것입니다."

사도한이 이 와중에도 침착하게 상황을 분석해 대답했다.

그러자 주란이 고개를 끄떡였다.

"듣고 보니 사 대장님의 말씀이 맞아요. 역시 사 대장님이 곁에 있으니 든든하군요."

주란이 애정이 담긴 눈으로 사도한을 바라보며 말했다.

"주모님을 제대로 보필하지 못해 이 지경에 처하게 만든 사람에게 과분한 칭찬이십니다."

"이건 사 대장님의 잘못이 아니에요. 제가 너무 성급했던 거죠. 운도 없었고요. 아무튼 사 대장님만 믿어요. 비룡성까지 절 데려다주세요. 그 이후에는… 다시 시작할 수 있을 거예요. 아니, 반드시 다시 재기해서 녹산연가의 그 계집을 발가벗겨 비룡성 성루에 매달아 놓겠어요."

주란이 표독하게 말했다.

"알겠습니다. 반드시 그리될 것입니다. 가시죠!"

사도한이 주란을 격려하며 스무 명이 안 되는 일행을 송강 상류, 삼룡대산맥의 거대한 세계로 이끌었다.

　　　　　*　　　　　*　　　　　*

　무한은 모간의 싸움을 지켜보지 않았다. 그의 관심은 대전사 모간이 아니라 계모 주란이기 때문이었다.

　그래서 대전사 모간이 수하 전사들을 거의 모두 잃고, 세 대의 화살을 맞은 채 죽음 일보 직전에 녹산연가의 포로가 되는 과정도 지켜보지 못했다.

　그쯤 무한은 송강 최상류, 거대한 삼룡대산맥의 침엽수림 사이로 숨어들어 가는 주란의 뒤를 따르고 있었다.

　거대한 숲으로 숨어들어 간 주란 일행이 수백 년 동안 자란 아름드리나무들을 잘라내 뗏목을 만드는 과정과 그 뗏목을 타고 송강 최상류의 격류를 건너려고 할 때도 무한은 주란 일행에게서 눈을 떼지 않고 있었다.

　그래서 그는 강을 건너려던 주란 일행을 일단의 검객들이 막아서는 순간도 놓치지 않았다.

　"끝났군요."

　용노가 허탈한 표정으로 중얼거렸다.

　주란과 무한 사이를 알고 있는 그가 주란을 동정할 이유는 없었다.

　하지만 그래도 하룻밤 동안 수많은 수하들을 희생시키면서 이곳까지 도주한 주란이 결국 녹산연가의 추격자들에게 잡히게 된 상황에는 조금 처연한 느낌이 드는 모양이었다.

"항복할까요?"

이맥이 조심스럽게 물었다.

"모르겠구나. 하지만 한 가지는 확실하다. 그녀가 죽고 사는 것은 그녀의 문제가 아니라 다른 사람의 결정에 달렸다는 것이지."

이공이 이맥의 물음에 대답하면서 숲 동쪽으로 시선을 주었다.

섬뜩할 만큼 날카로운 기세를 흘려내는 검객들에게 둘러싸인 연이설이 추격대와 함께 모습을 드러냈을 때는 무한도 내심 놀랐다.

설마 그녀가 이곳에 나타날 것이라고는 생각지 못했었기 때문이었다.

물론 그녀의 등장이 가장 당혹스러운 사람은 주란이었지만…….

"넌……?"

주란이 검을 뽑아 든 전사들 사이에서 말을 탄 채 나타난 연이설을 보며 설마 하는 표정으로 입을 열었다.

"반갑군요. 육주 제일의 여장부라는 주 부인을 뵙게 되어서……."

연이설이 말 위에서 가볍게 고개를 까딱여 인사를 했다.

"네가… 연이설이냐?"

주란이 다시 확인하듯 물었다.

"맞아요. 내가 연이설이에요."

"후우… 정말 영악하구나. 어떻게 이런 일이 가능한 거지?"

주란은 아직도 자신과 비룡성의 전사들이 패한 것이 믿기지 않는다는 듯 물었다.

그만큼 비룡성의 공격은 전격적이어서 녹산연가에서 미처 방어를 준비할 시간이 없었다.

그런데 녹산연가는 마치 기다렸던 것처럼 예상치 못한 곳에서 수공을 펼치고, 또 이렇게 자신의 퇴각로까지 완벽하게 차단한 것이다.

주란은 녹산연가의 추격자들이 자신의 뒤를 따라온 것이 아니라 미리 이곳에서 자신을 기다고 있었다고 확신하는 듯했다.

그런 주란의 추측을 확인시켜 주듯 연이설이 입을 열었다.

"사람의 생각과 행동은 사실 그리 복잡하지 않아요. 특히 전장에서는 더욱 그렇죠. 도주하는 자들이 생각하는 것은 가장 안전한 도주로를 찾는 거지요. 그 이치를 안다면 주 부인께서 이곳으로 오리란 것을 예측하는 것은 너무 쉬운 일이었어요."

"…아니, 그게 쉬운 일이 아님은 내가 잘 안다. 그런 예측은 아주 뛰어난 책사들이나 가능한 일이다. 그런데 내가 정작 알고 싶은 것은 내 퇴각로를 예측한 것에 대한 것이 아니다."

주란이 말했다.

그러자 연이설이 고개를 끄떡였다.

"그렇겠지요. 아마 주 부인께서 가장 궁금한 것은 어떻게 비룡성의 전사들이 올 줄 알고 수공을 준비할 수 있었느냐는 것이겠지요?"

"그렇다. 우리가 비룡성을 떠난 것이 겨우 열흘 전, 그것도 비밀리에 비룡성을 떠났는데 어떻게 미리 수공을 준비할 수가 있었느냐? 더군다나 우리의 진격로를 정확히 예측하고 있었던 것 같은데."

주란이 전쟁의 패배를 잊은 듯 물었다.

"그건… 우연의 일치였다고 해야 할 거예요."

연이설이 말했다.

"우연의 일치? 무슨 뜻이지?"

주란이 되물었다.

"제가 어떤 신분인지는 들으셨나요?"

연이설이 대답 대신 질문을 던졌다.

"사실인지는 모르겠지만 천록의 왕국의 마지막 혈통이라고 주장한다고 들었다. 그래서……."

"십이신무종의 사주를 받으셨겠지요. 절 시험하라는……."

"……."

주란이 모든 것을 알고 있는 듯한 연이설의 말에 당혹한 듯 잠시 대답을 하지 못했다.

그러자 연이설이 다시 입을 열었다.

"제가 천록의 왕국의 후예임을 밝히고 천록의 왕국을 다시 재건하겠다고 결심했을 때, 전 한 가지 계획과 한 가지 예상을 했어요. 한 가지 계획은 왕국의 재건을 선포한 후 육주에서 가장 강한 세력 중 한 곳을 철저히 궤멸시킴으로써 재건된 왕국의 강함을 세상에 알리겠다는 것이었지요. 그러면 그 이후에는 육주 각지에서 천록이 왕국을 그리워하는 영웅들이 몰려들 것이니까요."

"…한 가지 예상은?"

주란이 굳은 표정으로 물었다.

"천록의 왕국이 재건되었다는 사실을 알게 되면 십이신무종이 반드시 절 시험하려 들 거란 사실이지요. 그리고 그들의 도구가 될 가장 적당한 곳이 비룡성일 거라는… 그래서 이 모든 것을 준비할 수 있었어요. 주 부인께서 비룡성의 전사들을 이끌고 비룡성을 떠나기 훨씬 전부터 말이죠."

연이설이 자신이 만들어낸 이 상황이 만족스러운지 미소를 지으며 담담하게 말했다.

그런 연이설을 보며 주란이 믿을 수 없다는 듯 다시 질문을 던졌다.

"그런 일들을 예상했다고 해도 어떻게 우리가 그 길을 따라 진격할 것이라는 것을 알 수 있었단 말이냐?"

"아, 그건 운이 좋았던 거예요. 사실 비룡성의 진격로를 예측하고 수공을 준비한 것은 아니에요. 제 계획은 일단 수공을 준비한 후 비룡성 전사들을 그곳까지 끌어들이는 것이었지요. 그런데 운 좋게, 그런 수고를 하기 전에 주 부인께서 비룡성 전사들을 제가 원하는 곳으로 데려오시더군요. 하긴… 그 길이 천록의 옛 성터로 향하는 가장 빠른 길이긴 했지요. 덕분에 저로서는 최소한의 손실로 이 싸움을 끝낼 수 있었지요."

연이설이 말끝에 미소를 지으며 주란을 바라봤다.

주란은 그런 연이설의 행동과 모습이 마치 자신을 조롱하는 것처럼 느껴졌다. 그래서 차가운 시선으로 연이설을 노려봤다.

그러다가 슬쩍 뒤쪽의 몟목을 바라보고는 다시 연이설에게 물었다.

"이 일을 어찌 끝낼 생각이지?"

"어떻게 끝내 드릴까요? 장렬하게 전사하는 것도 괜찮을 것 같고… 또 제가 모시고 가서 천록의 왕국이 재건되는 과정을 오랫동안 보여 드리는 것도 괜찮을 것 같은데요."

연이설이 되물었다.

그러자 주란이 잠시 생각에 잠겼다가 물었다.

"날 이대로 보내고 비룡성과 녹산연가, 아니, 부활한 천록의 왕국이 우호적인 관계를 맺는 것은 어떠냐? 내가 비룡성은 물론 오사성까지 움직일 수 있다는 것은 알고 있겠지? 천록의 왕국이 재건되는 데 큰 도움이 될 것이다."

주란은 영활한 여인이었다.

그녀는 수많은 전사들이 이 전쟁을 통해 죽었고, 그녀 자신도 목숨을 잃을 위기에 처해 있으면서도 거래를 시도했다.

"흠… 좋은 제안이에요. 하지만! 그건 제가 힘이 부족하거나 주 부인을 완전히 신뢰할 때나 가능한 거래지요."

"거절이군."

"그럴 이유가 없잖아요. 타협보다는 완벽한 승리가 더 필요한 시점이기도 하고요. 비룡성을 멸망시키면 비룡성보다 더 거대한 힘이 만들어지는데 왜 굳이 비룡성과 손을 잡겠어요. 그것도 신뢰할 수 없는 사람과……."

연이설의 말에 주란이 연이설을 노려봤다.

"거래에 응하지 않는 것은 좋다. 그러나 날 모욕하지 말거라!"

"모욕이 아니라 사실이죠. 애초에 당신은 위대한 철사자의 가문을 배신했고, 오사성주가 불구가 된 이후에는 그를 배신했죠. 그런 당신을 누가 믿겠어요."

"이년!"

주란의 입에서 욕설이 터져 나왔다. 그야말로 그녀의 가장 아픈 곳을 찌른 연이설이기 때문이었다.

"냉정하고 침착하기로 유명하신 분이 이렇게 흥분하시다니. 이건 대화를 끝낼 때가 되었다는 뜻이겠죠? 검을 버리고 무릎을 꿇는다면 목숨은 건질 수 있어요. 하지만 대항하겠다면… 이곳이 주 부인의 무덤이 되는 거고요! 선택하세요!"

연이설이 냉정한 눈으로 주란을 보며 말했다. 차가운 그녀의 표정은 바늘 하나 들어가지 않을 것 같았다.

그런 그녀를 보면서 주란은 연이설에게 어떤 제안도 더 이상할 필요 없다는 것을 깨달았다.

그리고 그럴수록 그녀는 목숨이 간절해졌다. 사람은 누구나 죽음 앞에서 가장 큰 삶의 욕구를 느끼기 때문이었다.

"사 대장!"

문득 주란이 그녀의 곁에서 검을 들고 적이 다가오는 것을 경계하고 있는 사도한을 불렀다.

"예, 부인!"

"헤어져야 할 시간이군요."

"알겠습니다!"

사도한이 고개를 숙이며 대답했다.

그리고 그 순간 두 사람이 서로 다른 방향을 향해 날아올랐다.

콰아!

사도한의 검이 검은 검기를 만들어내며 벼락처럼 연이설을 향해 떨어졌다.

그러자 연이설을 호위하던 검객들이 양쪽에서 검을 뻗어 사도한의 검기를 막아냈다.

쿠릉!

양측의 격돌이 강력한 파열음을 만들어냈다.

연이설은 어느새 사오 장 뒤로 물러나 있었고, 그녀의 앞을 호천백검의 검객들이 막아섰다.

사도한은 자신이 만들어낸 충돌의 여파로 주르륵 뒤로 물러났지만, 그렇다고 쓰러지거나 도주하지는 않았다.

그는 마치 거대한 석상처럼 검을 눈앞에 세우고 다시금 진기를 끌어올리고 있었다.

그런데 그 한 번의 격렬한 충돌이 끝난 순간 장내에서 주란의 모습이 보이지 않았다.

그녀는 어느새 강물에 띄워 놓은 뗏목 위로 올라선 후 망설이지 않고 허공으로 몸을 날려 그대로 강물로 뛰어들고 있었다.

"잡아요! 죽여서라도 돌아가지 못하게 해요!"

뒤로 물러나면서도 주란의 위치를 확인하고 있던 연이설이 냉정하게 명을 내렸다.

그러자 호천백검이 뗏목 방향을 향해 질주하기 시작했다.

"막아라! 부인께 시간을 벌어드려야 한다. 모두 저승에서 보자!"

무서운 기세로 닥쳐오는 호천백검을 바라보며 사도한이 명을 내렸다.

"옛! 대장!"

이제는 겨우 다섯 명 남짓 남은 오사성 출신의 검은 전사들이 두려움 없이 적을 향해 검을 들었다.

그리고 그 순간 호천백검이 들이닥쳤다.

카카캉!

"컥!"

"욱!"

호천백검은 유령처럼 오사성 전사들을 관통했다.

그물에 걸리지 않는 바람처럼, 적들을 통과하고 나자 뒤에 남는 것은 상대의 시신이었다.

보통의 전장에서 보이는 비참한 죽음처럼 느껴지지도 않았다. 피도 많이 흐르지 않는다.

한 명 한 명이 모두 절정의 검객들인 호천백검의 싸움은 그래서 적지 않은 목숨이 이슬처럼 사라졌음에도 깨끗한 면이 있었다.

물론 그럼에도 처절한 죽음이 아주 없지는 않았다.

"끄윽!"

유일하게 온몸에 피 칠을 하고 있는 전사의 입에서 처절한 신음 소리가 흘러나왔다.

그러자 그의 다리를 베고 가슴 깊이 검을 꽂아 넣은 호천백검의 고수 단허가 냉정하게 말했다.

"서운치는 않을 것이다. 네 주군, 아니, 주모인가? 비룡성의 여우도 곧 네 곁으로 보내줄 테니."

단허의 말과 함께 오사성의 전사 사도한이 쓰러졌다.

제2장

어떤 인연

주란은 쉽게 모습을 드러내지 않았다.

그녀는 차가운 송강 상류의 물속으로 뛰어들면서 호위 무사들이었던 오사성의 전사들이 애써 만든 뗏목의 끈들을 모두 베어버렸다.

애초에 말까지 태울 수 있을 만큼 커다란 뗏목이었으므로, 뗏목에 쓰인 나무들 역시 아름드리나무들이었다.

그 나무들이 강물에 흩어져 떠내려가고 주란은 그 나무들 틈에 숨어들었다.

덕분에 오사성의 전사들을 모두 벤 호천백검이 제법 멀어진 통나무들 사이에서 그녀를 찾기는 쉽지 않았다.

하지만 그들은 포기하지 않고 통나무들을 따라 강변을 달리면서 주란이 물 위로 모습을 드러내기를 기다렸다.

하지만 주란은 쉽게 모습을 보이지 않았다. 주란 역시 자신이 모습을 드러내는 순간 다시는 호천백검의 눈에서 벗어날 수 없다는 것을 알기 때문이었다.

그렇게 그녀는 수십 개의 통나무들 중 하나를 물속에서 붙들고 하염없이 송강을 떠내려가고 있었다.

콰아아!

두두두!

아름드리나무를 밀어내는 거친 물살 소리와 그 나무들을 따라 강변을 달리는 호천백검의 말발굽 소리가 한동안 이어졌다.

송강상류는 강의 모양이 급변하는 곳이 많아서 통나무들이 잠시 강변으로 다가오는 순간도 여럿 있었다.

그럴 때마다 호천백검의 고수 일부가 몸을 날려 물에 뜬 통나무 위에 올라가 주란을 찾았다.

그러다가 통나무들이 다시 서로 밀어내며 격류를 타고 강 중심으로 이동하면 그들 역시 강변으로 되돌아와 다시 말을 달려 통나무들을 따라 움직였다.

그렇게 몇 번 강 위에 떠 있는 통나무 무리를 자세히 살필 기회가 있었지만, 호천백검은 끝내 주란을 발견하지 못했다.

그러다 어느 순간 송강의 폭이 반대편 강변이 제대로 보이지 않을 만큼 넓어지고, 통나무 더미가 강의 중심으로 이동해 더 이상 추격이 어려워지자 호천백검은 달리던 말을 멈출 수밖에 없었다.

"죽었을까요?"

문득 호천백검에 둘러싸여 있던 연이설이 입을 열었다.

이 싸움에서 그녀의 최대 관심사는 주란이었다. 그녀를 제압하는 것이 가장 완벽한 승리기 때문이었다.

적을 섬멸했지만, 주란이 살아 돌아간다면 그건 절반의 승리에 지나지 않았다.

"독한 여자입니다."

호천백검 중에서도 가장 뛰어난 검객 중 한 명으로 불리는 단허가 대답했다.

주란이 죽었다고 확신할 수 없다는 의미다.

"그렇군요. 그런데 이 정도 유속과 거리라면 더 이상의 추격은 무의미해요. 차라리 빠른 사람 몇 명을 강 북쪽으로 보내 비룡성으로 향하는 길목을 지키는 것이 좋을 것 같군요."

연이설이 냉정하게 말했다.

비록 주란을 잡고 싶은 마음은 절실하지만, 그렇다고 계속 강을 떠내려가는 통나무 더미만 따라갈 수는 없다고 판단한 것이다.

"알겠습니다. 추격대를 따로 구성해 강을 건너게 하겠습니다."

"…조심해야 해요. 송강 북쪽부터는 우리의 힘이 미치지 못합니다. 오히려 비룡성의 조력자들이 많아요."

"걱정 마십시오. 이미 그런 위험에는 익숙한 형제들이니까요. 그리고 이 싸움의 결과가 빠르게 퍼져 나갈 겁니다. 그러면 비룡성에 협력하던 자들은 한순간에 등을 돌릴 겁니다. 오히려 그들 중에서 도주하는 주란, 그녀를 잡아 우리에게 데려오는 사람이 있을지도 모릅니다."

단허가 말했다.

그러자 연이설이 씁쓸한 표정을 지으며 고개를 끄떡였다.

"하긴 그렇군요. 세상인심이란 게 냉정하니까요. 아무튼 일단 추격대를 보내고 우린 그만 돌아가요. 아직은 정리할 게 많은 싸움입니다."

연이설이 말했다.

"알겠습니다."

단허가 짧게 대답하고 호천백검을 향해 움직였다.

그러자 연이설이 시선을 강 중심으로 돌리며 중얼거렸다.

"운이 좋은 사람이군. 하긴 그동안 살아온 삶을 생각하면 이 정도로 죽을 사람은 아니지……."

*   *   *

헉헉!

강을 건넌 후 하루, 육주 최고의 여걸로 꼽히던 주란은 잠도 자지 않고 걸음을 옮기고 있었다.

중간에 서너 개의 마을을 지났지만, 그녀는 마을에 들어가 말(馬)을 구하거나 먹을 것을 찾지 않았다. 그런 행동이 혹시라도 있을 추격대에게 자신의 행적을 노출할 수 있기 때문이었다.

잠도 자지 않았다. 그녀 역시 연이설이라는 어리지만 냉혹한 적(敵)이 자신을 결코 포기하지 않을 것이란 걸 알기 때문이었다.

그녀가 연이설이었다 해도 분명히 강을 건너 추격대를 보냈을 것이다. 그리고 비룡성에 닿을 때까지 추격을 포기하지 않을 것이 분명했다.

뱀의 머리를 잘라야 뱀이 죽는다는 것을 누구보다 잘 알기 때문이었다.

하지만 그럼에도 불구하고 이제는 쉬어야 할 때인 것은 분명했다.

수공을 당한 이후, 삼 일 동안 제대로 쉰 적이 없는 주란이었다. 이대로라면 추격대에게 잡히기 전에 먼저 탈진해 죽을 수도 있었다.

"적당한 곳이 있어야 하는데……."

주란이 주위를 살폈다.

그러다가 문득 숲속에 외롭게 웅크리고 있는 작은 오두막을 발견했다.

불을 밝히지 않은 것으로 보아 사냥꾼이나 약초꾼들이 산에 나왔을 때 이용하는 오두막 같았다.

"사람이 없다면 잠시 쉬어가기 좋은 곳이다."

주란이 중얼거리면서 본능적으로 오두막을 향해 걸음을 옮겼다.

탁!

낡은 오두막 문을 열자 퀴퀴한 먼지 냄새가 코를 찌른다. 제법 오랫동안 사람이 찾지 않은 곳이란 뜻이다. 아니, 가끔 사람이 머물렀다고 해도 오두막을 청소하거나 손보지는 않았다는 의미다.

평소의 주란이라면 발조차 들여놓기 싫어할 공간, 그러나 지금은 비룡성에 있는 그녀의 화려한 침실보다도 안락해 보이는 공간이었다.

"사람이 찾지 않는 곳이라면 더 다행이지. 한 시진… 딱 한 시진만 쉬어가자."

주란이 지친 몸을 이끌고 오두막 나무 벽에 등을 기대며 중얼거렸다.

차가운 밤공기가 나무 벽 틈으로 새어 들어왔지만, 그래도 집은 집이어서 숲에서 쉬는 것과는 확연히 달랐다.

그 나름대로의 아늑함이 주는 편안함 때문인지 주란은 자신도 모르게 잠이 들었다.

*   *   *

"자, 이제 결정을 내려야 할 때인 것 같은데……."

경장의 갑옷을 걸친 사내가 중얼거렸다. 그러자 그의 곁에 서 있던 다른 사내가 입을 열었다.

"그래도 비룡성입니다. 그녀가 성으로 돌아가게 도와주는 것이 좋지 않겠습니까? 비룡성 뒤에는 오사성이 있습니다."

그러자 또 다른 사내가 입을 열었다.

"오사성은 이미 몰락했지 않나? 그들은 더 이상 힘을 쓰지 못해! 그들의 터전인 삼룡대산맥 동북방 묵주에서조차 그 주도권을 잃고 있는데. 그들 눈치를 볼 필요가 없지. 반면에 녹산연가는, 아니, 녹산연가가 아니라 부활한 천록의 왕국이라고 해야겠지. 이름이야 뭐든 이번 싸움을 통해 그들의 힘을 보지 않았나. 세상은 늘 기세를 얻은 새로운 세력에 의해 주도되게 되어 있어. 어쩌면 이것이 우리에게 새로운 기회가 될 거야."

사내가 그의 두목으로 보이는 사내에게 비룡성으로 가자고 권하는 동료를 보며 말했다.

"그래서. 그녀를 잡아서 녹산연가로 가자고?"

동료가 물었다.

그러자 사내가 다시 입을 열었다.

"언제까지 유랑 생활을 할 수는 없지 않은가? 대장! 그녀를 데리고 천록의 왕국으로 갑시다. 그럼 재건된 천록의 왕국에서 단단히 자리 잡을 수 있을 겁니다."

사내가 경장의 갑옷 차림 사내를 보며 말했다.

"음… 천록의 왕국이라. 그런데 과연 죽은 고목이 꽃을 피울 수 있을까?"

대장이라 불린 사내는 천록의 왕국이 재건될 수 있을지에 대해 회의적인 반응을 보였다.

그러자 천록의 왕국으로 가자고 말한 사내가 말했다.

"대장, 이번 싸움의 의미를 간과하지 마십시오. 이번 싸움은 두 가지 의미가 있습니다. 하나는 부활한 천록의 왕국이 그 비룡성의 기마 전사 이천을 몰살시킬 힘이 있다는 것을 증명한 것이고, 둘째는 그런 천록의 왕국으로 새로운 힘들이 물밀듯이 밀려들어 올 것이란 겁니다. 마치 바다로 모이는 강물처럼 말입니다."

"조욱, 자네는 그렇게 생각하는군. 고일! 조욱의 생각이 어떤가?"

사내가 묻자 처음에 오두막에서 자고 있는 주란이 비룡성으로 돌아가는 것을 돕자고 말한 자가 고개를 갸웃거리다가 대답했다.

"앞을 내다보는 지혜로는 제가 조육을 따라갈 수 없지요. 저야 불안하지만 조육이 그렇다면 모험을 해 보는 것도 좋을 것 같습니다."

"그래? 음… 그럼 그렇게 한번 해보자. 우리가 세상을 떠돈 지 십 년이 다 되어가고 있다. 이젠 한곳에 정착해야 할 때지. 어쭙잖은 자를 찾아가 전쟁터의 화살받이로 쓰이느니 천록의 왕국으로 가는 게 낫겠지. 하물며 육주의 여우라는 비룡성의 주란을 데려가면……."

사내의 눈빛이 번쩍였다.

"일단은 그녀를 제압하는 게 문제입니다. 그녀가 비록 혼자라지만 비룡성의 무공을 익힌 여고수 아닙니까? 과거 위대한 전사 철사자의 부인이기도 했고……."

수하 조육이 말했다.

"그렇다고 해도 겨우 여자 한 명. 우린 열다섯이나 되네. 걱정할 일이 아니야. 다만… 어떻게든 살려서 데려가는 것이 좋을 텐데. 그게 가능할지는 모르겠군. 무공을 아는 여인이라……."

사내가 중얼거렸다.

"그물을 던져보죠."

"그물?"

"지난번에 호랑이 사냥을 했던 것처럼 말입니다."

고일이라는 자가 말했다.

"그 그물을 아직 가지고 있나?"

"사냥할 때 요긴하게 쓰인 물건이라서 가지고 있습니다."

사내의 물음에 수하 고일이 손을 들어 자신이 타고 온 말을 가리키며 말했다.

말들 주변으로 어둠 속에 십여 명이 넘는 자들이 서 있었다.

"좋아. 그럼 그렇게 하자! 지금 자고 있을 테니 최대한 조용히 접근해서 그물을 씌워 버리자고, 아무리 무공을 수련한 여인이라도 그물에 걸리면 몸을 움직일 수 없으니 간단하게 사로잡을 수 있을 거다. 가져와!"

사내가 고일이란 자에게 말했다.

무리 중 우두머리인 사내와 수하 고일, 조육이 나란히 오두막을 향해 접근했다.

그들의 다른 동료들은 조용하게 움직여 오두막을 포위했다. 워낙 작은 오두막이라 십여 명이 포위를 해도 포위망은 그물처럼 촘촘했다.

스륵!

오두막으로 다가선 세 사내 중 고일이란 자가 조심스럽게 오두막 문을 밀었다.

워낙 낡은 오두막이라 소리를 내지 않기 위해서는 아주 오랫동안 조금씩 문을 안으로 밀어 넣어야 했다.

그렇게 겨우 사람이 들어갈 만큼 문을 연 세 사람이, 문을 열 때와 마찬가지로 느리게 오두막 안으로 들어갔다.

그런데 세 사람의 모습이 오두막 안으로 모두 사라지는 그 순간 갑자기 날카로운 여인의 노성이 터져 나왔다.

"기다리고 있었다!"

콰쾅!
여인의 외침에 뒤이어 강력한 파열음이 터져 나오고 세 명의 사내가 오두막의 낡은 문을 부수며 튕겨 나왔다.
뒤를 이어 주란이 시퍼런 검기를 만들어내며 세 사내를 향해 도약했다.
"던져!"
사내들의 우두머리가 급하게 소리쳤다.
그러자 사내 고일이 주란을 향해 그물을 던졌다.
촤악!
급하게 던진 그물이지만, 평소 그물 던지는 솜씨가 좋았던지 고일의 손을 떠난 그물이 거미줄처럼 펼쳐지며 주란을 향해 날아갔다.
"가소로운!"
주란의 입에서 차가운 냉소가 흘러나오더니 그녀의 검이 열십자로 그물을 잘라냈다.
크륵!
그물을 벤 주란의 검이 무엇인가 긁히는 소리를 냈다. 그리고 날카로운 검기를 만들어낸 주란의 검이 놀랍게도 그물을 자르지 못하고 오히려 그물에 검신이 엉켜들어 갔다.

순간 사내들의 우두머리가 음흉한 웃음을 흘렸다.

"흐흐흐, 주 부인, 크게 실수를 하셨군. 그게 보통 그물인지 알았나 보지? 미안하게도 그 그물은 삼룡대산맥에만 산다는 대호(大虎)를 잡으려고 특별히 만든 그물이지. 그물 중간중간에 그 비싸다는 석림도의 한철을 섞어 만든 금사를 넣었단 말이야. 모두 공격해!"

사내가 조롱하듯 말을 하고는 수하들에게 그물에 걸린 검을 빼내려 애쓰는 주란을 공격할 것을 명했다.

그러자 십수 명의 유랑 무사들이 일제히 주란을 향해 날아들었다.

카카캉!

주란이 그물의 한쪽을 어렵게 벗겨내고, 한쪽 팔을 휘두를 자유를 얻자 맹렬하게 검을 휘둘렀다.

그러자 그녀를 향해 날아들던 유랑 무사 둘이 주란의 검에 맞고 피를 흘리며 뒤로 물러났다.

"이 망할 년이?"

동료가 부상을 당하자 다른 유랑 무사들이 욕설을 퍼부으며 반대쪽에서 검을 찔러 넣었다.

"흡!"

주란이 급히 몸을 회전했으나 몸의 일부가 그물에 걸려 그 움직임이 자유로울 수 없었다.

날카롭게 그물을 뚫고 들어온 검 하나가 주란의 등 쪽을 아슬아슬하게 찌르고 빠져나갔다.

상처는 깊지 않았지만 그것만으로도 주란의 움직임은 크게 둔해졌다.

"아예 팔다리 몇 군데를 잘라 버려! 여우가 힘을 쓰지 못하게!"

뒤쪽에서 싸움을 지켜보던 유랑 무사의 우두머리가 냉혹한 명을 내렸다.

그러자 다시 서너 개의 검이 주란을 향해 날아들었다.

순간 주란의 입에서 분노에 찬 표독한 고함 소리가 터져 나왔다.

"이 버러지 같은 놈들! 감히 내가 누군 줄 알고 감히 날 모욕하는 것이냐!"

촤악!

주란이 노성을 터뜨리며 마지막 힘을 모아 휘두른 검에 한철이 섞인 그물 일부가 찢겨 나갔다. 그 틈으로 주란이 아슬아슬하게 몸을 빼냈다.

하지만 그 순간 날아 든 유랑 무사들의 검이 그물을 벗어나는 주란의 몸에 다시 몇 개의 상처를 남겼다.

파파팟!

주란의 몸을 베고 지나가는 검들이 소름끼치는 파공음을 남겼다.

"욱!"

그물을 빠져나오느라 미처 막을 사이도 없이 적의 검에 당한 주란이 신음을 흘리며 뒤로 물러났다.

쿵!

주란은 등이 통나무 오두막에 막히고서야 움직임을 멈췄다.

"역시 육주 제일의 여걸답군. 놀라워. 결국 한철이 섞인 그물을 벗어났잖아? 삼룡대산맥의 대호도 벗어나지 못한 그물이었는데… 하지만 부상당한 몸으로 나, 아만의 손에서 벗어날 수는 없다. 주 부인, 이제 그만 항복하시오. 그게 더 이상 다치지 않는 유일한 방법이오."

스스로 아만이라고 밝힌 유랑 무사의 우두머리가 주란에게 다가서며 말했다.

"감히 세상을 떠도는 거지 같은 놈들에게 항복을 하라고? 차라리 죽고 말겠다!"

주란이 표독한 눈으로 유랑 무사 아만을 노려보며 이를 갈았다.

"음… 거지 같은 놈들이라. 하긴 오사성의 안주인이자 비룡성의 실질적인 주인인 그대의 눈에는 그렇게 보이겠지. 하지만! 지금 당신의 처지를 생각하면 그런 고귀한 배경을 내세울 때가 아닐 텐데?"

"벌레 같은 놈! 언젠가 반드시 이 치욕을 천배로 갚아주겠다."

주란이 검을 든 손에 힘을 주며 말했다.

"후우… 정말 독하군, 독해. 그런데 거지 같은 놈들 정도는 참을 수 있어도 벌레 같은 놈이라는 건 좀 지나치군. 주 부인, 정말 벌레 같은 놈들을 만나 봤소? 그들이 사로잡은 여자를 어찌 다루는지 알고는 있소?"

아만이 주란의 일 장 안쪽으로 다가서며 물었다.

"이놈… 감히 날 희롱하는 것이냐?"

주란이 검을 들어 아만의 심장을 겨누며 소리쳤다. 그녀에게
는 여전히 아만 정도는 홀로 상대할 수 있다는 자신감이 남아
있는 듯 보였다.

"희롱이 아니오. 난 현실을 말해주는 것이오. 다시 한번 날 모
욕하면 나도 그 순간 주 부인을 보통의 여인으로 대하겠소. 전
쟁터에서 사로잡히면 결국 사로잡은 자의 하룻밤 노리개가 되
는 보통의 여인들 말이오. 사실… 육주 제일의 여걸을 안아보는
것도 내 인생에 큰 추억이 될 수 있겠지. 더군다나 주 부인은 나
이에 비해 여전히 사내를 유혹할 만한 아름다움을 지니고 있으
니……."

아만이 불쑥 솟아난 욕정을 가득 담은 눈으로 주란을 바라보
며 말했다.

"감히 네놈 따위가……."

주란이 분노를 이기지 못하고 부들부들 몸을 떨었다.

"그놈 따위가 당신을 갖겠다고! 이 잘난 여자야! 그게 현실이
다!"

갑자기 아만의 말투가 변했다. 그리고 그 순간 아만이 주란을
향해 벼락처럼 검을 휘둘렀다.

캉!

주란이 벼락처럼 떨어지는 아만의 검을 옆으로 튕겨냈다. 그
리고 재빨리 몸을 회전하면서 아만의 옆구리에 검을 찔러 넣었
다.

"엇!"

아만이 부상을 입은 몸으로도 날렵하게 움직이는 주란에게 놀란 듯 뒤로 물러나면서 헛바람을 흘려냈다.

"겨우 그 정도 실력으로 감히 날 모욕했단 말이냐?"

주란이 물러나는 아만을 재차 공격하며 소리쳤다.

그녀는 아만이 이 무리의 우두머리임을 이미 알고 있었다. 그런 그를 제압하기만 하면 이곳을 벗어날 기회를 잡을 수 있었다.

그래서 아만을 향한 주란의 공격에는 그녀의 모든 힘이 담겨 있었다.

카카캉!

아만이 뒤로 물러나면서 급하게 검을 휘둘러 주란의 공격을 막았다.

쿠쿵!

주란의 검에 오두막 나무 벽 곳곳이 뜯겨 나갔다.

"뭣들 해? 두고만 볼 거냐?"

주란의 공격에 뒤로 물러나면서 아만이 수하들을 향해 소리쳤다.

그러자 두 사람의 싸움을 멍하니 지켜보던 유랑 무사들이 정신을 차리고 주란을 향해 달려들었다.

"죽어라! 계집! 에잇!"

아만의 수하 중 가장 먼저 주란을 공격한 사람은 아만의 수족이랄 수 있는 고일이었다.

그는 아만을 몰아치는 주란을 향해 아예 자신의 검을 던져 버렸다.

쐐액!

고일의 손을 떠난 검이 무서운 속도로 주란의 등을 파고들었다.

그러자 주란이 더 이상 아만을 공격하지 못하고 빙글 몸을 돌려 오두막 벽을 타고 돌며 고일의 검을 피했다.

퍽!

쿠웅!

고일이 던진 검이 오두막 벽에 꽂히며 낡은 벽이 다시 한번 안쪽으로 무너졌다.

"이것도 피해봐라!"

고일의 뒤를 이어 조육이 주란을 향해 날아들었다. 그의 손에서 날카로운 한 자루 비도가 날아갔다.

쐐액!

조육의 비도는 고일이 던진 검과는 차원이 달랐다. 그의 손을 떠난 비도가 살아 있는 생명체처럼 꿈틀거리면서 주란의 심장을 향해 날아들었다.

"헉!"

영악한 주란에게도 조육의 비도는 본능적인 두려움을 안겨주었다.

헛바람을 흘리며 겨우 몸을 틀어 비도를 피하려 했으나 조육이 던진 비도가 날카롭게 검을 든 그녀의 팔을 스치고 지나갔다.

"욱!"

검을 든 팔을 비도에 베인 주란이 신음 소리를 내며 뒤로 물러났다.

쿵!

그녀의 몸이 다시 한번 오두막 벽에 막혔다. 그 순간 어느새 힘을 회복한 아만이 중심을 잃은 주란을 향해 검을 휘둘렀다.

픽!

아만의 검이 거침없이 주란의 팔 부위를 찔렀다.

"악!"

주란의 입에서 날카로운 비명이 터져 나왔다.

단언컨대 주란은 태어나서 이렇게 강렬한 통증을 느낀 적이 없었다. 그래서 그 통증이 자신의 몸에서 일어난 것이라는 것조차 믿을 수 없었다.

자신도 모르게 비명을 내지른 주란이 통증이 일어난 팔로 시선을 돌렸다. 그리고 그 순간 그녀가 다시 한번 비명을 질렀다.

"아악!"

두 번째 비명은 통증 때문이 아니었다. 그녀는 검을 든 자신의 팔이 자신의 몸에서 떨어져 나간 것을 보고 경악해 비명을 지른 것이다.

"이년, 죽어라!"

한쪽 팔이 잘려 더 이상 반항할 수 없는 주란을 향해 조육이 검을 뻗었다. 그 순간 아만이 소리쳤다.

"죽이지는 마!"

팟!

아만의 경고에 주란의 심장을 노리던 조육이 급히 검을 틀어 그녀의 허벅지를 스쳐 가며 벴다.

"억!"

넋을 잃은 상태에서 조육의 검에 허벅지를 베인 주란이 한쪽 무릎을 꿇으며 다시 신음을 토했다.

뒤를 이어 아만이 검등으로 주란의 뒷머리를 후려쳤다.

퍽!

쿵!

주란이 아만의 검에 뒤통수를 맞고 그대로 정신을 잃고 쓰러졌다.

"후우! 끝났군. 역시 소문대로 독한 년이야."

주란에게 큰 위협을 받았던 것이 분한지 아만이 쓰러진 주란을 발로 툭 차며 중얼거렸다.

"그대로 두면 죽을 것 같습니다. 잘린 팔에서 피가 너무 많이 흐릅니다. 그냥… 죽일까요?"

조육이 아만에게 물었다. 주란에게 화가 난 아만이어서 그녀를 이대로 죽일 수도 있다고 생각하는 것 같았다.

"그럴 수는 없지. 성질 같아서는 그냥 죽게 내버려 두고 싶지만, 우리에게 큰 보물이 될 계집이다. 일단 살리고 난 뒤에 천록의 왕국으로 데려가자."

"알겠습니다. 일단 오두막 안으로 데리고 가겠습니다."

"그렇게 해. 치료는 내가 하겠다."

아만이 쓰러진 주란의 몸을 스윽 훑어보며 말했다. 팔이 잘렸음에도 불구하고 주란에게 욕정을 느끼는 아만이다.

"알겠습니다."

조육이 아만의 의도를 알아채고는 급하게 주란을 안아 들고 오두막 안으로 들어갔다.

그러자 아만이 유랑 무사들을 보며 말했다.

"오늘 밤은 이곳에서 쉬어간다. 오두막에서 삼십여 장 반경으로 넓게 흩어져서 각자 잘 곳을 마련해라. 혹시 불청객이 나타날 수도 있으니까 각별히 조심하고!"

"알겠습니다, 대장!"

유랑 무사들이 아만의 명에 일제히 대답하고는 오두막에서 멀어졌다.

그렇게 수하들을 흩어 보낸 아만이 손을 들어 턱을 쓸며 중얼거렸다.

"참, 묘한 기분이군. 저 계집은 육주 제일의 영웅이라는 철사자 무곤과 이왕사후의 일인으로 육주의 지배자였던 오사성주의 부인이었지. 그런 계집을 품는다는 것은… 후후, 괜히 나도 그런 대단한 사람이 된 것 같은 느낌이 들잖아! 나쁘지 않아! 허허!"

아만이 묘한 웃음을 지으며 천천히 오두막 안으로 걸어 들어갔다.

타타탁!

작은 모닥불이 수시로 불꽃을 튕겨냈다.

주란을 오두막으로 옮긴 조육은 아만의 명에 의해 다른 무사들처럼 오두막을 떠났다.

아만은 주란의 부상을 정성껏 치료했다. 그는 주란의 잘린 팔을 지혈하고 등과 다리에 입은 상처를 깨끗이 닦은 후 소독했다.

당연히 상처를 치료하는 중에 주란의 옷은 거의 벗은 듯 헤집어졌다.

그렇게 한참 동안 주란이 자신의 부인이라도 된 듯 정성껏 치료를 한 아만이 한순간 주란의 목덜미 혈맥을 주무르며 중얼거렸다.

"그만 깨어나시오. 빚을 졌으면 빚을 갚아야 하는 게 사람의 도리 아니겠소?"

순간 아만의 말을 알아들은 듯 주란이 눈을 떴다.

"후후, 말을 잘 듣는군. 그럼 서로 깊은 정을 나눠볼까?"

"……."

아만의 말에 놀란 주란이 다음 순간 얼음처럼 표정을 굳힌 채 침묵했다.

아만은 그런 주란의 행동을 자신의 말에 동의하는 것으로 받아들였다.

"정말 소문대로 똑똑한 여자군. 벌써 어떻게 해야 자신에게 유리한지 알아채다니. 좋아. 제대로 즐겨보자고. 날 만족시키면 어쩌면 당신의 운명이 달라질지도 모르니까."

아만이 주란의 얼굴에 손을 대며 말했다.

그런데 그 순간, 아만은 문득 주란의 시선이 자신이 아니라 자신의 뒤쪽을 바라보고 있다는 것을 깨달았다.

"뭣? 컥!"

아만이 주란의 시선을 따라 자신의 뒤를 보려는 순간 나직한 신음을 흘리며 정신을 잃고 쓰러졌다.

턱!

어둠 속에서 나타나 아만을 기절시킨 자가 땅으로 무너지는 아만의 몸을 한 손으로 받쳤다. 그리고 소리가 나지 않게 조용히 아만을 오두막 바닥에 내려놓았다.

"......?"

주란은 한순간에 아만을 제압한 사내를 침묵 속에 바라보고 있었다.

그녀는 사내의 정체가 무엇이든 지금 오두막 안에서 소란을 일으키는 것이 어리석은 일이라는 것을 잘 알고 있었다.

소란이 일어나면 유랑 무사들이 달려올 것이고, 그렇게 되면 그녀는 다시 굴욕적인 포로 신세로 전락할 수밖에 없었다.

불청객 사내는 얼굴을 검은 천으로 가리고 있어서 정체를 짐작할 수 없었다.

하지만 사내의 정체가 뭐든, 지금은 일단 이 불청객에게 의지해 이곳을 벗어나는 것이 중요했다.

"움직일 수 있습니까?"

사내가 주란에게 물었다. 주란은 그 눈빛을 대하자 한순간 두려움이 느껴졌다. 사내의 눈에서 어떤 감정도 느끼지 못했기 때문이었다.

일부러 감정을 숨기는 것인지, 아니면 정말 얼음처럼 차가운 성정을 가진 사람인지는 모르겠지만, 어쨌든 자신을 보는 사내의 시선에는 감정이 없었다.

하지만 그것 역시 상관없었다. 이 지옥 같은 상황에서 벗어날 수만 있다면.

주란이 대답 없이 고개를 끄떡였다. 그러고는 자리에서 일어서려다 이내 한쪽 다리를 꿇었다.

유랑 무사들과의 싸움에서 부상을 당한 다리가 그녀의 몸을 지탱하지 못했기 때문이다.

그러나 그럼에도 불구하고 그녀는 다시 몸을 일으켰다. 물론 한쪽 다리가 불편해 완벽하게 중심을 잡지는 못했지만.

그런 주란을 보며 사내가 말했다.

"그 다리로는 조용히 이곳을 빠져나갈 수 없습니다. 업히세요."

사내의 말에 주란이 경계 어린 시선으로 사내를 바라봤다.

그러자 사내가 다시 말했다.

"걱정하는 일은 없을 겁니다. 해를 끼치려 했으면 이렇게 위험한 모험을 하지는 않았을 겁니다. 비룡성까지… 모셔다 드리지요."

"왜……?"

주란이 본능적으로 물었다. 다급한 상황이지만 묻지 않을 수 없었다.

"이곳을 벗어나면 알게 될 겁니다. 업히세요."

사내가 주란에게 등을 보였다.

주란이 잠시 망설이다가 어쩔 수 없다는 듯 사내의 등에 업혔다.

사내가 주란을 업은 상태로 가볍게 허공으로 도약했다. 그러고는 순식간에 그가 오두막 안으로 들어올 때 뚫어 놓은 지붕의 작은 공간을 통해 어두운 밤하늘로 사라졌다.

*　　　　　*　　　　　*

무한은 생각보다 가벼운 주란의 몸무게를 확인한 이후 이상하게도 그녀에 대한 원망이 옅어지는 것을 느꼈다.

철사자 무곤이 흑라를 죽이기 위해 떠난 이후 그녀가 무한에게 했던 행동들은 사실 용서받기 어려운 것들이었다.

또한 어린 무한을 두고 오사성주와 혼인을 한 이후에도 여전히 철사자 무곤의 미망인 자격으로 사자림의 물건들을 팔아치운 행동 역시 비난받아 마땅한 것이었다.

무한 입장에서는 그녀를 죽이려고 들어도 이상할 것이 없었다.

그런데 이상하게도 무한은 주란에 대한 분노를 느끼지 않았다.

물론 그녀에 대한 원망이 크기는 했었지만 그것은 분노와는 다른 감정이었다.

그런데 그 원망의 감정조차 새털처럼 가벼운 그녀의 몸무게를 느끼는 순간 옅어지고 있었다.

반면 주란은 이 정체 모를 사내의 등이 이상하게 편안하게 느껴졌다. 마치 애초부터 그녀에게는 존재하지 않았던 넓고 푸근한 아버지의 등이나, 자상한 남편의 품처럼……

그녀는 그런 것을 가져본 적이 없었다. 그녀의 아버지이자 비룡성의 전대 성주는 그녀를 사랑하고 보호해야 하는 딸로 생각한 적이 없었다.

그에게 육주제일의 미인이라는 칭찬이 자자했던 딸은 궁산 비룡성을 이왕사후에 버금가는 세력으로 키우기 위한 도구에 지나지 않았다.

그래서 철사자 무곤과 정략결혼을 시켰고, 또, 철사자가 죽자마자 사자림에 있던 그녀를 데려와 오사성주 사중산과 혼인을 시켰던 전대 성주였다.

철사자 무곤 역시 주란에게 따뜻한 남편은 아니었다.

그 역시 궁산 비룡성의 재력과 힘을 이용하기 위해 정략적인 목적으로 주란과 혼인을 했던 사람이었다.

그녀 역시 그 사실을 알고 있었지만, 그럼에도 불구하고 철사자 무곤에게서 느껴지는 거리감은 사는 동안 내내 주란에게는 큰 아픔이었다.

지금의 남편인 오사성의 성주 사중산은 말할 것도 없었다.

그녀조차도 그에게선 어떤 부부의 사랑도 기대치 않았다. 철사자에 대해선 그래도 주란의 서운함이 있었지만, 사중산에게는 그녀조차도 정략적인 관계 이상의 것을 원하지 않았다.

그런데 뜻밖에도 그녀는 이 낯선 사내의 등에서 평생 느껴보지 못했던 따뜻함과 편안함을 느끼고 있었다.

이건 그저 작은 여흥에 지나지 않았던 호위 대장 사도한과의 관계에서 느끼는 그런 욕망의 감정이 아니었다.

자신을 업고 달리는 사람이 마치 아주 오래전부터 자신을 지켜주었던 사람인 것 같은 느낌이 들 정도였다.

그래서 바람처럼 달리는 사내를 차마 방해하지 못해서 입을 열어 묻지 못했지만, 마음으로는 묻지 않을 수 없었다.

'대체 당신은 누구죠?'

"아니, 왜 저 고집이시래요? 준비한 말도 마다하시고……."

주란을 업고 달리는 무한을 보며 이맥이 이해가 가지 않는다는 듯 중얼거렸다.

그도 그럴 것이 주란을 구해 올 때야 두 발로 움직여야 했지만, 일단 유랑 무사들 무리에서 들키지 않고 나온 이후에는 주란을 준비한 말에 옮겨 태우고 이동하는 것이 당연했다.

그런데 무한은 그 당연한 일을 거부하고 있었다.

그는 주란을 업은 상태로 벌써 한 시진이나 산길을 달리고 있었다.

그럼에도 전혀 지친 기색은 없었다. 속도가 줄지 않는 것이 그 증거였다.

"사람 마음이라는 것이 참……."

이공이 중얼거렸다.

"그러게 말일세. 많이 원망하셨을 텐데… 그래도 어머니란 건가? 자신을 버리고 떠난 계모인데."

용노가 말했다.

"버리기만 했나요. 사자림을 파괴한 사람인데."

이맥이 투덜거렸다.

그러자 이공이 말했다.

"언젠가 술사께서 이런 말씀을 하신 적이 있지. 여인으로 보자면 주 부인은 불쌍한 분이라고. 그 누구에게도 진심으로 사랑을 받지 못한……."

"음… 동정심이라는 건가?"

용노가 물었다.

"그럴 수도 있고, 또 그녀가 한 행동을 일정 부분 이해하시려는 게 아닐지요."

"그래도 말을 타지 않고 업고 달리시는 것은 말이 안 되죠. 업힌 사람이 애도 아니고……."

이맥이 고개를 저었다.

"세상일은 그냥 두고 봐야 할 때가 있는 법이다. 저렇게 해서라도 술사님의 마음에 품었던 응어리가 풀린다면 그 또한 나쁜 일은 아니지. 이번 일을 통해 좀 더 완벽한 술사가 되실 테니까."

이공이 말했다.

"아우의 말이 맞네. 그런 응어리들이 사라지면 술사님이 세상을 보는 시선도 조금 더 따뜻해질 걸세. 사실… 마음은 애초에 여린 분이니까."

"그렇지요. 술사님 자신이나 세상을 위해서나 그렇게 되는 게 좋지요."

이공이 고개를 끄떡이며 말했다.

*   *   *

"후우……!"

무한이 문득 숨을 내쉬며 걸음을 멈췄다.

그러자 그의 등 뒤에서 태어나서 가장 안락했던 시간을 보낸 주란이 퍼뜩 꿈에서 깨듯 고개를 들었다.

"그만… 내려줘요."

주란이 말했다.

그러자 무한이 대답 없이 조심스럽게 주란을 등에서 내려놓았다. 그녀가 큰 부상을 입고 있었기 때문에 그녀를 내려놓는 것도 조심스러웠다.

그 사실을 생각하면 무한이 그녀를 업고 달리는 동안 주란이 고통이 아니라 편안함을 느꼈다는 것은 놀라운 일이 아닐 수 없었다.

"잠깐 쉴 시간이 될까요?"

주란이 여전히 얼굴을 가리고 있는 무한에게 물었다.

그러자 무한이 고개를 끄떡이고는 그들 옆에 있는 너른 바위를 가리켰다. 앉아 쉬기 좋은 바위다.

주란이 고개를 끄떡이고 나서 바위 쪽으로 이동해 그 위에 걸터앉았다.

그러고는 잘린 한쪽 팔을 바라봤다.

"후우……."

주란이 길게 한숨을 내쉬었다. 현재 자신의 상황이 현실처럼 느껴지지 않는 모습이었다.

무한은 그런 그녀에게 눈길을 주지 않았다. 대신 그는 그들의 앞에 놓여 있는 폭이 좁은 강을 묵묵히 응시했다.

굳이 배가 없어도 사람이 걸어서 건너기에 충분한 깊이와 넓이의 강이다.

그럼에도 어둠 속을 흐르는 강물은 사람에게 본능적인 두려움을 안겨준다.

주란이 잠시 몸과 마음을 추스른 후 석상처럼 서 있는 무한에게 시선을 주었다.

"얼굴을… 볼 수 없나요?"

주란이 물었다.

그러자 무한이 고개를 저었다.

"그럼 당연히 누군지도 알 수 없겠군요."

주란이 다시 묻자 무한이 고개를 끄떡였다.

그러자 주란이 다시 입을 다물고 긴 침묵 속에서 깊은 눈으로 무한을 응시했다.

그러다가 문득 다시 입을 열었다.

"이곳에서 날 두고 떠날 생각인가요?"

"강을 건너면… 비룡성의 속가들이 있지 않습니까?"

무한이 되물었다.

"그래요, 강만 건너면 이제 더 이상 누군가의 추격을 걱정할 필요는 없지요."

"돌아가시면… 녹산연가에 사람을 보내십시오. 이 싸움이 계속되면 비룡성은 세상에서 사라질 겁니다."

무한이 충고했다.

그는 연이설이라는 여인을 알고 있었다. 그녀는 비룡성이 화해를 청하지 않는 이상 비룡성의 뿌리까지 뽑으려 할 것이다. 그

것이 세상에 부활한 천록의 왕국의 힘을 보여주는 일이라 생각할 것이기 때문이었다.

"글쎄요. 그들의 힘을 직접 눈으로 봤으니 위험하다는 것을 모르는 것은 아니지만… 과연 연이설이 화해를 청한다고 받아줄까요? 비룡성을 이 땅에서 지워 버리는 것이 천록의 왕국의 재건에 더 도움이 될 텐데. 육주의 사람들에게 천록의 왕국의 완벽한 부활을 알리는 충격적인 사건이 될 테니까요."

주란이 회의적인 반응을 보였다. 그녀 역시 녹산연가를 공격하기 전에 연이설에 대해 들은 바가 있었다.

십이신무종에게조차 몸을 굽히지 않은 당돌함, 세상의 눈을 속이고 천록의 왕국을 재건해 온 치밀함. 그런 여인이 승기를 잡은 싸움에서 화해에 응할 리 없다고 생각한 것이다.

"화해를 청하면 받아들일 겁니다. 물론, 비룡성 입장에서는 많은 것을 포기해야겠지만."

무한이 확신하듯 말했다.

그런 무한이 이상하다는 듯 주란이 잠시 무한을 바라보다가 물었다.

"그렇게 확신하는 이유가 뭐죠?"

"십이신무종… 때문이지요."

무한이 대답했다.

"십이신무종이 다시 연이설을 시험할 거라 보나요? 다른 성들을 동원해서?"

주란이 물었다.

"만약에 비룡성과의 싸움이 길어지면 반드시 그럴 겁니다."

무한이 확신했다.

"그럼… 굳이 제가 많은 것을 포기할 이유는 없지 않을까요? 연이설도 장기전을 원치 않는다면?"

"글쎄요. 원하는 만큼의 양보를 얻지 못하면 그녀는 차라리 전력을 다한 공격을 택할 겁니다. 허술한 화해보다 완벽한 승리가 필요할 테니까요. 또, 천록의 왕국의 부활을 선포했다는 건, 그녀에게 세상에 알려진 것 이상의 힘이 있다는 의미입니다. 그 공격을 감당할 수 있다면… 그래서 신무종이 다시 누군가를 내세울 몇 달을 견딜 수 있다면 전쟁을 선택하셔도 좋습니다."

무한이 주란과 비룡성에 그럴 힘이 있느냐는 듯 말했다.

제3장

그럼에도 불구하고 이들은…

무한과 주란은 한동안 침묵 속에 머물렀다.

그들은 더 이상 연이설의 추격을 걱정하지 않았다.

또 달리 보면 헤어지기 싫어하는 사람들처럼 보이기도 했다.

처음 주란이 침묵한 것은 무한이 한 충고에 대해 생각하기 때문인 듯싶었지만, 자세히 보면 꼭 그런 것만은 아닌 것 같았다.

주란은 혼자만의 생각에 잠긴 듯하면서도, 묵묵히 자신을 지키고 있는 무한을 깊은 시선으로 응시하기도 했다.

무한도 그런 주란의 시선을 느끼기는 했지만 담담하게 그 시선을 받아냈다.

그러다가 어느 순간 주란이 물었다.

"왜 날 도운 거죠?"

생각해 보면 너무 늦은 질문이었다. 무한이 자신의 정체를 밝히고 싶어 하지 않아도 가장 먼저 물었어야 하는 질문이었다.

대체 얼굴을 가리고 나타나 왜 자신을 구했을까. 그리고 왜 비룡성으로 돌아간 이후의 일까지 충고를 하는 것일까.

하는 말을 들어보면 녹산연가의 연이설을 잘 아는 사람 같기도 했다.

그래서 정체는 말하지 않더라도 왜 자신을 돕는지는 꼭 알고 싶은 주란이었다.

"우연히 지나다가……."

무한이 무심코 대답했다.

그러자 주란이 피식 실소를 흘렸다. 그녀와 같은 사람에게는 턱없는 대답이다.

그러자 무한도 뻘쭘한 표정으로 입을 닫았다.

"좀 더 그럴듯한 이유를 대봐요."

주란이 말했다. 그녀의 목소리에 웃음기가 녹아 있다. 그녀의 현재 상태를 생각하면 있을 수 없는 일이다.

한 팔은 잘렸고, 다리에도 걷기 힘든 부상을 입었다.

그조차도 전쟁에서 승리한 대가라면 견딜 수 있겠지만, 그녀는 완벽한 패배를 당해 비룡성의 존폐를 걱정해야 하는 상황이었다.

그럼에도 그녀의 목소리에는 웃음기가 있었다. 그 이유야 그녀만 알겠지만, 아니, 어쩌면 그녀 자신도 그 이유를 모르겠지만 어쨌든 그녀는 전쟁에 패한 사람 같지 않았다.

그런 주란의 모습이 무한에게 생경하게 느껴졌다.

"이 패배가 화나지 않으세요?"

무한이 농담까지 하는 주란의 모습에 놀라 되물었다.

"아… 내가 패했지. 그것도 아주 처절하게……."

주란이 그제야 자신의 처지를 깨달았다는 듯 중얼거렸다. 그러나 그럼에도 불구하고 그녀는 크게 당황하거나 분노한 것 같지는 않았다.

패배의 충격에서 이미 벗어난 듯 보이는 주란이었다.

"의외군요."

무한이 말했다.

"뭐가요?"

"비룡성에는 정말 중요한 전쟁이었는데, 그 전쟁에서 패한 분께서 이렇게 담담하실 줄은 몰랐습니다."

"흠… 얼마 전까지는. 적어도 젊은 무사님께 구함을 받기 전까지는 그랬죠. 죽어 원귀가 되어서라도 이 싸움의 승부를 되돌리고 싶었어요. 그런데 무사님에게 업혀 이곳까지 오는 동안에 신기하게도 마음이 아주 편해졌어요."

주란이 어깨를 으쓱하며 말했다.

"…왜일까요? 단지 목숨을 구하셨다는 안도감 때문일까요?"

무한이 되물었다.

그러자 주란이 고개를 저었다.

"그럴 리가요. 세상에 알려진 대로 나, 주란은 야망을 위해서는 뭐든 할 수 있는 사람인데요. 평생의 꿈이 꺾인 지금 목숨 따위는 중요하지 않죠."

"그럼 왜……?"

무한이 이해할 수 없다는 듯 다시 물었다.

"글쎄요. 왜일까요… 흠, 한 가지 이유를 생각해 보자면 내가 나의 꿈이자 야망이라고 알고 있었던 것들이 어쩌면 내 것이 아니었을 수도 있다는 생각을 했어요. 비룡성을 이왕사후를 뛰어넘는 육주의 제왕으로 만들겠다는 것은 지금 생각해 보니 제 꿈이 아니라 돌아가신 아버님의 꿈이었어요. 다만, 어려서부터 그것이야말로 내가 세상에 태어난 이유라고 강요받았기에 나 역시 그게 제 꿈인 줄 알았던 거죠."

"그럼 부인께서 정말 원했던 것은 뭡니까? 그걸 깨달으셨나요?"

무한이 물었다.

"글쎄요… 확실치는 않지만 느낌은 알겠어요. 어렴풋이."

"자신의 꿈을 어렴풋한 느낌으로 안다는 것은… 이해하기 쉽지 않군요."

"그렇죠? 이상하죠? 그래요. 나도 이상해요. 하지만 무사님의 등에 업혀 오면서 그런 생각이 들더군요. 아! 내가 원했던 것은 다정한 아버지, 따뜻한 남편… 그리고 사랑스러운 아이와 같은 그런 평온한 삶이었을지도 모른다고. 육주의 제왕이 되는 것이 아니라 말이죠. 물론… 앞으로도 그렇게 살 수는 없겠지만."

주란이 우울한 표정으로 말했다.

그러자 무한이 조금 단호하게 말했다.

"그렇게 살 수 없는 이유가 없지요. 하려면 당장에라도 할 수 있는 생활 아닙니까? 단지 결심의 문제이지."

"그런가요? 하지만 제게는 쉽지 않군요. 지켜야 할 연약한 동생과… 이제는 불구가 되어 비참한 패배감에 잠겨 술에 의지하는 남편을 지켜야 하니까요. 비록 나 역시 한 팔이 잘린 신세기는 해도, 후우…….”

주란이 비룡성과 오사성으로 돌아갔을 때, 그녀를 기다리고 있을 일들이 버거운지 길게 한숨을 내쉬었다.

그녀의 말을 무한 역시 반박할 수 없었다. 그 두 사람을 버리고 어디로 가서 그녀가 평온하게 살 수 있을 것인가.

결국 원하는 대로 살 수 있다고 말한 자신의 말이 오히려 오만한 것이라는 생각이 드는 무한이었다. 사실 그 자신조차도 조금씩 원하지 않던 빛의 술사의 업을 지키는 삶으로 쓸려 들어가고 있는 요즘이었다.

“그럼 아무튼 어떻게든 연이설, 그녀와 협상을 해내셔야 합니다.”

“그렇겠지요. 그녀가 아니더라도 많은 적들이 생겨날 테지만.”

주란이 말했다.

그녀의 말대로 이번의 패배로 인해 육주의 야심가들이 비룡성과 오사성을 향해 발톱을 드러낼 가능성은 충분했다.

“부활한 천록의 왕국과 제대로 된 연대를 하면 그 위험성도 줄어들 겁니다.”

“휴전이 아니라 아예 연대를 해라? 천록의 왕국의 한 영주가 되어야겠군요, 후후…….”

주란이 씁쓸하게 말했다.

평온한 삶을 원한다고 했지만 어제까지만 해도 육주의 제왕을 꿈꾸던 사람이기에 누군가에게 무릎을 꿇는 일이 결코 쉬운 결정은 아니었다.

“지나친 요구는 하지 않을 겁니다. 그쪽에서도… 비룡성을 얻을 수만 있다면…….”

무한이 확신하듯 말했다.

그러자 주란이 무한을 또렷이 보면서 물었다.

"혹시 연이설과 관계가 있나요?"

"왜 그렇게 생각하시죠?"

"그녀에 대해 잘 아는 것처럼 보여서요. 그녀 주변의 상황이 아니라 그녀의 마음을 아는 것 같다고나 할까?"

"그런 정도의 사이라면 제가 주 부인을 구하지는 않았겠지요."

"흠… 그렇기는 하지만 그래도 왠지 그런 느낌이 드는군요. 아시죠? 여자의 직감이란 것이 무섭다는 것을……."

무한은 대답하지 않았지만 확실하게 주란의 말에 동의하고 있었다. 정말 여자의 직감이란 무서운 것이었다. 주란은 이미 무한의 말속에서 그와 연이설이 어느 정도의 인연이 있다는 것을 알아챈 것이다.

"그래서 하는 말인데 혹시 연이설을 만날 기회가 있다면 나와 비룡성에 대해 잘 말해주세요."

주란이 미소를 지으며 부탁했다. 마치 정말 무한이 그녀와 비룡성을 연이설의 천록의 왕국으로부터 구원해 줄 수 있는 것처럼.

그런 주란을 보며 무한은 이제 이곳을 떠날 때라고 생각했다. 더 머물다가는 어쩌면 얼굴을 가린 천을 걷어내고 자신의 정체를 드러낼 것 같은 느낌이 들었기 때문이었다.

주란은 그녀가 가지고 있던 야심만큼이나 날카롭고 똑똑한 여인이었다.

"강을 건너는 것은 어렵지 않을 겁니다. 전 이곳에서 떠나지요. 부디… 이번 패배의 그늘에서 얼른 벗어나시길 바랍니다. 충분히 그러실 수 있는 분이라 생각하지만……."

무한이 갑자기 주란에게 작별을 고했다. 그리고 정중하게 고개를 숙여 인사를 한 후 어둠이 걷히고 있는 숲을 향해 걸음을 옮기기 시작했다.

순간 주란이 당황한 듯한 표정을 짓더니 다친 다리로 벌떡 자리에서 일어나 두어 걸음 무한 쪽으로 걸어 나오며 소리쳤다.

"잠시만 기다려요!"

주란의 외침에 무한이 걸음을 멈췄다.

"더 필요하신 것이라도 있습니까?"

무한이 물었다.

"그게 아니라… 조심하라고요."

"……?"

뜬금없는 주란의 말에 무한이 의아한 표정으로 그녀를 바라봤다.

그러자 주란이 알 수 없는 표정을 지으며 말했다.

"젊은 무사께서 제가 아는 그 누구보다 강하다는 것은 이미 알고 있어요. 유랑 무사들이라지만 무공을 가진 자들 틈에서 그렇게 아무런 기척 없이 저를 데리고 나오는 것은 아무나 할 수 있는 일이 아니죠. 그리고 이곳까지 서너 시진의 밤길을 쉬지 않고 일정한 속도로 달린 것 역시 무사님 무공의 깊이를 말해주는 것이고… 하지만 세상은 워낙 예측불허 한 곳이니 세상을 걸어갈 때는 한 걸음, 한 걸음 조심해서 걸어야 합니다."

정말 뜬금없는 충고였다.

지금껏 충고는 무한의 몫이었다. 그런데 주란이 갑자기 떠나는 무한에게 충고를 쏟아내고 있었다.

"…걱정해 주셔서 고맙습니다. 오늘 하신 충고 늘 기억하지요."

무한이 다시 고개를 숙여 보이고 몸을 돌렸다.

그런데 그런 무한에게 주란이 다시 말을 이었다.

"그리고 이제 이런 위험한 모험들은 그만하세요. 언제나 운이 좋은 건 아니니까."

주란의 말에 무한이 걸음을 멈칫했다. 그러다가 아무 대답 없이 그대로 숲속으로 사라졌다.

무한이 사라지고 난 후에도 주란은 한동안 그 자리를 떠나지 않았다. 그녀는 마치 무한이 다시 돌아올 것이라 생각하는 사람처럼 날이 밝았음에도 불구하고 그 자리를 지켰다.

추격자가 더 이상은 없을 거라 예상했지만, 그래도 날이 완전히 밝을 때까지 자리를 지키고 있는 것은 위험한 일이었다.

그런 그녀의 행동은 무한에게 한 충고, 위험한 모험은 그만하라는 말을 그녀 스스로 어긴 것이나 다름없었다.

하지만 결국 그녀에게도 떠나야 할 시간이 다가왔다. 무한이 돌아오지 않을 거라는 걸 그녀 자신도 알고 있기 때문이었다.

그녀가 앉아서 휴식을 취하던 나무 등걸을 짚고 일어났다. 한동안 쉬어서인지 그녀의 움직임이 한결 자연스러웠다.

쿵쿵!

그녀가 부상당한 다리를 땅에 굴러봤다. 부상당한 곳에서 여전히 통증이 느껴지는지 약간 얼굴을 찌푸렸지만, 몇 걸음 걸어

보는 그녀에게서 큰 불편함이 보이지는 않았다.

"비룡성까지 걸어도 갈 수 있겠어."

주란이 만족한 듯 중얼거렸다.

그러고는 이미 오래전 무한이 사라진 숲을 바라보며 말했다.

"한! 네가 거기 있는지 모르겠다. 아마 이미 멀리 떠났겠지. 하지만 그래도 이 말은 해야겠구나. 미안했다. 어린 너에게 견디기 힘든 고통을 준 것은 결코 용서받을 수 없는 일인데, 그럼에도 넌 날 구해주었구나. 네가 왜 그랬는지 모르겠다. 이 독한 여자가 여전히 네게 어머니인 것인지. 아니면 아버지의 여인이 죽는 걸 지켜 보기 힘들었을 수도 있겠지. 하지만… 앞으로는 그러지 말거라. 내가 죽어도. 절대 날 위해 위험을 감수하지 말거라. 난 그럴 자격이 없는 여자다."

주란이 마치 무한이 곁에 있는 것처럼 두런두런 말을 흘러냈다.

처연하기보다는 정말 아들에게 충고를 하는 어머니의 모습 같았다.

"네 등에 업혀 오면서 생각해 봤다. 이런 평온한 시간이 과거의 내게 있었나 하고 말이다. 처음이더구나. 태어나서 그렇게 누군가에게 온전히 날 의지할 수 있는 편안함을 느낀 것은. 그리고 날 구한 것이 한, 너라는 것을 알아챘을 때, 난 내가 세상에서 가장 소중한 보물을 놓쳤다는 것을 깨달았다. 철사자가 날 버리고 세상을 구하기 위해 떠났을 때, 사실 그는 세상에서 가장 소중한 것을 내게 남기고 떠났다는 것을 그때 깨달았다. 그게 바로 한, 너였던 거지."

그쯤 주란이 거의 울 듯한 표정이 되었다. 그리고 정말 울먹이며 말을 이었다.

"그때, 네 아버지에 대한 분노가 너무 커서 너를 그렇게 매몰차게 버리고 떠나지 않았다면, 너와 함께 사자림을 지키고 살았다면, 결국 넌 지금처럼 따뜻하게 날 지켜주는 든든한 아들이 되었을 테지. 아무리 내가 못나게 굴어도… 넌 그런 아이였다. 그럼에도 난 내 생에 주어진 가장 소중한 보물인 널 지키지 못했다. 그러니 이제 와서 그런 나를 위해 위험을 감수할 필요는 없다. 절대로!"

주란이 단호하게 말했다.

그러고는 무한이 그녀의 상처에 감아주었던 작은 천 조각을 만지며 다시 말했다.

"네 말대로 하마. 돌아가면 비룡성과 오사성의 이름으로 연이설에게 화해와 연대를 청할 것이다. 네가 확신한다면 그녀는 나의 청을 받아주겠지. 이후에 비룡성과 오사성은 절대 세상을 향해 야심을 드러내지 않을 것이다. 단 한 가지 경우, 네가 나를 필요로 할 때를 제외하고는. 네가 부탁해서 하는 선택이 아니다. 나와 내 동생… 그리고 못난 사람이지만, 그래도 남편인 오사성주를 위한 선택이다. 그게 우리 모두가 남은 삶을 평온하게 살아갈 유일한 방법이겠지. 한! 살아 있어 줘서 고맙구나. 다시 만날 수 있어서 행복했다. 그리고… 위대한 철사자의 아들로서 부끄럽지 않은 무인이 되어줘서 더욱 고맙다. 정말 내가 꼭 필요하면… 그때는 망설이지 말고 찾아오너라. 그게 내 목숨이라도 널 위해 기꺼이 내놓을 테니!"

그렇게 어두운 숲에 대고 다짐을 한 주란이 그녀가 건너야 할 작은 강을 향해 걸음을 옮기기 시작했다.

"어허, 자격이 있구나, 자격이 있어!"

용노가 탄식하듯 말했다.

"무슨 자격이 있다는 말씀입니까?"

이맥이 물었다.

"늦었지만 어머니가 될 자격이 있다고 하는 말이다. 마음속에는 늘 술사님에 대한 미안함이 있었다는 것 아니냐?"

가슴까지 오는 강물을 헤치며 강을 건너는 주란을 보며 용노가 말했다.

"아니, 겨우 말 몇 마디에 그런 자격이 생깁니까? 그녀가 술사님께 한 잘못이 그렇게 후회하고 미안하다는 말 한마디로 사라지고, 금세 어머니의 자격이 생긴다고 하면 너무 억울한 일이지요."

이맥이 불만스러운 표정으로 말했다.

"그거야 네 생각이고, 아마도 술사님은 그녀의 후회와 사과로 이미 마음이 풀리셨을 거다. 더군다나 그녀의 말은 진심이니까."

용노가 그들로부터 멀찍이 떨어져서 강을 건너는 주란을 응시하고 있는 무한을 보며 말했다.

"술사님이 그녀를 용서했다고요?"

이맥이 되물었다.

"술사님의 표정을 보면 모르겠느냐? 사실 부모와 자식 간의 문제는 말 한마디로 모든 원망이 풀릴 수 있는 사이지."

"전 모르겠습니다. 아무리 그래도 주 부인에 대한 원망이 그렇게 쉽게 사라질지는… 그리고 친모도 아닌데요."

"후우… 이 녀석아. 친모가 아니라도 어린 시절을 함께 보낸 사람이다. 더군다나 주 부인은… 나름대로 변명할 이유도 있었다. 철사자에게서 여인으로서 사랑을 받지 못했으니까. 비록 정략결혼이라고 해도 그녀의 말을 들어 보면 당시 그녀는 철사자의 사랑을 원했던 것 같고……."

"그야 뭐… 그래도 그렇다고 어린 술사님께 고약하게 군 것은 이유가 되지 않지요."

"그 행동이 옳다는 게 아니다. 다만 용서를 하려면 그 행동이 어느 정도 이해가 된다는 말이지. 아무튼… 술사님으로서는 큰 숙제를 풀었군. 앞으로 좀 변하시려나? 아우는 어찌 생각하나?"

용노가 이공에게 물었다.

그러자 이공이 고개를 끄떡였다.

"확실히 변하실 겁니다. 마음의 응어리 하나를 내려놓으셨으니… 좀 더 자신감을 가지실지도. 혹은 세상일에 좀 더 적극적일 수도 있으시고요."

"그렇지? 그럼 좀 바빠지려나."

"이제 어디로 가시는지 그걸 보면 알겠지요."

"어디로 가실 것 같나?"

용노가 다시 물었다.

"제 생각에는… 천록의 왕국의 공주님을 만나러 갈 것 같습니다만……."

"음, 역시 그렇겠지? 일의 매듭은 확실하게 지어야 할 테니."

용노가 고개를 끄떡였다.

무한은 주란의 모습이 시야에서 완전히 사라질 때까지 움직이지 않았다.

강을 건넌 주란은 건너편 강변에서 그녀가 무한과 있었던 남쪽 강변에 잠시 시선을 준 후 강 북쪽으로 이어진 길을 따라 사라졌다.

그제야 무한이 용노 등이 있는 곳으로 걸어왔다.

"괜찮겠습니까?"

무한이 오자 이공이 물었다. 주란의 안위를 묻는 것이지만, 사실은 그 속에 무한의 마음을 묻는 의미도 포함되어 있었다.

"강한 분이시니 무사히 돌아가실 겁니다. 비룡성의 권역이기도 하고요."

"그렇긴 하지요."

이공이 고개를 끄떡였다.

"그나저나 이제 어디로 가시렵니까?"

용노가 물었다.

그러자 무한이 대답했다.

"생각하시는 곳으로요."

"어? 듣고 계셨습니까?

"제 귀가 다른 사람보다 밝다는 것을 알고 계셨어야죠."

무한이 미소를 지으며 대답했다.

"아이구, 그렇군요. 위대하신 빛의 술사님이신데… 우리가 하는 말을 모두 들으셨군요?"

용노가 겸연쩍은 표정을 지으며 물었다.

"틀린 말씀들을 하신 것도 아닌데요."

그럼에도 불구하고 이들은… 85

"그럼 역시 용서하신 겁니까?"

"사실… 불쌍한 분이죠."

"…어떤 면에서는 그렇지요."

용노가 고개를 끄떡였다.

"연 아가씨를 만나러 가시는 것도 역시 주… 부인 때문이시겠지요?"

옆에서 이공이 물었다.

"그렇다고 봐야지요."

무한이 미소를 지으며 대답했다.

"역시. 아무튼 이제부터는 빛의 술사로서 제대로 일을 하시렵니까?"

"글세요… 그건 아직."

무한이 모호한 대답을 했다.

"기왕 세상일에 관여를 하시려면 화끈하게 하시지요?"

이공이 무한을 부추겼다.

그러자 무한이 미소를 지으며 대답했다.

"그 말씀은 틀린 것 같습니다. 과거 빛의 술사들은 세상일에 관여할 때 자신들의 존재를 드러낸 경우가 거의 없었으니까요. 그래서 보통 사람들에게는 빛의 술사가 실존하는 인물이 아니라 전설의 인물이 된 것 아닙니까?"

"그야 그렇기 하지만……."

"조율이 필요하다면 그 일을 할 뿐이지요."

무한이 정색을 하며 말했다.

"그러자면 신무종을 상대하셔야 합니다."

용노가 심각한 표정으로 말했다.

"필요하다면요. 그들은… 자신들의 경로에서 너무 많이 벗어나 있어요. 그 길을 조금 틀어줄 필요는 있다는 생각이 듭니다."

무한이 말했다.

"그들이 쉽게 변하지는 않을 텐데요. 어쩌면… 술사님을 제거하려고 할 수도 있습니다."

용노가 걱정스럽게 말했다.

"그렇게 나온다면 저도 다른 방책을 강구해야지요."

"그들을 상대할 방법이 있으신 겁니까?"

용노가 궁금한 표정으로 물었다.

그러자 무한이 조금 차가워진 표정으로 대답했다.

"애초에 이곳이 그들이 땅이 아니라는 것을 알려줘야겠지요."

                    *   *   *

연이설은 송강 어귀까지 진출한 뒤 진격을 멈췄다.

그렇다고 천록의 옛 성터에 있는 이궁으로 돌아가지도 않았다. 대신 그녀는 송강 어귀에 단단한 진채를 구축하기 시작했다.

비룡성의 공격을 예측하고 송강의 지류를 막아 수공을 준비했던 것처럼, 송강 중상류에 진채를 세우는 일 역시 오래전부터 계획되어 있던 것 같았다.

그녀가 진채를 세우기 시작한 곳으로 사방에서 마차와 선박들이 몰려오기 시작한 것이 그 증거였다.

물길과 육로를 통해 순식간에 많은 양의 물자들이 조달되었고, 그걸 바탕으로 연이설의 숙영지가 순식간에 단단한 진채의 모습을 갖췄던 것이다.

임시로 만든 진채가 완성된 이후에는 수많은 석공들을 진채로 불러들이기 시작했다. 그리고 다시 얼마 후 석공들을 호위무사들을 딸려 천록의 왕국 옛 성터 동쪽에 있는 거대한 산, 천왕산 자락으로 보내기 시작했다.

그녀는 아마도 그곳에 무한에게 말했던 난공불락의 성채를 지으려는 것 같았다.

무한이 주란을 무사히 돌려보내고 다시 연이설을 찾아온 것은 그쯤이었다.

무한이 주란을 탈출시키고 즉시 연이설에게 오지 않은 것은 주란으로 하여금 비룡성으로 돌아가 그 동생인 성주와 향후의 행보를 논의하고, 사절단을 꾸려 연이설에게 보낼 시간을 주기 위함이었다.

물론 그동안 연이설은 송강을 건너 비룡성을 전격적으로 공격할 전사들을 충실하게 준비하고 있었다.

다행스러운 것은 주란의 결정과 행동이 생각보다 빨랐다는 것이었다.

주란의 사절단이 비룡성을 출발해 송강 어귀에 다다른 것은 연이설이 부활한 천록의 왕국 전사들을 출발시키기 바로 직전이었다.

"아무튼 놀라운 여인입니다."

송강 어귀에 들어선 거대한 진채를 보며 이공이 고개를 저었다.

어떤 일을 계획하고 추진하는 연이설의 능란한 능력에 다시 한번 놀란 듯 했다.

"하나의 왕국을 이끌기에 충분한 능력이 있다고 봐야겠지."

용노가 대답했다.

"그런데 정말 그녀가 비룡성의 화해 요청을 받아들일까요?"

이맥이 걱정스러운 표정으로 물었다.

그러자 이공이 담담하게 대답했다.

"그렇게 될 것이다."

"어떻게 확신하세요?"

이맥이 확신을 가지고 대답하는 이공에게 되물었다.

그러자 이공이 퉁명스럽게 대답했다.

"당연한 일이다. 술사님이 원하시는 일이니."

"아니, 그야 뭐… 그렇기는 하지만, 그래도……."

무한이 원한다고 연이설이 비룡성의 화해를 받아들일 거라는 확신이 못미더운지 이맥이 말꼬리를 흐렸다.

"빛의 술사님이 하는 일이다. 감히 누가 그 뜻을 거역하겠느냐?"

이공이 의심하는 이맥에게 단호하게 말했다.

"그야 그렇지만 그녀는 아직 술사님의 정체를 모르지 않습니까?"

이맥이 되물었다.

"이쯤 되면 적어도 둘 중 하나는 그녀에게 말을 해줘야겠지. 철사자의 아드님이라는 사실, 아니면 부활한 빛의 술사님이라는 사실 둘 중의 하나는."

이공이 대답했다.

"정말 그러실 생각이십니까?"

이맥이 놀란 듯 무한에게 물었다.

그러자 무한이 고개를 끄떡였다.

"적어도 그녀에게 내 부탁을 들어줄 믿음의 근거가 필요할 테니까요."

"그럼 어느 것을……?"

이맥이 다시 물었다.

그러자 이공이 옆에서 화를 냈다.

"이놈! 말이 많다!"

"아, 죄송합니다. 그래도 궁금해서……."

이맥이 얼른 고개를 숙이며 말했다. 그러면서도 눈치는 무한의 대답을 기다리는 듯 했다.

그러자 무한이 웃으며 대답했다.

"빛의 술사 신분을 노출하기에는 역시 신무종이 걸리는군요. 물론 결국 말하긴 해야겠지만, 그건 나중 일이고. 지금은 이설 아가씨를 설득하는 것이면 되니 위대한 영웅 철사자의 아들 노릇을 해야겠지요."

"옳은 결정이십니다."

이공이 동의했다.

"위대한 영웅 철사자의 아들! 생각만 해도 멋지네요."

이맥이 자신이 철사자의 아들이라도 된 것처럼 말했다.

그러자 무한이 이공 등을 보며 말했다.

"그럼 다녀오겠습니다."

"혼자 가셔도 되겠습니까?"

이공이 물었다.

"위험한 일은 아니니까요. 그리고 조용히 그녀를 만날 생각입니다. 대사형도 모르는 일이었으면 해서요."

"음… 알겠습니다. 저희는 이곳에서 기다리겠습니다."

이공이 대답했다.

그러자 무한이 고개를 끄떡여 보이고는 송강 어귀에 세운 녹산연가의 진채를 향해 걸음을 옮겼다.

*　　　*　　　*

연이설은 금장으로 장식된 천막 안에서 중년 여인의 보고를 듣고 있었다.

중년 여인은 오랜 세월 검을 들고 살아온 사람에게서 느껴지는 강렬한 날카로움을 가지고 있었다. 그녀의 이름은 이사야, 호천백검의 오대 수장 한 명인 뛰어난 검객이었다.

"참… 곤란한 사람이기는 하군요. 갑자기 화친이라니……."

연이설이 곤혹스러운 표정을 지으며 중얼거렸다.

"저로서도 의외입니다. 전 그녀가 비룡성과 오사성의 모든 전력을 모아 다시 싸울 거라고 생각했습니다만……."

"그러게요. 그래야 정상인데… 무슨 의도일까요? 정말 겁이 나서 항복을 하지는 않을 것 같은데……."

"시간을 벌려는 속셈일 수도 있습니다."

이사야가 대답했다.

"후우… 그래요. 그럴 가능성이 가장 크겠군요."

"그럼 굳이 화친을 할 이유는 없군요. 돌려보낼까요?"

이사야가 물었다.

그러자 연이설이 고개를 저었다.

"그냥 보낼 수는 없지요. 그래도 사절단인데. 오늘은 영내에 머물게 하세요. 정중하게… 내일 제가 만나지요."

"알겠습니다. 그럼!"

이사야가 대답을 한 후 연이설의 막사를 벗어났다.

그런데 그 직후 연이설이 자리에 앉으려다 말고 화들짝 놀라 뒤로 물러나며 검을 뽑아 들었다. 하지만 다음 순간 그녀의 얼굴에 미소가 떠오르며 반가운 투정을 했다.

"무사님은 참 사람을 놀라게 하는 재주가 있으시군요."

연이설의 천막의 가장 안쪽, 어둠속에서 무한이 천천히 걸어 나왔다. 그리고 연이설에게 축하의 말을 건넸다.

"늦었지만 승전을 축하드립니다."

"호호호, 축하하러 온 사람치고는 너무 조심스럽군요. 그냥 들어오셔도 될 텐데."

"사형은 몰랐으면 해서요."

"……?"

이유를 모르겠다는 듯 연이설이 무한을 바라봤다. 같은 독안룡 탑살의 제자인데 굳이 전위에게 자신의 행보를 숨기려는 무한이 이해가 가지 않는 듯했다.

그러자 무한이 농담을 하듯 말했다.

"오늘은 저도 이설 님께 약간의 넋두리를 좀 하려고 합니다.

그런 일을 사형은 좋아하지 않을 겁니다. 사제가 누군가에게 넋두리를 하는 것을……."

"그것이야말로… 제가 바라던 흥미로운 일이군요."

연이설이 무한의 개인사를 들을 수 있다는 것이 기쁜지 눈을 크게 떴다.

"차라도 한잔 얻어 마실까요?"

무한이 물었다.

"아! 이런 제가 손님을 너무 오래 세워두었군요. 일단 이리로 앉으세요. 차는 곧 준비시킬게요. 아! 사람을 부르면 안 되겠죠?"

연이설의 물음에 웃으며 고개를 끄떡였다.

그러자 연이설이 막사 밖으로 나가며 말했다.

"잠시만 기다리세요."

무한은 연이설이 나간 후 빈 막사 안을 천천히 둘러보았다. 사방에서 그녀의 사람들이 보냈을 전서와 서류들, 그리고 그녀가 즐겨 읽는 서책들이 막사 안에 가득했다.

반면에 보통의 여인들이 흥미를 가지는 보석 같은 물건은 찾아볼 수 없었다.

오히려 막사 벽에 걸려 있는 도검들로 인해 연이설의 거처란 것을 모르면 남자 전사의 막사로 어울리는 장소였다.

"그렇게 타고난 운명인 거지."

무한이 씁쓸하게 중얼거렸다.

"무슨 운명을 말씀하시는 건가요? 제 운명인가요? 아니면 칸 무사님의 운명인가요?"

불쑥 막사 문을 열고 작은 쟁반을 들고 들어오면서 연이설이
물었다.

"들으셨군요?"

"어쩌다 보니 들었네요. 그런데 정말 누구 운명에 대해 그렇게
쓸쓸해하시는 건가요? 혹시 제가 불쌍해 보이나요? 이래 봬도
천록의 왕국의 공주로 태어나서 이제는 왕이 될 사람인데?"

연이설이 웃으며 물었다.

"뭐, 나쁘지 않으신 운명이군요."

무한이 가볍게 웃으며 대꾸했다.

"후후, 그렇죠? 남들이 부러워하는 운명이기도 하죠. 자! 드세요."

연이설이 찻잔에 차를 따라 무한 쪽으로 건네며 말했다.

무한이 찻잔을 받아 들고 가볍게 한 모금 마셨다.

"좋군요."

"그럴 거예요. 왕이 될 사람이 마시는 차니까요."

연이설이 미소를 지으며 대답했다.

이러니저러니 해도 무한을 만난 것이 기쁜 모양이었다.

"흠… 오늘 비룡성에서 사절단이 왔다고 하더군요?"

무한이 가벼운 농담에서 벗어나 진지한 표정으로 물었다.

"알고 계셨군요. 맞아요. 주 부인이 사람을 보냈더군요. 그녀
답지 않게……."

"사람은 변하게 마련이죠. 어떤 계기를 만나면."

무한이 담담하게 말했다.

"어? 그럼 정말 그녀가 진정한 화해를 바란다고 생각하는 건

가요?"

연이설이 의아한 표정으로 물었다. 무한의 표정은 주란이 단지 시간을 벌기 위해서가 아니라, 진심으로 화해를 원한다고 생각하는 듯 보였기 때문이었다.

"난 그렇게 생각합니다."

무한이 대답했다.

그러자 주란이 조금 이상하다는 듯 가만히 무한을 바라봤다. 그러다가 문득 입을 열었다.

"설마… 사절단 때문에 오신 건가요? 개인사는 핑계시고?"

"그렇습니다."

무한이 부인하지 않고 대답했다.

그러자 연이설의 표정이 조금 더 당황스럽게 변했다.

도대체 무한이 주란의 사절단과 관계가 있을 이유가 없기 때문이었다.

"후우… 정말 칸 무사님의 이야기를 제대로 들어야 할 때인 것 같군요. 무슨 사연인 거죠?"

연이설의 물음에 무한이 다시 한번 차를 입에 머금으며 마음을 가다듬었다.

그리고 찻잔을 내려놓으면서 입을 열었다.

"제게 다른 이름이 하나 더 있습니다."

"……."

연이설이 침묵으로 무한의 다음 말을 기다렸다.

"칸이라는 이름은 특이하고, 특별하죠. 제 친부께서 제 이름을 지어주실 때, 어떤 곳에서는 제 이름이 칸으로 불린다고 하셨지요. 그곳에서 칸은 제왕을 뜻한다고 하더군요."

"제왕… 그래서 본래 이름은요?"

연이설이 급히 물었다.

"한… 제 본래 이름은 무한입니다."

"무… 한… ? 무한? 설마! 그……?"

연이설이 갑자기 뭔가를 깨달은 듯 화들짝 놀라 되물었다. 너무 놀라서인지 그녀는 잠시 의자에서 일어서기까지 했다.

그러다가 이내 다시 의자에 앉아 얼굴을 무한 앞으로 가까이 들이밀며 다시 물었다.

"설마 제가 생각하는 그 사람인가요?"

"아마… 맞을 겁니다."

무한이 대답했다.

"아……! 정말 그 무한… 그 불행한 영웅의 아들 무한이란 말이죠? 정말?"

연이설이 몇 번이나 되물었다.

그러자 무한이 담담하게 대답했다.

"맞습니다. 제가 바로 죽은 것으로 알려진 철사자 무곤의 아들 무한입니다."

연이설은 한동안 침묵을 지켰다. 그렇다고 아무 일도 하지 않은 것은 아니다. 그녀는 마치 무한이 얼굴에 가면을 쓰고 있는 것이 아닌지 의심하듯 무한의 얼굴을 세세하게 살피곤 했다.

무한 역시 더 이상 할 말이 없다는 듯 침묵을 지켰다. 사실 자신이 철사자 무곤의 아들이라는 것을 말하는 순간, 그가 할 말을 다 한 것이나 마찬가지였다.

그가 주란의 화해를 받아들이길 원하는 이유도 분명히 드러났다. 주란이 결국 그의 어머니이기 때문이다. 비록 매정한 계모이긴 하지만.

"그… 독안룡님도 아시나요?"

연이설이 오랜 침묵 끝에 물었다.

"그분만 알고 계시죠."

무한이 대답했다.

"아… 그런 전 무사님도 모르신다는 거군요?"

"그래서 이렇게 조용히 찾아온 겁니다. 아니었다면 대사형을 먼저 찾아갔을 겁니다."

"흠… 그렇겠군요."

연이설이 고개를 끄떡였다. 그러다가 다시 물었다.

"그런데 그렇다면 무사님과 주 부인과는 원한 관계가 아닌가요? 이렇게 그녀를 위해 나설 사이는 아닌 것 같은데요?"

"원한까지야… 다만 원망했을 뿐이죠. 그것도 이제는 무뎌졌지만."

"그녀로 인해 죽음을 선택하신 분이 할 말씀은 아니군요."

연이설이 이해할 수 없다는 듯 말했다.

"그분 때문에 바다로 뛰어든 것이 아닙니다. 모두 제가 계획했던 일이지요."

"계획… 그럼 일부러 사자림의 절벽에서 뛰어내리셨다는 거군요?"

"그렇죠. 살려고 한 일이었습니다. 타인의 시선에서 벗어나 자유롭게. 그리고 뭐… 이 정도면 계획대로 된 것 같고요."

"운이 좋으셨어요. 십중팔구는 죽었어야 정상인 계획인데."

연이설이 타박하듯 말했다.

"생각보다 위험한 선택이 아니었다는 것만 말해 두지요. 아무튼! 그래서 비룡성의 제안을 진지하게 생각해 주시지요."

"그녀의 제안이 진심이라고 생각하세요? 시간을 벌기 위한 속임수가 아니라?"

연이설이 주란에 대한 의심을 거두지 않고 물었다.

"이번에는 진심일 겁니다."

"왜 그렇게 확신하시죠? 지금까지 그녀가 살아온 방식을 보면 그녀는 마음속에 진심이란 것이 있는지 의심스러운 사람인데……."

"이제는 다를 겁니다."

무한이 다시 한번 주란에 대한 신뢰를 드러냈다.

그러자 연이설이 가만히 무한을 바라보다 물었다.

"그녀를 만났군요?"

연이설의 물음에 무한이 고개를 끄떡였다.

"그래서 그녀가 제게 자신의 제안을 설득해 달라고 부탁을 하던가요?"

연이설이 조금 실망한 표정으로 다시 물었다.

"사절단을 보내 화해를 청하라고 권한 것은 접니다. 저로서는 그게 비룡성과 이설 님, 모두에게 좋은 결정이라고 생각했습니다. 이설 님이 비룡성을 공격하게 되면, 싸움은 비룡성에서 끝나지 않습니다. 결국에는 오사성과도 겨뤄야 하지요. 그런데 오사성을 공격하려면 삼룡대산맥을 넘은 대원정을 감행해야 하는

데… 그럴 여유가 이설 님께 있습니까?"

무한이 조금 냉정한 어투로 물었다.

연이설이 자신의 행동을 오해하는 것 같기 때문에 일부러 냉정한 논리를 들이댄 무한이었다.

그런 무한의 냉정하고 논리적인 질문에 연이설이 당황한 표정을 지었다. 그녀는 설마 무한이 이렇게 자신을 추궁할 거라고는 생각지 못했던 것이다.

하지만 그녀는 현명한 여인이었다.

무한의 표정이나 말투에서 느껴지는 냉정함을 밀어두고, 오직 그가 지적한 사실만 가지고 생각한다면 비룡성을 공격하는 일은 확실히 부담이 되는 전쟁이었다.

비룡성을 깨뜨리면 주란은 반드시 오사성으로 도주할 것이다.

그런 주란을 추격해 삼룡대산맥을 넘어 오사성까지의 대원정은 이제 갓 왕국의 재건을 선포한 그녀와 왕국에 지나치게 위험한 일이었다.

연이설이 당황한 표정으로 대답을 미루자 무한이 다시 입을 열었다.

"십이신무종은 육주의 거의 모든 성주들을 움직일 수 있습니다. 이설 님이 왕국의 전사들을 이끌고 삼룡대산맥을 넘어 원정을 가게 되면 필시 다른 성주들을 움직여 녹산연가를 치고, 또 원정대의 후방을 끊을 겁니다. 호천백검이 아무리 뛰어나도 결코 감당하기 쉽지 않은 전쟁입니다. 그러니 최선은 비룡성의 화해를 받아들이는 겁니다. 설혹 그분을 믿지 못한다고 해도 말입니다."

무한이 단호하게 말했다.

그러자 연이설이 아미를 모아 눈살을 찌푸리더니 불쑥 물었다.

"그래서, 만약 제가 계속 그녀를 공격하겠다고 하면 무사님은 그녀를 도울 건가요?"

연이설의 질문은 한 세력의 우두머리가 아니라 한 명의 여인이 하는 투정 같았다.

질문을 받은 무한이 길게 한숨을 내쉬었다.

"후우… 사실 벌써 그분을 도와드리고 오는 길입니다. 퇴각하는 중에 유랑 무사들이 그분을 공격했어요. 그분은 지금 한 팔이 잘리고, 몸에도 적지 않은 부상을 입으신 상태입니다. 누군가와 전쟁을 치를 상태가 아니지요."

"아! 그런 일이……."

연이설이 놀란 눈을 크게 떴다.

"그때 그분과 잠시 이야기를 나눴습니다. 그리고 알게 되었지요. 이제 그분이 다른 삶을 사실 수도 있겠다는 것을. 전대 비룡성주로부터 강요받은 야망의 삶이 아니라. 그분 자신만의 삶 말입니다. 그 삶은 절대 이설 님과 육주의 패권을 두고 다투는 전쟁의 삶이 아닐 겁니다."

무한이 누구라도 승복할 수밖에 없을, 진지하고 간절한 표정으로 연이설에게 말했다.

제4장

위험한 그림자

그건 단지 현명함이나 계산의 문제는 아니었다. 연이설에게는 믿음의 문제였다. 무한에 대한 믿음이 확고한 이상 더는 주란을 의심할 필요가 없었다.

　그래서 연이설은 하룻밤 새 생각을 바꿨다.

　그녀의 변화에 놀란 것은 죽음의 공포 속에서 녹산연가, 아니, 이제는 천록의 왕국이라 불려도 충분한 연이설의 영채에서 하룻밤을 보낸 비룡성의 사절단들만이 아니었다.

　오히려 더 놀란 사람들은 연이설을 돕는 호천백검이었다.

　그들은 지난밤 잠이 들기 전 비룡성에 대한 불신으로 공격의 전의를 일으키던 연이설이 갑자기 비룡성과의 화친을 도모하겠다고 선언하자 너무 당황해서 잠시 말을 잃을 정도였다.

　그래서 묻지 않을 수 없었다.

"비룡성으로 진격을 하면 보름 안에 비룡성을 함락시킬 수 있습니다."

이 전쟁에서 실질적으로 천록의 왕국의 전사들을 지휘하고 있는 호천백검의 오대 수장 중 맏이라 할 수 있는 고도왕이 말했다.

공격이 아닌 화친을 결정한 연이설의 결정에 반대하는 것보다는 의문이 들었기 때문이다.

"그 뒤는요?"

연이설이 되물었다.

"…비룡성이 무너지면 육주의 야심가들이 스스로 공주님을 찾아올 겁니다."

"그건 지금의 결과로도 충분해요. 하지만 비룡성을 함락해도 주 부인과 비룡성주는 잡지 못할 겁니다. 그들은 성이 함락되기 전에 삼룡대산맥을 넘어 오사성으로 피신할 테니까요. 그럼 그때는 삼룡대산맥을 넘어 긴 원정을 감행해야 합니다. 오사성이라는 후환을 등 뒤에 남겨 둘 수는 없으니까요. 그걸… 지금 상황에서 감당할 수 있겠어요?"

연이설이 물었다.

"음……."

고도왕이 연이설의 물음에 침음성을 흘렸다.

생각해 보면 주란의 근거지는 비룡성만이 아니었다. 오히려 불구가 되었지만, 남편 사중산이 버티는 오사성이야말로 그녀가 최후까지 버틸 수 있는 난공불락의 요새였다.

그런 위험을 제거하고자 삼룡대산맥을 넘어 오사성으로 진격을 한다면 후방의 안전을 보장할 수 없다는 것을 누구보다 잘 아는 고도왕이었다.

그래서 연이설의 질문에 비룡성 공격이 그리 간단한 문제가 아니라는 것을 깨달은 고도왕에게 연이설이 다시 말했다.

"더군다나 상대는 비룡성이 아니라… 신무종입니다. 그들이 우리가 떠나 있는 사이 녹산연가를 그냥 둘까요? 그렇다고 전력을 둘로 분산하기에는 아직 우리 힘이 그렇게 강하지 못합니다."

연이설이 단정적으로 말했다.

그러자 이번에는 또 다른 호천백검의 오대 수장인 여전사 이사야가 물었다.

"공주님께서는 주란을 믿으십니까?"

정말 중요한 것은 그것이었다. 상대를 믿지 못한다면 화친은 사상누각이다.

"어느 정도는……."

연이설이 대답했다.

그러자 호천백검의 수장들이 다시 한번 놀라 눈을 크게 떴다.

그들은 연이설이 어제까지만 해도 주란에 대해 극도의 불신과 경멸의 마음조차 가지고 있었다는 것을 알고 있었다.

그런데 하룻밤 사이에 주란에 대한 생각까지 변한 연이설이었다.

"도대체 지난밤에 무슨 일이 있었던 겁니까?"

이사야가 물었다.

뛰어난 전사지만 여인으로서의 육감이 없는 것은 아니어서,

이사야는 분명 지난밤에 연이설에게 무슨 일이 있었다는 것을 눈치챈 것이다.

"귀한 손님이 왔었어요."

"손님요? 들은 바가 없는데⋯⋯."

이사야가 당혹스러운 표정을 지었다.

연이설의 막사를 지키는 전사들을 지휘하는 사람이 이사야였다. 그런데 그녀는 수하들로부터 지난밤 누군가 연이설의 막사를 방문했다는 보고를 받지 못한 것이다.

"바람 같은 분이에요. 호위 무사들을 탓할 일이 아닙니다."

"대체 누구기에⋯⋯?"

"그런 사람이 있어요."

"믿을 만한 사람입니까?"

이사야가 걱정스러운 표정으로 물었다.

"아마도 세상에서 가장 믿을 만한 사람일 겁니다."

연이설이 확신했다. 그도 그럴 것이 그녀는 무한이 철사자 무곤의 아들이라는 사실을 알고 나서는 더욱 그에 대한 믿음이 강해져 있었다.

철사자 무곤이 누군가. 육주 제일의 영웅이자, 이제는 전설이 된 인물이었다. 그런 사람의 아들을 믿지 못한다면 세상에 누굴 믿을 것인가 싶은 연이설이었다.

그리고 그녀는 사실 무한이 철사자 무곤의 아들임을 알기 이전부터도 그를 완전히 신뢰하고 있었다.

사람에 대한 믿음 이상의 감정을 가지고 있을 만큼.

"공주님께서 그렇게 말씀하신다면 그렇기는 하겠지만······."

이사야가 워낙 확고한 연이설의 말에 더 이상의 의구심을 드러내지는 않았다. 하지만 불안한 마음은 감출 수 없는 표정이었다.

그러자 연이설이 미소를 지으며 말했다.

"너무 걱정들 마세요. 이 일은 어떤 일보다도 확신을 가지고 하는 일이니까요. 사절단은 융숭하게 대접하고 있겠죠?"

"그렇습니다. 새벽에 명을 받고 즉시 그들에게 최대한의 편의를 제공하고 있습니다. 그들 역시 당황할 정도로··· 아마 그들도 이제는 공주께서 그들의 제안을 받아들이실 거라 짐작하고 있을 겁니다."

이사야가 대답했다.

"좋아요. 그럼 이제 그들을 만나보죠."

연이설이 자리에서 일어났다.

*　　　　*　　　　*

금장으로 장식이 된 거대한 천막 앞에서 연이설이 비룡성의 사절단을 만났다.

십여 명에 이르는 비룡성의 사절단은 긴장한 표정으로 연이설 앞으로 다가왔다.

그러나 지난밤에 느꼈던 그런 공포심은 그들의 얼굴에서 사라지고 없었다.

그들에 대한 대접이 아침부터 달라졌기에 그들은 이미 연이설의 비룡성과의 화해를 결정했다는 것을 짐작하고 있었다.

"주 부인께서 전하시는 서찰입니다."

연이설 앞으로 다가온 사절단 중 우두머리인 주천운이 금박이 박힌 봉투를 연이설에게 건넸다.

"오신 분의 성함이……?"

서찰을 받으며 연이설이 물었다.

"주천운이라고 합니다."

"아! 전대 비룡성주님의 사촌 아우이신……?"

"절… 알고 계십니까?"

주천운이 놀란 표정으로 되물었다.

"상대를 제대로 알아야 싸움에서 승리하는 법이죠."

연이설이 미소를 지으며 대답했다.

그러자 주천운이 고개를 저으며 말했다.

"공주께서는 역시 무서운 분이시군요. 하긴 주 부인께서도 그리 말하긴 하더군요.."

"주 부인께서 저에 대해서요?"

"그렇습니다. 싸우려고 들면 세상에서 가장 힘든 상대일 거라고 말하더군요. 그래서 비룡성을 위해 화친이 필요하다고. 그렇게 비룡성의 수뇌들을 설득했습니다."

주천운의 대답에 연이설의 표정이 조금 더 부드러워졌다. 주란이 그렇게까지 말했다면 그건 그녀가 진심으로 이 화친을 원한다는 것을 의미하기 때문이었다.

연이설이 가볍게 미소를 지으며 주란이 보내 온 서신을 펼쳤다.

그리고 잠시 후 그녀가 놀란 표정으로 주천에게 물었다.

"주 대인께서도 이 서신의 내용을 보셨습니까?"

그러자 주천운이 고개를 끄떡였다.

"서신을 직접 읽지는 않았지만, 적어도 그 안에 어떤 내용이 담겨 있는지는 알고 있습니다. 화친을 하기 위해 오는 사신이 화친의 조건을 모르면 안 되니까요."

"이걸… 정말 주 부인께서 결정하신 겁니까?"

"그렇습니다."

주천운이 담담하게 대답했다.

"비룡성의 모든 분들이 동의하신 거고요?"

"비룡성뿐이겠습니까? 오사성의 동의도 얻은 내용입니다. 전서구를 삼룡대산맥 너머로 보낸 후 출발했기에, 그 결과는 저 역시 어제 송강을 건너기 전에야 받았지만 말입니다."

주천운이 대답했다.

"이대로라면… 비룡성과 오사성은 우리 천록의 왕국의 지방 영주가 되는 겁니다."

"아!"

"음……."

연이설의 말에 곳곳에서 탄성 소리가 흘러나왔다. 노련한 호천백검의 수뇌들도 놀란 기색이 역력했다.

한 번 싸움에서 패했다지만 비룡성과 오사성은 누가 뭐래도 육주에서 손에 꼽히는 강자들이었다.

그런 그들이 단 한 번 싸움에서 패했다고 이제 갓 부활을 선언한 천록의 왕국의 지방 영주가 되겠다는 것은 놀라운 제안이 아닐 수 없었다.

"필요하다면 비룡성과 오사성에 천록의 왕국 사람을 파견할 수도 있고, 또 천록의 왕국을 돕기 위해 삼백 인의 비룡성과 오사성 전사들을 보내겠다… 이건 비룡성에 너무 불리한 조건이 아닌가요?"

연이설이 주천운에게 물었다.

그러자 주천운이 담담히 대답했다.

"보통의 경우라면 그럴 겁니다. 치욕적인 항복 조건과 같은 내용이니 말입니다. 하지만 만약 비룡성과 오사성이 공주님을 도와 위대한 천록의 왕국, 아니, 제국의 만들어 나가는 주체가 된다고 생각하면, 그때는 당연한 조건이라고 주 부인께서 말씀하시더군요. 나중을 생각하면 손해보다는 이득이 큰 일일 거라면서… 물론 공주께서 비룡성을 얼마나 중하게 쓰시느냐에 따라 달라지겠지만."

주천운이 연이설에게 모든 결정을 맡겼다.

그러자 연이설이 큰 고민 없이 대답했다.

"다만, 주 부인의 제안이 예상을 뛰어넘었을 뿐, 제 결정은 이미 내려졌어요. 오늘부터 비룡성과 오사성은 새로운 천록의 왕국의 친구입니다."

연이설의 선언에 주천운이 한쪽 무릎을 꿇으며 말했다.

"비룡성의 주천운, 위대한 천록의 왕국의 공주이시자, 새로운 왕이 되실 연이설 님께 충성을 맹세합니다!"

송강 어귀 천록의 왕국 영채는 다시 한번 분주하게 움직였다.

보름 전의 전투에서 사로잡은 수백 명의 비룡성 무사들에게도 자유가 주어졌다.

연이설은 포로들을 모두 석방하고 그들이 편하게 쉴 곳과 배불리 먹을 음식을 제공했다.

사로잡혔던 비룡성의 노전사 모간 역시 자유의 몸이 된 것은 당연했다.

모간은 풀려나자마자 비룡성의 사자로 온 주천운을 만났고, 이후 주란의 뜻에 따라 연이설에게 충성을 맹세했다.

이후부터 모간은 포로의 신세에서 일약 천록의 왕국의 주요 인물로 부상했다.

그가 주란이 천록의 왕국에 파견하기로 약속한 삼백의 비룡성 전사들의 지휘를 맡는 것으로 결정되었기 때문이었다.

일차적인 파견군을 구성하는 것도 어렵지 않았다.

모간은 지난 전투에서 천록의 제국에 사로잡힌 비룡성 전사들 중 강하고 빠른 전사 삼백을 추려 일단 일 차 파견군을 구성했다.

그리고 나머지 포로들은 주천운을 따라 비룡성으로 돌아가게 되었는데, 그들에 대한 환송 역시 그들이 한때 포로였다는 것을 잊을 만큼 성대하게 이뤄졌다.

*　　　　　*　　　　　*

둥둥둥둥!

십여 척의 배가 강변을 뒤흔드는 커다란 북소리를 뒤로하고 송강을 건넜다.

배에는 주천운이 이끄는 비룡성의 사절단과 천록의 왕국에 포로로 잡혔던 비룡성의 전사들이 타고 있었다.

강변에 늘어선 삼백 인의 비룡성 전사들은 떠나는 동료들에게 손을 흔들어 작별을 고했다.

그들뿐 아니라 천록의 왕국의 전사들 천여 명도 강변에서 큰 북을 치면서 이젠 친구가 된 비룡성의 전사들을 배웅하고 있었다.

"세상일이란 게 참……."

용노가 얼떨떨한 얼굴로 고개를 저었다.

얼마 전만 해도 서로를 죽이기 위해 도검을 휘둘렀던 사람들이 이제는 둘도 없는 형제들처럼 이별을 아쉬워하고 있기 때문이었다.

"이런 결말을 예상하셨습니까?"

이공이 무한에게 물었다.

연이설과 주란의 화친에 무한이 결정적인 역할을 했다는 것을 알기 때문이었다.

"이렇게까지 빠르고 강하게 연대가 이뤄질 거라고는 생각지 못했습니다. 불가침의 약속과 비룡성의 영지 일부를 천록의 왕국에 내주는 것 정도를 생각했지요. 그런데 역시… 그분은 특별한 분이긴 하군요. 조금의 양보로 비굴한 화친을 하느니 아예 천록의 왕국의 일부가 되어 새로운 역사를 쓰겠다고 판단하다니."

무한이 주란의 결정에 놀란 듯 말했다.

"그러게 말입니다. 육주의 판도를 완전히 바꿔 버리는 결정이
될 겁니다. 주 부인의 결정은… 아무튼 그래서 이제 술사께서는
어디로 가실 생각이십니까?"

이공이 물었다.

그러자 무한이 남서쪽을 보며 말했다.

"일단은 사부님께 돌아가야죠."

    *   *   *

그는 거친 해류를 앞에 두고 있었다. 그 바다 건너편에 검은
섬이 보인다.

섬이 본래부터 검었던 것은 아니다. 오래되지 않은 과거, 흑라
의 시대 이전에 그 땅은 신들의 정원이라고까지 불렸었다.

아름답고, 평화로웠으며, 바다를 항해하는 사람들에게는 좋은
휴식처였다.

섬의 크기도 거대했다. 말이 섬이지, 다른 섬들에 비하면 하나
의 대륙으로까지 불릴 수도 있는 땅이었다.

북에서 남까지 길게 뻗은 길이가 근 천 리에 이르는 거대한
섬, 하지만 지금은 사람들에게 죽은 자들의 섬, 사자의 섬으로
불리는 불모의 땅이었다.

흑라의 시대가 만들어낸 가장 비극적인 땅이 바로 사자의 섬
이었다.

오래된 원주민의 언어로 '이사야', 곧 신들의 정원이라 불렸으니 그 안에 깃든 수많은 전설과 설화가 끝이 없는 땅이기도 했다.

파나류에 인접해 있으면서도 파나류와는 완전히 별개의 역사와 전설을 가지고 있는 땅이 사자의 섬이었다.

흑라는 그 사자의 섬에 가장 먼저 그의 전사들을 보내 육주 공격을 위한 최전방의 요새를 구축했었다.

그가 구축한 요새들은 사자의 섬 남쪽에서 북쪽에 이르기까지 빼곡하게 늘어서 있어서 마치 사자의 섬이 흑라 세력의 중심지처럼 여겨지기도 했었다.

그래서 섬은 죽어갔다.

흑라의 검은 기운을 받은 마도의 전사들의 존재만으로도 섬은 죽음의 땅으로 변해갔다.

그들이 섬을 점령하며 저지른 악행으로 맑은 물이 흐르던 강은 핏빛으로 변했고, 아름다운 나무와 꽃들이 그득하던 숲은 시체로 가득 찼다.

그 시체가 뿜어내는 사기는 검은 전사들의 마기와 어우러져 섬 전체를 검은빛으로 물들게 만들었다.

적어도 한 명의 위대한 전사가 그를 따르는 용맹스러운 전사들을 이끌고 대종주를 하기 전에는…….

섬은 위대한 영웅 철사자 무곤의 대종주로 해방되었지만, 흑라의 전사들이 남긴 어둠의 기운과 그들이 죽인 자들의 사기는 쉽게 사라지지 않았다.

그래서 섬은 아름다운 신들의 정원에서 죽은 자들의 섬이 된 것이다.

그러나 자연은 위대하다.

한때 사람들이 발을 딛지도 못할 만큼 죽음의 기운으로 가득 찼던 섬은 어느새 다시 녹색의 숲과 맑은 강을 회복했다. 그러나 사람들의 마음은 아직 바꾸지 못했다.

그래서 실질적인 자연의 변화에도 불구하고 이 섬은 사람들의 눈에는 여전히 검은빛으로 보였다.

그것이 그들이 만들어낸 마음의 빛이란 것을 사람들은 깨닫고 있지 못했지만.

"변했군."

사내가 거친 해류 넘어 검게 보이는 섬을 보며 말했다. 말을 하는 그의 눈빛이 투명하다.

"사실… 섬이야 이미 오래전에 예전의 모습을 회복했습니다."

그의 옆에 서 있던 괴승(怪僧)이 대답했다. 신마성의 칠대신마 후 중 한 명인 묵승 아불이다.

"그런가? 역시 자연은 느린 것 같지만 언제나 사람보다 빠르군."

사내가 중얼거리듯 말했다.

"사람의 마음은 천년을 가지요."

"천년?"

"부처님의 말씀 중에 그런 말이 있습니다. 악연에 얽혀 만들어진 원한이 환생하고, 환생하고, 환생한 후에도 여전히 이어지는 그런 이야기 말입니다."

"잔인한 이야기군. 난 죽으면 이 모든 것이 끝나길 바라네."

사내가 말했다.

"무슨 말씀을, 죽기 전에 끝내야지요. 이 일은……."

아불이 단호하게 말했다.

"그럴 수 있을까?"

사내가 의문을 드러냈다.

"성주시라면 충분히 일을 매듭지으실 수 있을 겁니다."

아불이, 검은 전포를 두르고 두건으로 얼굴을 반쯤 가린 신마성주를 보며 말했다.

신마성주 전마 치우, 과거 육주에서 가장 위대한 영웅으로 불렸던 철사자 무곤이 그가 전설을 써 내려갔던 사자의 섬으로 다시 돌아온 것이다.

"상대는 신무종이네."

"그렇다고 해도 마찬가지입니다. 그들은… 자신들이 한 일에 대한 대가를 치를 것입니다. 그들이 무슨 일을 했는지, 그 일이 성주님의 희생으로 끝났음에도 그 희생을 모욕한 대가가 무엇인지 알게 해줘야 합니다."

아불이 승려답지 않은 단호함을 보였다.

"자칫하면 육주가 피에 잠길 걸세."

"그 역시 필요하다면……."

"승려답지 않군."

"선승 묘가 죽은 지 언제인데 그런 말씀을 하십니까?"

아불이 가볍게 미소를 지으며 말했다.

"그런가? 우리 모두는 죽은 사람인가?"

신마성주가 허망한 음성으로 중얼거렸다.

"어쩔 수 없는 일이지요. 운명이 변했으니……."

아불이 위로하듯 말했다.

그러자 신마성주가 고개를 저었다.

"난 그렇게 생각하지 않네. 비록 흑라의 마기에 침범당했지만 그래도 난 여전히 철사자 무곤이네. 아니라면 아마 지금쯤 육주에서 시체의 산을 만들고 피의 바다를 항해하고 있을 걸세. 이런 번거로운 일 따위는 하지도 않았을 것이고……."

"그렇기는 합니다만……."

"그러니 아불 자네도 마음을 바꾸게. 다른 사람의 운명을 사는 것이 아니라 선승 묘의 운명을 다른 방식으로 살고 있다고."

"……."

"어렵나?"

"그동안 흘린 피를 생각하면 불가능한 일이지요."

"후후… 부처가 될 수는 없는 운명이어도, 수도승은 될 수 있지. 여전히……."

"그렇긴 하지만……."

"불경에 보면 전장의 장수가 성불하는 경우도 종종 있지 않은가?"

"그야 단지 전설일 뿐이지요."

"아마 사람들에게 우리의 이야기를 하면 지금의 우리 자체가 전설이 될 걸세. 그러니 또 다른 전설을 불가능하다고 생각지는 말게."

신마성주가 충고했다.

그러자 아불이 묵묵히 고개를 끄떡였다.

그러나 또 다른 전설을 추구할 열정이 그에게 남아 있지 않은 듯 보였다.

그런 아불을 향해 신마성주가 다시 말했다.

"내가 걱정하는 것은 설혹 일이 우리 의도대로 끝난다고 해도 그 이후! 우리가 이 저주의 운명을 벗어던지지 못하는 경우네. 그런 일이 없으려면 아불, 자네에게 기대를 할 수 밖에 없네. 적어도 자네는 한때 선승이었던 사람이니까. 그러니 방법을 찾게. 우리가 우리 자신으로서 살 수 있거나 그게 불가능하다면 죽을 수 있는 방법! 이건 명령이 아니라 부탁일세. 오랜 친구의……."

"성주!"

아불이 화들짝 놀란 표정으로 신마성주를 바라봤다.

"그렇게 해 주겠나?"

"…그러자면 성주와 잠시 헤어져야 합니다."

"필요하다면."

"……."

아불이 침묵을 지킨다. 자신이 없다는 것이 싫은 건지, 신마성주 곁을 떠나는 것이 싫은 건지 알 수 없었다.

그러자 신마성주가 다시 한번 부탁했다.

"아불, 자네에게 그 일이 얼마나 고통스러울지 모르는 게 아닐세. 불산으로 가야 하는 길일 테니까. 하지만 날 위해, 그리고 다안과 갈단을 위해 그렇게 해 주게."

"불산으로 갈 일이 아닙니다."

아불이 고개를 저었다.

"불산이 아니라고?"

신마성주가 의아한 음성으로 물었다. 그가 처음으로 고개를 돌려 묵승 아불을 바라봤다.

"그렇습니다."

"그럼 어디서 그 방법을 찾을 수 있단 말인가? 불종의 항마의 법력으로도 이 저주를 풀 수 없다면?"

신마성주가 다시 물었다.

"불산에 진정한 선승이 있다면 가능할 수도 있겠지요. 하지만 지금의 불산에는 뛰어난 무승들은 많을지언정 위대한 선승은 없습니다. 꽤 오래된 일이지요."

아불이 우울한 표정으로 말했다.

"그래서 어디로 가겠다는 것인가?"

"동주에서 방법을 찾아야 할 겁니다."

"동주! 선학원?"

"그렇습니다. 그곳의 신비한 선법이라면……."

"그러나 대현인의 생사를 모르지 않는가? 이미 그가 세상에 모습을 드러내지 않은 지가 삼십 년인데……."

"우화등선하셨을 수도 있지요. 하지만 그렇다면 적어도 선학원의 새로운 종주가 세워졌음이 알려졌어야 하지 않을까요?"

"음… 그렇긴 하지만 선학원이라는 곳 자체가 워낙 세상에 그 내부 사정이 알려지지 않은 곳이니……."

"그래도 종주가 바뀌는 일은 알려졌을 겁니다."

아불이 자신의 의견을 굽히지 않았다.

"그렇다면 대현인의 나이가……."

"대략 백이십 세 정도 되었겠지요."

아불이 대답했다.

"사람이 그렇게까지 살 수 있을지 모르겠군."

"흑라를 보십시오."

아불이 담담하게 말했다.

"하긴… 그런데 그렇게 되면 자네는 그녀를 봐야 할 텐데?"

"…그래서 문제지요."

"여전하군."

신마성주가 혀를 차듯 말했다.

"사람의 마음이란 게… 몸이 이 지경이 되고도 정염은 사라지지 않는군요. 그런 면에서 보면 흑라의 마기라는 것도 별게 아닌 것 같고. 아무튼 그렇다고 해도 시간이 흘렀으니 예전 같기야 하겠습니까."

아불이 드물게 보이는 미소를 지었다.

"차라리 내가 직접 가 볼까?"

신마성주가 물었다.

그러자 아불이 고개를 저었다.

"그렇게 되면 선학원은 세상의 눈을 피해 더 깊은 산속으로 사라질 수도 있습니다. 성주님의 마기는… 대현인이 살아 계시다면 성주께서 오시는 것을 모를 리 없을 테니까요."

"도발로 받아들일 거라고 보는가?"

"어떤 이유에서건 굳이 만날 필요가 없다고 생각하겠지요. 회피의 삶, 그게 선학원이 비난받는 이유 아닙니까."

아불이 말했다.

"알겠네. 그럼 그 일은 자네에게 맡기지."

그러자 아불이 심각하게 물었다.

"시간이 얼마나 있을까요?"

"육주로 가야 한다면 육 개월… 파나류에 머문다면 몇 년은 버틸 수 있겠지. 아예 마정에서만 살아간다면, 어쩌면 평생 이 상태를 유지할 수도 있고……."

"그냥 모든 걸 놓아두고 마정에서 사는 것은 어떻겠습니까? 외부 일은 흑라처럼 사람을 움직이면 되지 않을까요?"

아불이 물었다.

그러자 신마성주가 고개를 저었다.

"흑라와 나는 다르네. 흑라는 이 기운 그 자체였던 자고, 난 이 기운이 기생하는 숙주이고… 운이 없는 경우 마정에서도 이 기운을 통제하지 못할 수도 있네. 그런 불확실성을 안고 살 수는 없지."

신마성주가 단호하게 말했다.

"알겠습니다. 그럼 일단 사자의 섬으로 모시겠습니다."

"그렇게 하세."

신마성주 철사자 무곤이 대답했다.

*　　　　　*　　　　　*

하늘에 떠 있는 보름달은 그 어느 때보다 차갑게 느껴졌다.

철썩철썩!

만월(滿月)의 힘이 이끌려 움직이는 바닷물이 거친 파도 소리를 만들어낸다.

그리고 해안가로부터 삼사백 장 떨어진 바위산 중턱 평지에 기이한 자들이 모여 있었다.

겨우 네 명에 지나지 않았지만, 수천수만의 사람이 모여 있는 듯 강렬한 기운이 넘실거렸다.

남쪽에 앉은 자는 불타는 듯한 붉은 머리를 지닌 사내였고, 북쪽의 사내는 태산 같은 마기를 뿜어내는 노인이었다.

동쪽에 앉은 자는 희미한 안개에 휩싸인 듯 그 몸이 계속해서 너울거리는 듯한 유령 같은 사내였고, 서쪽의 인물은 얼굴을 반쯤 가린 두건을 쓰고 있음에도 냉혹하고 차가운 살기가 흘러나와 주변을 얼려 버릴 것 같은 죽음의 기운을 가진 자였다.

그렇게 모인 네 사람이 애초에 자신이 앉을 의자를 각자 준비해 온 듯, 같은 장소에 모여 있으면서도 각기 다른 모양의 의자에 앉아 있었다.

후우웅!

파도를 일으킨 바닷바람이 산 중턱까지 밀려와 용음을 토해냈다.

그럼에도 네 사람은 전혀 동요가 없었다. 또한 그 흔한 대화조차도 거의 없었다.

그들은 마치 오고 싶지 않은 곳에 끌려온 사람들처럼 침묵하고 경직되어 있었다. 그러다가 문득 안개에 싸인 듯한 자가 입을 열었다.

"온 것 같소."

순간 나머지 세 사람의 시선이 돌산 아래로 시선을 돌렸다.

그러자 길 없는 산비탈을 따라 태산 같은 기운을 머금고 걸어오는 신마성주가 달빛 아래 모습을 드러냈다.

쿠우우 쿠우우!

신마성주의 몸에서 바람 소리가 흘러나오는 것 같았다. 검은 밤바다에서 불어오는 바람 때문은 아니었다. 그가 흘려내는 강한 기운이 만들어내는 현상이었다.

돌산 중턱에서 그를 기다리고 있던 네 사람의 기운도 세상에서 보기 힘든 강력한 것이었지만, 신마성주와 비교하면 나약해 보일 정도였다.

그 때문인지 그를 기다리던 사 인은 신마성주가 등장하는 순간 자신들도 모르게 자리에서 일어났다.

저벅저벅!

정작 신마성주 본인은 자신의 기운이 다른 사람들에게 강력한 두려움을 선사한다는 것을 모르는 듯 덤덤한 걸음걸이로 네 사람이 있는 곳을 걸어왔다.

그리고 주위를 둘러보더니 심드렁하게 말했다.

"앉을 자리를 각자 알아서 가져와야 했던 모양이군."

그러고 보니 정말 신마성주가 앉을 의자가 장내에는 없었다.

더군다나 기다리던 네 사람이 각기 다른 모양의 의자에 앉아 있는 것은 이들 역시 자신들이 앉을 의자를 자신들이 가져왔다는 뜻이다.

"준비하겠습니다."

먼 곳에서 아불의 목소리가 들려왔다.

보이지는 않지만 근방에는 적지 않은 사람들이 모습을 감추고 있었다. 신마성주를 기다리던 네 사람 역시 뛰어난 수하들을 근방에 대기시켜 놓고 있었다.

그래서 아불의 존재가 그들에게 불만은 아니었다.

"아니, 되었네. 앉을 곳이야 대충 마련하면 되지."

스릉!

한순간 신마성주가 검을 빼 들었다.

그러자 네 사람이 본능적으로 한두 걸음씩 뒤로 물러나면서 각자의 병기에 손을 댔다.

하지만 신마성주가 검을 빼 든 이유는 정말 자신 앉을 의자를 마련하기 위해서였다.

서걱서걱!

신마성주가 마치 무를 써는 듯 옆에 있던 검은 현무암을 깎기 시작했다.

그의 검에 썰린 돌가루들이 우수수 떨어져 내렸다.

보기에는 아주 간단하고 평범한 행동이지만, 그를 바라보는 네 사람의 얼굴이 경악으로 물들었다.

단단한 바위를 아무런 힘도 들이지 않고 검으로 깎아내는 신마성주의 무공은 비현실적인 것이었다.

물론 그들도 현무암을 가르거나 적당하게 잘라내는 것은 얼마든지 할 수 있지만, 이렇게 정교하게 의자 모양으로 깎아내는 것은 결코 따라 할 수 없는 경지의 솜씨였다.

스릉!

한순간에 커다란 현무암을 석좌 모양으로 깎은 신마성주가 검을 검집에 넣은 후 툭툭 손을 털었다.

"이 정도면 훌륭하군."

스륵!

말을 하면서 신마성주가 자신이 만든 석좌를 네 사람 방향으로 돌려놓았다. 그리고 네 사람을 보며 말했다.

"앉읍시다."

그 말을 하고 신마성주가 먼저 자리에 앉자 네 사람이 잠시 당혹한 표정을 짓다가 하나둘 자신들의 의자에 앉았다.

"음……."

각자 자리를 잡고 앉고 나자 붉은 머리의 사내가 나직하게 침음성을 흘렸다. 얼굴에 불만의 기색이 역력하다.

이유는 단순했다. 신마성주가 깎아 만든 석좌의 높이가 네 사람의 의자 높이보다 한 자 정도 높기 때문이었다.

그래서인지 마치 신마성주가 네 사람의 위에 군림하는 사람인 것 같은 모양새가 만들어져 있었다.

붉은 머리의 사내는 그걸 못마땅해하는 것으로 보였다.

신마성주가 일부러 자신의 석좌를 네 사람보다 높게 만든 것인지는 알 수 없었지만 이 상황이 그들에게는 불쾌할 수밖에 없었다.

그러나 신마성주는 그런 네 사람의 기분에 관심이 없는 듯 무심하게 입을 열었다.

"신마성주요. 모두 처음 보는 분들이시구려."

신마성주가 자신을 소개하고는 주욱 네 사람을 돌아봤다. 각자 자신의 신분을 밝히라는 요구다.

이 또한 강압적인 요구로 보여 네 사람의 반발을 일으킬 만했다.

하지만 결국 네 사람은 신마성주의 요구대로 자신들을 소개하기 시작했다.

"태양종의 자오요!"

"환무종의 부여기요!"

"천마종의 나전이오!"

"사천종의 융한이라 하오!"

위대한 종파와 위대한 사람들의 이름이다.

만약 누군가가 이들이 모여 있는 것을 보았다면, 그는 일생일대의 행운을 잡았다고 생각할 것이다.

십이신무종의 종주 중 넷을 한자리에서 볼 수 있다는 것은 현실에서 일어나기 힘든 일이기 때문이었다. 거기에 더해 신마성주까지.

그런데 그 위대한 이름들이 신마성주에게는 큰 의미를 지니지 않는 것 같았다.

그는 마치 작은 성의 성주나 촌락의 촌장들을 대하듯 네 사람을 향해 다시 입을 열었다.

"대충 듣기는 했으나, 네 분에게 직접 듣고 싶었소. 나에게 육주를 정복해 달라는 제안, 네 분의 진심이오?"

신마성주가 네 사람에게 물었다.

"육주 정복을 부탁하는 것은 아니오. 그저 각자 원하는 것을 취하자고 제안하는 것이지. 신마성주께서 내키지 않으면 없던 일로 해도 상관없소."

안개에 싸인 듯한 모습의 환무종의 종주 부여기가 냉담하게 말했다. 육주 정복을 거절해도 자신들도 크게 아쉬울 것이 없다는 의미였다.

"그렇구려. 그럼 뭐, 그리 심각하게 논의할 일은 아닌 것 같구려. 나 역시 육주를 간절하게 원하는 것도 아니고! 괜한 헛걸음을 한 것인가."

신마성주가 고개를 갸웃하며 중얼거렸다.

그러자 태양종의 종주 자오가 급히 물었다.

"신마성주께서는 진심으로 육주를 원치 않으시오?"

그런 야심이 신마성주에게 없다는 것을 믿을 수 없다는 표정이다.

"파나류의 정복지조차 내놓고 물러난 난데 육주인들 다르겠소?"

신마성주가 되물었다.

"그야… 그럼 이곳으로 우릴 부른 이유는 뭐요? 분명 육주 정복에 관심이 있기 때문에 우릴 이곳으로 부른 것 아니오?"

"음, 관심이 아주 없는 것은 아니오. 하지만 내가 원하는 것은 육주라는 땅덩어리가 아니오."

"그럼, 뭘 원하시오?"

"증명!"

신마성주가 대답했다.

그의 대답은 단순했으나 그 의미는 너무 모호했다.

"뭘 증명한다는 것이오?"

태양종의 종주 자오가 다시 물었다.

"나의 강함을 증명하는 것! 내가 원하는 것은 단지 그것뿐이오. 땅덩어리를 차지하는 것은 골치 아픈 일이어서 그걸 누가 가지든 상관없소."

신마성주가 단호하게 말했다.

"육주의 신무종이 그대 앞에 무릎을 꿇길 원하는 것이오? 지금까지 무공의 강함에 있어서는 십이신무종이 세상 제일의 자리를 차지하고 있었으니까."

환무종의 종주 부여기가 차가운 음성으로 물었다.

그로서는 아무리 대단한 신마성주라도 십이신무종의 고귀한 존재감을 넘어설 수는 없다고 생각하는 듯했다.

"내가 증명하고 십이신무종이 인정하면 그뿐, 내 앞에 무릎을 꿇을 필요는 없는 일이오."

신마성주가 말했다.

그러자 네 사람이 침묵을 지켰다.

그들이 예상했던 것과 다른 신마성주가 목적이 그들의 머리를 혼란스럽게 했다.

그들은 애초에 신마성주가 예전 이왕사후가 가졌던 육주의 세속적 권력을 추구할 것이라고 생각했었다.

그래서 신마성주의 그 야망을 도와주고, 자신들은 신마성주를 이용해 흑라의 시대에 그들을 배신한 육주의 팔대활무종들에게 사과와 양보를 얻어낼 생각이었다.

그런데 신마성주가 원하는 것은 오히려 십이신무종이 가지고 있는 성스러운 권위였다.

그것도 자신들을 포함해 십이신무종 모두의 인정까지 받으려는 신마성주였다. 그건 받아들이기 쉬운 일이 아니었다.

"십이신무종이 무종의 종주로서 가진 권위와 존귀함을 타인에게 넘겨줄 것 같소?"

지금까지 침묵했던 태산 같은 마기를 자랑하는 천마종의 종주 나전이 물었다.

그러자 신마성주가 나전에게 물었다.

"그 권위와 존귀함이 아직도 남아 있기는 하오?"

"선을 넘는구려. 감히 우리를 모욕하는 것이오?"

"내가 모욕하는 것이 아니라 그대들 스스로 모욕을 자초하고 있는 것 아니오? 그대들이 지난 수십 년간 해온 일이 언제까지 비밀로 지켜질 거라 생각하오? 아마도 곧 세상에는 그대들이 행한 일들이 알려질 것이오."

"……!"

신마성주의 말에 천마종의 종주가 입을 닫았다. 그의 표정이 차갑게 굳어 있었고, 그의 눈에서는 신마성주에 대한 살의가 일렁였다.

"십이신무종이 한 어떤 일을 두고 하는 말이오?"

천마종의 종주 나전이 침묵하자 사천종의 종주 융한이 대신 물었다.

"천록의 왕국 멸망에 관여했고, 천하의 상권이 사해상가에 모이는 것을 도운 후 그를 빌미로 사해상가의 가주 노백을 이용해 육주의 권력자들을 움직이지 않았소? 그런 관계를 바탕으로 이 왕사후를 탄생시켜 육주를 실질적으로 지배한 것 아니었소? 그리고⋯⋯."

신마성주의 지적에 사천종의 종주 융한의 볼이 여러 차례 꿈틀거렸으나 그는 침묵으로 신마성주의 다음 말을 기다렸다.

"그리고 흑라의 시대의 시작⋯⋯."

신마성주가 흑라의 시대를 언급하려다가 입을 닫았다.

하지만 그 순간 네 사람의 신무종 종주들의 표정이 일제히 얼어붙었다.

아니, 그들은 엉덩이를 들썩일 만큼 당황한 표정을 지었다.

"당신은 대체 누구요?"

잠시의 당황스러운 침묵 끝에 천마종의 종주 나전이 경직된 얼굴로 물었다.

"그 전에 내 말을 부인할 수 있소?"

신마성주가 물었다.

"⋯⋯."

신마성주의 물음에 나전이 대답을 하지 못했다.

그러자 신마성주가 다시 입을 열었다.

"세상에 비밀은 없소. 물론 부인을 할 수도 있긴 할 것이오. 하지만 그렇다 해도 그 소문이 세상에 퍼지면 십이신무종의 고귀한 권위는 사라지게 될 것이오. 결국 남는 것은 다른 야심가들과 뒤섞여 각자의 이득과 권력을 위해 싸우는 것⋯ 내가 알기로 육주에서는 벌써 팔대활무종이 그 일을 시작했고 말이오. 그러니 당신들도 날 찾아왔던 것이 아니오?"

"…음"

"후우……."

사대무종의 종주들이 신마성주의 추궁에 깊은 한숨을 내쉬었다. 신마성의 성주는 자신들이 생각했던 것 이상으로 십이신무종에 대해 잘 알고 있었다.

그의 말 중 그들이 부인할 수 있는 것은 없었다. 그래서 결국 그들은 무언으로 신마성주의 말을 인정할 수밖에 없었다.

그런 사대휴무종의 종주들을 보며 신마성가 다시 말했다.

"나와 연대를 한다 해도 그대들이 십이신무종이 지난 수백 년간 누렸던 고귀한 무종의 전수자로서의 지위를 지켜낼 것이라고는 확신할 수 없소. 아니, 아마 극히 어려울 것이오. 진실은 결국 드러나게 되는 것이니까. 그대들이 한 일 역시 세상에 퍼지게 될 것이오. 하지만 적어도 그대들이 배신자들인 팔대휴무종을 꺾고 육주의 지배력을 회복할 수는 있을 것이오."

신마성주의 말에 사대휴무종의 종주들 얼굴에 체념의 빛이 떠올랐다.

그들은 이제 자신들이 고귀한 전설의 존재에서 벗어나 인간의 욕망에 충실해야 할 때라는 것을 인정할 수밖에 없었다.

제5장

한밤의 방문자

육주가 요동치고 있었다.

물론 흑라의 시대가 끝난 후에도, 혹은 이왕사후가 파나류 대
원정에서 신마성에게 대패한 이후에도 육주는 술렁이기는 했다.

그러나 그때와는 조금 다른 공기가 섞여 있었다.

과거에는 야심가들의 세력 다툼으로 일어날 피의 전쟁에 대한
두려움으로 가득했다면, 이번 술렁임에는 일말의 희망이 섞여
있었다.

천록의 왕국의 부활, 그 소문이 육주를 휩쓸고 있었다.

천록의 왕국 마지막 왕인 애왕 환인에게 숨겨진 손녀가 있었
고, 그 손녀가 녹산연가의 양녀로 살아온 연이설이라는 사실, 그
리고 연이설이 천록의 왕국의 전설적인 무인들인 호천백검의 도
움을 받아 천록의 왕국 재건에 나섰다는 소문이 바람을 타고

육주 곳곳으로 퍼져나갔다.

더불어 부활한 천록의 왕국이 그들에게 도전한 첫 번째 세력인 비룡성의 이천 기마 전사대를 송강 부근에서 대패시키고, 결국에는 비룡성의 항복을 받아냈다는 소문이 뒤를 이어 육주를 진동시켰다.

그 소문이 전해지는 순간, 육주의 사람들은 문득 과거 천록의 왕국이 건재하던 시기의 평화를 떠올렸다.

당시에는 알 수 없었으나, 천록의 왕국이 멸망한 이후에야 깨닫게 된 사실, 천록의 왕국이 육주의 제왕으로 군림하던 시기가 그나마 다른 시절에 비해 평온했었다는 것이 증명된 지난 몇십 년이었다.

그래서 천록의 왕국이 부활했다는 소식은 육주의 힘없는 민초들에게 평화롭던 옛 시절로 돌아갈 수 있다는 희망을 심어주고 있었다.

물론 그 와중에 적지 않은 혼란과 전쟁이 있을 테지만, 어쨌든 그 끝이 천록의 왕국의 재건이라면 민초들은 충분히 그 고난의 시간을 견딜 마음이 있었다.

그렇게 육주가 부활한 천록의 왕국과 새로운 왕 연이설에 대한 이야기로 술렁이고 있을 무렵, 무한은 어느새 송강 연이설의 진영을 떠나 대하강 하구, 천록항에 도착해 있었다.

천록항이 한눈에 내려다보이는 작은 언덕, 언덕에서 천록항으로 이어지는 대로 위에는 천록항을 오가는 마차로 가득했다.

항구 역시 마찬가지였다.

접안대에는 더 이상 상선들이 들어올 틈이 없었고, 미처 접안대를 찾지 못한 상선들은 항구 가까운 바다에서 자신들의 차례를 기다리고 있었다.

시장의 크기와 번화함은 송강 하구에 미치지 못하지만, 상인들의 분주한 움직임과 항구를 찾는 상선들의 숫자는 사해상가의 송강 하구 포구에 못지않은 상황이었다.

이 변화는 무한과 그 일행이 천록항을 떠나 있던 겨우 두 달여 사이에 벌어진 변화였다.

"어떻게 이렇게 변했을까요?"

이맥이 믿을 수 없다는 듯 중얼거렸다.

"그러게 말이야. 아무리 천록의 왕국이 재건되기 시작했다고 해도 이건 너무 빠른데?"

소의도 새로운 항구를 보는 사람처럼 천록항을 보며 중얼거렸다.

그러자 이공이 무한을 보며 물었다.

"독안룡께서 움직였을까요?"

"글쎄요. 그런 말씀은 하지 않았는데……."

무한이 고개를 갸웃했다.

만약 이공의 말처럼 독안룡 탑살이 본격적으로 천록회를 돕기 시작했다면, 천록항의 변화 중 일부는 설명될 수 있을 것이다.

하지만 그래도 역시 천록항의 급격한 변화는 연이설이 부활시킨 천록의 왕국 때문일 것이다.

"본래 상인들은 이재에 밝은 만큼 시류에도 밝은 법이지. 육주의 상인들이 정세가 연 아가씨의 천록의 왕국 쪽으로 흐르고 있다고 판단한 모양이지."

용노가 말했다.

그의 말대로 세상의 정세를 상인들만큼 빠르게 읽어내는 사람들은 없다. 그들이 움직였다는 것은 결국 육주의 상인들도 천록의 왕국의 부활이 성공할 거라 생각한다는 의미였다.

"비룡성의 항복이 큰 이유겠군요."

이공이 말했다.

"그렇지. 단순한 항복이 아니라 천록의 왕국의 일부가 되겠다고 선언했으니까. 흠… 이런 흐름이라면 신무종들도 더 이상 천록의 왕국을 함부로 시험할 수는 없을 것 같군요."

용노가 무한을 보며 말했다.

"그렇다고 가만있을 사람들은 아니지요."

무한이 대답했다.

"뭐, 이젠 제대로 협상을 하려 하겠지요. 하지만 이 상황에선 연 아가씨도 만만치 않을 겁니다. 어제 오늘 들은 소식만 해도 송강 상류에 세워진 연 아가씨의 영채를 찾아가는 육주의 무사들이 수천이라지 않습니까? 그렇게 되면 십이신무종이라 해도 힘으로 연 아가씨를 굴복시킬 수는 없을 겁니다."

용노가 말했다.

그러자 이맥이 물었다.

"살수나 뭐 이런 사람들을 보내지 않을까요?"

"그럴 수도 있겠지. 하지만 호천백검은 결코 호락호락한 사람들이 아니다. 수십 명의 신무종 고수가 몰려가기 전에는 결코 연 아가씨를 죽일 수 없을 거야. 하지만 수십 명을 보낸다는 것은 결국 자신들의 고귀한 권위를 포기한다는 의미니까 쉽지 않은 선택이지. 또한 만약 그 공격이 성공하지 못했을 때, 연 아가씨의 강력한 반격을 감당해야 할 것이고… 수천수만의 전사가 동원되는 전쟁으로 이어지면 십이신무종도 감당하기 쉽지 않지."

"하긴 위험한 도박이긴 하겠군요. 신무종에 고수는 많아도 병력은 미미하니까요."

이맥이 고개를 끄떡였다.

"이제 연 아가씨를 걱정할 필요는 없을 것 같습니다. 천록의 왕국이 제대로 자리를 잡으면 육주 역시 안정될 것 같고 말입니다."

용노가 다시 무한에게 말했다. 더 걱정할 일이 없으니 앞으로 어찌할지 묻는 것이다.

"일단 사부님을 뵙고 나서 앞으로의 일을 생각해 보죠. 그러려고 왔으니까요."

무한이 대답했다.

"물론 그러셔야지요. 그런데 특별한 일이 없으면 역시 파나류로 돌아가시는 겁니까?"

용노가 다시 물었다.

"아무래도 그래야겠지요. 다만, 가는 길에 사자의 섬에 잠시 들를까 싶긴 합니다."

"사자의 섬에요? 거긴 왜……?"

"아버님의 흔적이 남아 있는 곳이기도 하고, 또 그곳에도 빛의 신전이 있지 않습니까? 한번 들러볼 필요가 있지요."

"그렇군요. 하지만 그곳은 이미 폐허가 되었을 텐데… 세상에 존재하던 빛의 신전 중 오직 서역 신전만이 온전히 보전되었으니까요."

"그래도 술사로서 한 번은 가봐야지요."

무한이 미소를 지으며 말했다.

"알겠습니다. 그럼 저희는 배를 준비하지요. 죽은 자들의 섬이라고는 해도 그건 흑라의 시대에 입은 피해 때문이고, 지금은 다시 아름다웠던 옛 신들의 정원으로 변해 있을 겁니다. 여행하기 좋은 곳이지요."

용노가 기대가 되는 듯 서쪽 바다를 보며 말했다.

＊ ＊ ＊

독안룡 탑살의 표정은 어느 때보다도 어두웠다. 그가 인정한 연이설이 하루가 다르게 천록의 왕국을 재건해 가고 있는 상황임을 생각하면 의외의 모습이었다.

그래서 왕의 섬으로 그를 찾아간 무한은 잠시 당황할 수밖에 없었다.

마치 그가 주란과 연이설을 화친하게 만든 것이 실수인가 하는 생각까지 할 정도였다.

그러나 독안룡 탑살은 그 일에 대해선 오히려 칭찬을 아끼지 않았다.

"잘한 일이다. 네 신분을 일정 부분 드러내더라도 그렇게 하는 것이 옳은 일이다. 특히 네가 주 부인에 대한 원한을 동정심으로 바꾸었다는 것이 기쁘구나."

독안룡 탑살은 무한이 주란에 대한 원한을 풀어버린 것이 무척 기쁜 모양이었다.

상인이 아닌 무인으로서 그런 원한을 품고 사는 것은 무공 수련 초기에는 노력의 이유가 될 수 있지만, 일정 경지에 이르러서는 무공을 대성하는 데 방해가 된다는 것을 잘 알고 있기 때문이었다.

"그로 인해 천록의 왕국은 예상보다 빠르게 뿌리를 내리게 될 것 같습니다."

무한이 여전히 탑살의 눈치를 살피며 말했다.

"그렇겠지. 이미 천록항의 변화가 그 사실을 말해주고 있는 것 아니겠느냐? 상인들처럼 정세 변화에 민감한 사람들이 사해상가의 눈치를 보지 않고 천록항으로 모여드는 것을 보면……."

탑살이 고개를 끄떡였다.

"그게… 좋은 일이 아닌가요?"

무한이 물었다.

"나쁘지 않은 결과지. 적어도 천록의 왕국, 더욱이 연이설, 그녀라면 이왕사후와는 전혀 다른 육주를 만들어 갈 테니까."

"그런데 왜 안색이 어두우신지요?"

무한이 다시 물었다.

"응? 내가 그렇게 보였느냐?"

"예, 마치 큰 근심이 있으신 것 같습니다만. 혹, 신무종이 또 위험한 일을 벌이려고 하고 있습니까?"

독안룡 탑살이 걱정할 일이라고는 십이신무종의 움직임뿐이라고 생각하는 무한이었다.

"신무종의 일이긴 하지."

"그들이 또 누군가를 움직였습니까? 아니면 직접 세상에 나왔나요?"

"그런 것은 아닌데… 좀 묘한 일이 벌어지고 있는 것 같구나."

"묘한 일이라면……?"

갈수록 알 수 없는 말을 하는 탑살에게 답답함을 느낀 무한이 재차 물었다.

"어제 해신성주가 급히 연락을 보내 왔다. 해신성주는 천록의 왕국과 비룡성의 싸움이 끝난 후 해신성으로 돌아가고 있었거든. 그런데 그가 미처 해신성에 도착하기 전에 다시 배의 방향을 돌려 이리로 오고 있다. 남해의 불모지인 열사의 땅에 본거지가 있는 태양종의 고수들이 움직였다는 사실을 알았기 때문이지. 해신성은 남해 넓은 수역에 퍼져 있는 수많은 어선과 상선들로부터 소식을 받기 때문에 남해에서 일어나는 일은 눈으로 보듯 할 수 있지."

"태양종요? 그들은 흑라의 시대 이후 거의 활동이 없지 않았습니까?"

"그랬지. 흑라의 마전사들이 열사의 땅까지 진출했었으니까. 당시 태양종도 적지 않은 피해를 받은 것으로 알려졌다. 이후에는 그 피해를 복구하기 위해 거의 외부 활동을 하지 않았다."

"이제 움직일 때가 되었다고 생각한 걸까요? 하지만 그들 한 곳이 움직였다고 특별한 일은 아니지 않습니까? 이미 육주에 있는 팔대무종들은 활발하게 움직이고 있으니까요."

무한이 태양종이 움직였다고 해서 탑살이 이렇게까지 걱정하는 것이 이해가 되지 않는다는 듯 물었다.

"단지 태양종 한 곳이면 나도 상관 않겠다만, 수호자들의 섬에서도 연락이 왔다. 파나류 북부의 천마종도 움직였다고… 그리고 공교롭게도 그들이 향한 곳은 모두 죽은 자들의 섬이었다."

탑살이 무거운 표정으로 말했다.

한 곳이 움직인 것은 큰 일이 아니지만, 두 곳이 움직였고, 그들이 한곳으로 향했다면 그건 사대휴무종 전체가 움직이고 있다는 의미일 수 있었다.

"사대휴무종이 기지개를 켜는 걸까요?"

"그렇다고 봐야겠지. 그런데 이해할 수가 없어. 왜 사자의 섬일까? 물론 그곳에 환무종이 있다고는 해도, 육주가 아니라 사자의 섬이라는 것이… 사대휴무종이 육주 밖에 있지만, 그들의 최대 관심사는 육주일 텐데."

탑살이 이해할 수 없다는 듯 말했다.

"외부에서 힘을 모아 육주로 오려는 것이겠지요."

"그럴까? 단순히 그래서일까? 그런데 그러기에는 너무 멀지 않느냐? 육주의 바다가 작은 해협도 아니고… 사자의 섬에서 모여서 육주로 향하게 되면 반드시 육주의 팔대활무종 눈에도 들어올 것인데……."

"양쪽이 사이가 멀어지긴 했지만, 원한을 맺은 것은 아니지 않습니까?"

"그건 네가 몰라서 하는 말이다. 흑라의 시대가 끝난 후 그네 무종의 종주들이 남긴 말이 있어. 만약 자신들이 다시 육주 땅을 밟게 된다면 그때는 육주가 자신들 발아래 있게 될 거라고. 그런 선언을 했었다. 그건 곧 그 사대휴무종이 신무종의 전통을 거부하고 육주의 권력을 추구하겠다는 선언이나 마찬가지다. 그리고 그렇게 되면 육주의 팔대무종은 그들의 첫 번째 적이 되는 거지."

"그런 일이 있었군요."

무한이 새로운 사실을 듣고 고개를 끄떡였다. 그렇다면 탑살의 말처럼 사대휴무종이 사자의 섬에 모이는 것은 전략적으로 어리석은 선택이었다.

기습의 묘미는 살릴 수도 없고, 오히려 육주의 바다를 건너다가 팔대무종의 공격을 받을 수도 있기 때문이었다.

"결국 한 가지 추측을 하게 되는구나. 누군가 그들을 돕는 자가 있다는 것, 육주의 바다를 안전하게 건너게 해줄… 그게 누굴까. 생각나는 사람이 없느냐?"

탑살이 물었다.

그러자 무한이 대답했다.

"무면귀 후탄! 그가 있군요. 그를 데려간 사람도 환무종의 고수였으니까요."

"음, 그자가 배를 모는 기술과 해전에는 뛰어나도 사대무종의 고수들을 안전하게 육주로 데려오기에는 능력이 부족하다. 다른 누군가가 또 있어."

"누가 있을까요?"

무한이 되물었다.

그러자 탑살이 신중하게 대답했다.

"결국… 의심되는 곳은 한 곳밖에 없다. 신마성!"

"신마성요?"

무한이 놀란 얼굴로 되물었다.

"사대후무종이 육주를 원한다면 신마성 정도의 조력자가 필요하다. 신무종들에게 부족한 세력을 채워 줄 곳으로 신마성만한 곳이 없지. 그래서… 네가 사자의 섬에 가봤으면 하는구나. 과연 그곳에 신마성의 사람들이 와 있는지."

탑살이 무한을 보며 말했다.

아쉬움이 없지 않았다. 육주를 떠나기 전 다시 한번 그녀들을 만날 기회가 있기를 바란 무한이다. 그러나 연이설과 주란을 만나고 떠나기에는 탑살의 부탁이 너무 중요했다.

그래서 서찰을 써서 두 사람에게 보내는 것으로 만족할 수밖에 없었다. 서신은 용노를 따라온 빛의 전사들이 전할 것이니 중간에 분실될 염려는 없었다.

답을 받아 올지는 알 수 없었다. 설혹 답을 받아 온다 해도 그 답신을 받으려면 적지 않은 시간이 필요할 것이다.

그는 며칠 후면 천록항을 떠나 육주의 바다를 항해하고 있을 것이기 때문이었다.

물론 그런 무한의 결정이 즐거운 사람들도 있었다.

용노와 이공 등 빛의 신전 사람들은 무한의 결정을 반갑게 받아들였다.

육주 여행이 재미가 없는 것은 아니었지만, 육주에서의 생활이 슬슬 지루해지고 있던 그들이었다.

더군다나 편안하게 육주의 풍경을 구경하는 여행이 아니라, 때로는 전쟁터를 오가야 했던 시간인지라 그쯤에 용노 등은 육주에 대해 피곤함을 느끼고 있었다.

"흐흐흠!"

이맥과 소의도 육주를 떠나 다시 바다로 나가는 것이 즐거운 모양이었다.

배에 짐을 싣거나 자질구레한 준비를 하는 일이 모두 자신들에게 맡겨졌음에도 불구하고, 두 사람에게서 콧노래가 흘러나오고 있었다.

무한이 그런 두 사람을 보며 가볍게 미소를 지었다.

"서운하십니까?"

육주의 바다를 건너기 위해 마련한 배의 난간에서 천록항과 그 너머에 펼쳐진 육주의 대지를 바라보고 있던 무한의 곁으로 이공이 다가오며 물었다.

"서운할 게 있나요."

무한이 대답했다.

"그래도 이곳에서 사귄 사람이 많지 않습니까? 특히… 이설 아가씨는……"

"그렇다 해도 사부님의 부탁을 미룰 수는 없지요. 마침 사자의 섬에 가려던 참이기도 했고요."

"그래도 보름 정도의 시간만 내면 작별 인사 정도는 하고 올 수 있을 텐데요."

이번에는 용노가 슬쩍 무한의 눈치를 보며 말했다.

"만난 지 얼마나 되었다고요. 다만 걱정은 비룡성과 천록의 왕국의 연대가 단단해지는 것을 확인하지 못하고 떠나는 겁니다."

"주 부인의 결심이 확고하니 그 화친이 틀어질 일은 없을 겁니다."

이공이 대답했다.

"그렇긴 하지만 두 사람 모두 워낙 독특한 성정을 지닌 사람들이라……."

"후후, 그렇기는 하지요. 여장부 중의 여장부들이랄까. 그래도 무엇이 중요한지는 누구보다 잘 아는 사람들이니 특별한 일은 없을 겁니다."

"그렇겠지요?"

무한이 되물었다.

"그럼요. 걱정 마십시오. 그나저나 그는 한 번 만나보고 가셔야지요?"

"그렇지 않아도 오늘 밤 만나러 갈 생각입니다."

마골에 대한 이야기였다.

마골은 천록항 외곽의 천록회 본거지에 살고 있으므로 그는 만나고 떠날 수 있었다.

"이번에도 함께 갈까요?"

이공이 물었다.

"굳이 그러실 필요는 없습니다."

무한이 대답했다.

"하하, 그래도 인사를 하고 가지 않으면 그가 서운해할 텐데요. 본 적은 겨우 두어 번이지만……."

"그러신가요? 그럼 같이 가시죠."

무한이 웃으며 말했다.

"허! 그럼 또 나만 남는 거구만……."

용노가 서운한 표정으로 중얼거렸다.

"저놈들 감시를 해주셔야지요."

이공이 흥얼거리며 일하고 있는 이맥과 소의를 가리켰다.

"저 녀석들이야 바다에 나갈 생각에 시키지 않아도 알아서 일을 하고 있고."

"그럼 이번에는 용노께서도 함께 가시죠."

무한이 용노에게 말했다.

그러자 용노가 반색을 하며 되물었다.

"정말이십니까?"

"용노께서 함께 가면 그분의 걱정도 더 줄어들겠지요. 뭐, 이미 걱정보다는 바라는 것이 많은 사람이지만."

무한이 가볍게 미소를 지으며 말했다.

*   *   *

마골은 한순간 차가운 한기를 느꼈다.

그는 다른 때처럼 오늘 밤도 세상 각지에서 천록회 상인들이 보내 오는 소식을 살펴보고 있었다.

또 천록회 내에서 벌어지는 분란들을 조정하고 결정해야 하는 일도 적지 않았다.

연이설의 승리와 사해상가의 직접적인 방해가 사라지자 천록회 각 상가들은 회 내의 일에 신경 쓸 여력이 없을 만큼 각자의 상권을 키우는 데 몰두하고 있었다.

그로 인해 천록회 내의 일은 거의 모두 마골에게 일임되어 있는 상태였다. 천록회의 상가들이 성장할수록 마골이 할 일은 점점 늘어나고 있는 것이다.

그래서 오늘 밤도 늦게까지 일거리와 씨름하고 있는 마골이었는데, 그의 육감을 싸늘하게 만드는 누군가가 그를 찾아온 것이다.

"음!"

마골이 낮게 침음성을 내며 자리에서 일어났다.

무인의 육감이 말하는 것은 틀리는 경우가 거의 없다. 손님이 왔다면 손님을 맞아야 하는 것 역시 무인의 숙명이다.

"누가 이 늦은 밤에 날 찾아오셨소?"

마골이 창으로 다가가 창을 열며 물었다.

스르륵!

창이 열리자 그의 거처와 붙어 있는 작은 마당에 몇 사람의 불청객이 서 있는 것이 보였다.

"뉘시오?"

마골이 다시 물었다.

그러자 불청객 중 한 명이 물었다.

"그대가 마골인가?"

"그렇소만……."

마골이 순순히 불청객의 질문에 대답했다.

"잠시 이야기를 나눴으면 하는데……."

"그럼 안으로 모시겠소."

"아니, 밖에서 보지."

불청객이 마골을 마당으로 불러냈다.

그러자 마골이 잠시 망설이다가 고개를 끄떡였다.

"그럼 그럽시다. 오늘은 달빛도 좋은데."

대답을 한 마골이 벽에 걸어두었던 검을 꺼내 들고 훌쩍 몸을 날렸다.

스슥!

창문을 날아 넘은 마골이 가볍게 땅에 내려서는가 싶더니 순식간에 불청객들 앞에 다가섰다.

그러자 불청객들의 눈에 놀란 기색이 떠올랐다.

"어디서 오신 분들이오?"

놀라는 불청객들에게 마골이 물었다.

정체를 물은 것은 당연한 일이기도 하거니와 그들이 군이 정체를 숨길 것 같지 않았기 때문이었다.

불청객들은 한밤중에 은밀히 찾아온 사람들답지 않게 얼굴을 가리지도 않았다.

그건 그들이 군이 자신들의 정체를 숨길 생각이 없다는 뜻일 것이다. 아니면, 오늘 이 자리에서 마골을 죽이겠다는 의미일 수도 있었다.

"우린 신무종에서 나왔소."

마골의 예상대로 불청객들은 자신들의 신분을 숨기지 않았다.

"신무종……!"

마골이 상대의 정체가 생각보다 엄청난 것을 알고는 나직하게 뇌까렸다.

신무종의 고수가 천록회를 찾아올 것이라는 것은 이미 예상하고 있던 일이었다.

그들이 천록회로 오던 중에 천록의 왕국 옛 성터에 지어진 녹산연가의 이궁을 먼저 방문했다가 본거지로 돌아갔다는 이야기는 이미 녹산연가를 통해 들은 후였다.

일단 돌아갔지만 그들이 천록회를 방문하는 것은 정해진 수순이었다.

하지만 방문의 방식이 이런 것일 거라고는 예상치 못한 마골이다.

"낮에 정식으로 방문을 해주시면 성대하게 환대를 받으셨을 텐데……"

마골이 말꼬리를 흐렸다.

"세상에 소문내고 다닐 상황은 아니라서 말이오."

신무종에서 나왔다고 신분을 밝힌 자가 대답했다.

그의 대답에 마골이 고개를 끄떡였다. 생각해 보면 십이신무종이 천록회를 방문한다는 것 자체가 세인들의 구설수에 오르내릴 수 있는 일이었다.

이미 많은 사람들에게 신무종의 행보가 알려지기는 했지만,

그래도 여전히 육주의 보통 사람들에게 신무종은 세속의 일을 멀리하고 무도를 추구하는 고고한 구도자들이기 때문이었다.

"그런데 신무종의 고수분들께서 이 보잘것없는 상인을 찾아오신 이유가……?"

마골이 물었다.

그러자 그와 대화를 나누던 신무종 고수가 고개를 저었다.

"그대가 도산 선종의 무영자와 대등하게 겨룬 것을 알고 있는데 보잘것없다는 말은 어울리지 않소. 그럼 무영자의 명예가 너무 추락하는 것 아니겠소?"

"그때는 단지 운이 좋았을 뿐이오."

"운이라… 그렇다 해도 그대의 실력을 낮출 이유는 없소. 운이란 것도 준비된 자에게나 찾아오는 것이니까."

"뭐, 날 그렇게 높게 평가해 주시면 고마운 일이지요. 아무튼 날 찾아온 이유를 말씀해 주시겠소?"

마골이 물었다.

"비무!"

사내가 단호하게 말했다.

순간 마골이 눈살을 찌푸렸다. 아무리 신무종의 고수라지만 만나자마자 비무를 요구하는 것은 기습을 하는 행위와 같기 때문이었다.

"너무 갑작스럽구려. 비무라니… 그 말은 신무종이 천록회를 적으로 여긴다는 뜻이오?"

마골이 조금 차가워진 표정으로 물었다.

"적이라 생각했다면 비무가 아니라 신무종의 고수들이 몰려와 오늘 밤 이 천록회의 터전을 쓸어버렸을 것이오. 비무를 원하는 것은 적어도 신무종이 천록회를 적으로 돌리지는 않겠다는 의미요."

사내가 덤덤하게 말했다.

"그런데 왜 비무가 필요한 것이오? 단순히 나에 대한 호기심 때문은 아닌 것 같은데……."

"그대를 한 번은 꺾어야 이야기가 수월해질 것 같아서 말이오."

사내가 대답했다.

"후우… 군이 그러지 않아도 신무종에 날 꺾을 무인들이 깨알처럼 많다는 것을 알고 있소. 그걸 알고 있는데 군이 직접 검을 들고 날 꿇려야 하겠단 말이오?"

마골이 못마땅한 표정으로 물었다. 이들이 하는 행동이 그들의 명성에 비해 조잡하게 느껴졌기 때문이었다.

신무종의 권위를 생각하면 좋은 말로 자신들이 원하는 바를 말해도 충분히 설득력을 가질 수가 있었다. 그런데 군이 힘으로 상대를 눌러놓고 이야기를 시작하겠다는 것은 시장판의 왈패들이나 하는 방식이었다.

"당신의 패배를 다른 천록회 상인들에게 알릴 필요도 있고……."

"나 한 명 패했다고 천록회 상인들에게 무슨 영향을 미치겠소."

마골이 퉁명스럽게 말했다.

"그대가 천록회의 보이지 않는 중심인물이란 것을 알고 있으니까."

사내가 단호하게 말했다.

그러자 마골이 고개를 저었다.

"후우… 정말 천록회에 대해 몰라도 너무 모르는구려. 난 절대 천록회의 중심인물이 아니오. 다만 각 상가의 가주들이 워낙 분주해 천록회 내의 사무들을 대신 처리해 주는 사람일 뿐. 더군다나 천록의 왕국이 부활한 것을 아실 텐데 어찌 날 천록회의 중심인물이라고 생각하는지 모르겠구려."

"무영자를 상대한 것도 그렇고, 사해상가주가 보낸 오족의 살수들을 제압하고 사해상가의 총관 나이만을 사로잡은 것도 그렇고… 아무리 연이설이 천록의 왕국을 부활시켰다 해도 여전히 우린 당신을 천록회에서 가장 중요한 인물 중 하나로 생각하고 있소. 아무튼… 우린 오늘 반드시 당신을 시험해 봐야겠소. 당신을 꿇린 후, 천록회의 각 상가 가주들에게 우리의 요구를 전할 것이오. 일종의… 경고라고 할 수도 있을 거요."

사내의 말에 마골은 자신이 이 비무를 더 이상 회피할 수 없다는 것을 깨달았다.

이자들에게 필요한 것은 천록회 상가의 가주들 앞에 끌고 갈 협박거리였다.

즉 비무에 패한 마골이 자신들의 힘과 뜻을 전달할 수단이 되길 바라는 것이었다.

"후우… 원하지 않았던 상황이지만, 그렇다고 검을 들고 달려드는 상대를 피할 수는 없고… 좋소. 정 원한다면 해봅시다. 신무종의 고수들에게 패했다고 굴욕은 아닐 것이고."

마골이 중얼거리듯 대답했다.

그러자 사내가 희미한 미소를 지으며 말했다.

"잘 생각했소. 비무를 받아준 감사의 뜻으로 큰 부상을 입거나 할 일은 없을 것이오. 늦었지만 내 소개를 하겠소. 난 대검종 검산파 사람 대산검 정휘라 하오!"

"거참, 가는 날이 장날이라고……."

고고한 아름다움을 만들어내는 달빛에 어울리지 않게, 살벌한 분위기를 만들고 있는 마골의 장원을 내려다보며 이공이 혀를 찼다.

"마침 잘 온 것 같습니다."

무한이 말했다.

"도와주시게요? 마 대인이 감당할 수 있지 않을까요? 비무라면 위험한 것도 아니고."

이공이 물었다.

"저들은 어떤 식으로든 마 대인을 굴복시키려 할 겁니다. 필요하다면 합공을 해서라도. 또 팔다리 하나쯤 자르는 것도 서슴지 않을 겁니다."

"설마 그렇게까지……."

이공이 동의할 수 없다는 듯 무한을 보며 말했다.

"저들이 마 대인을 찾아온 이유는 마 대인이 천록회의 중심 인물 중 하나기 때문이기도 하지만, 그가 크게 당한다고 해도 복수를 위해 나설 집단이 없기 때문입니다. 천록회의 상가들은 절대 그를 위해 십이신무종과 전면전을 벌이지는 않을 테니까요. 그렇게 저들은 마 대인을 천록회 각 상가에 경고의 도구로 쓰려는 겁니다. 그래서… 생각보다 독하게 손을 쓸 겁니다. 자신들의 말과 달리."

"음… 그럴 수도 있군요. 그럼 위험한 상황이군요. 지금 들어갈까요?"

이공이 물었다.

그러자 무한이 잠시 생각에 잠겼다가 입을 열었다.

"그러죠. 이렇게 되면 오늘도 얼굴을 가려야 하겠군요."

무한이 씁쓸하게 말하며 가져온 검은 천으로 얼굴을 가렸다.

이공과 용노도 얼굴을 가리면서 작게 웃음을 흘렸다. 그러다가 문득 용노가 말했다.

"아무튼 술사님을 따라다니다 보니 밤도둑이 다 되었습니다."

"하하, 그럼 가볼까요? 신무종의 도도함을 훔치러!"

"좋은 말입니다."

용노가 흔쾌히 대답했다. 그러자 무한이 마골의 장원을 향해 몸을 날렸다.

스릉!

마골은 대산검 정휘를 마주 보며 검을 빼 들었다. 검집을 벗어나는 그의 검이 푸른 달빛을 반사했다.

웅!

달빛을 받은 그의 검이 낮게 검음을 흘렸다.

마골의 검이 검음을 만들어내는 것을 본 대산검 정휘의 얼굴도 어느새 차갑게 식어 있었다.

상대에 대한 경시는 더 이상 보이지 않았다. 이미 앞서서 무영자 동원공과 대등하게 겨룬 사람이라는 것을 알고 있기도 했다.

직접 겨뤄본 적은 없지만, 도산 선종의 무영자 동원공의 무공이 자신보다 크게 떨어지지 않을 거라는 건 쉽게 짐작할 수 있었다.

신무종에서 세상으로 내보내는 고수들은 각 무종에서 일정한 경지의 무공을 성취한 사람들이기 때문이었다.

창!

대산검 정휘의 장검이 모습을 드러냈다.

검신을 드러나는 순간 검 주위에 희미한 빛의 아우라가 생겼다.

검에서 검기가 일어난 것이다. 그건 정휘의 내공이 그만큼 충실하다는 뜻이다.

"후우……!"

겁을 먹은 것은 아니지만 정휘의 검기를 확인한 마골이 가볍게 숨을 내쉬었다. 긴장을 풀려는 것이다.

적어도 정휘 한 명이라면 그는 자신이 패할 거라고 생각지 않았다. 패한다면 그건 철사자 가문의 명예를 더럽히는 일이 될 것이므로!

"시작하겠소!"

정휘가 호흡을 가다듬는 마골을 보며 말했다.

"원치 않는 비무이나 최선을 다하겠소."

마골이 대답했다.

"아마… 그래야 할 거요!"

그런데 정휘가 경고를 하며 허공으로 도약하려다가, 갑자기 검을 거두며 황급히 뒤로 물러났다.

그러고는 서쪽 담장을 보며 날카롭게 외쳤다.

"누구냐?"

마골의 표정이 한순간에 편해졌다.

그는 얼굴을 가리고 다가오는 무한의 정체를 한눈에 알아봤다.

무한이 돕는다면 신무종의 불청객들을 능히 감당할 수 있다는 확신을 가지고 있는 마골이었다.

더군다나 무한 옆에는 지난번 인사를 나눈 무한의 조력자 외에도 또 한 명의 동료가 있었다.

"마 대인, 그 비무 제게 양보해 주시겠소?"

무한이 당황하는 신무종 고수들은 쳐다보지도 않고 성큼 성큼 장내로 걸어와 마골에게 말했다.

"굳이 그러실 필요까지야……."

"아니지요. 마 대인은 상인이신데 신무종의 고수분들을 상대하는 일은 어울리지가 않지요. 비록 마 대인께 그럴 만한 능력이 있다고 해도 말입니다."

무한이 말했다.

"음, 그렇기는 하지만……."

마골이 말꼬리를 흐렸다.

그 순간 대산검 정휘가 노기를 띤 목소리로 일갈했다.

"무인에게는 예법이 있다. 타인의 비무에 관여치 않는 것, 그대는 누군데 감히 신무종의 일에 간섭을 하는 것인가?"

정휘의 추궁에 무한이 그제야 시선을 정휘와 신무종 고수들에게로 돌렸다. 정휘보다 더 차가운 목소리로 대꾸했다.

"무인에게 지켜야 하는 예의가 있다는 것을 알겠소. 그런데 이분은 일개 상인이신데, 대신무종의 고수분들이 한밤중에 예고도 없이 떼로 찾아와 비무를 강요하는 것도 무인의 예법에 따른 것이오?"

무한의 추궁에 정휘가 당혹한 표정을 지었다. 확실히 그들의 무인의 예를 따질 상황은 아니었다.

그러자 무한이 다시 입을 열었다.

"애초에 예의를 지키지 않은 것은 그대들이오. 그러니 마 대인 대신 내가 비무에 나선다고 해서 예의가 아니라고 따질 일은 아닌 것 같소. 그리고… 나 역시 이 비무와 아주 연관이 없는 사람도 아니고……."

"천록회의 사람인가?"

정휘가 물었다.

그러자 무한이 고개를 저었다.

"천록회의 사람은 아니오. 다만 마 대인과 인연이 깊은 지인일 뿐이지. 그리고 그날 사해상가의 사절단과 함께 왔던 신무종의 고수 중 한 명을 상대한 사람이기도 하오."

"그… 대가 바로 그군! 천무종의 검노를 꺾었다는!"

정휘가 놀란 표정으로 소리치듯 말했다. 그와 함께 온 신무종의 고수들 역시 놀란 기색이 역력했다.

"맞소. 내가 바로 그 사람이오. 그리고 보면 난 신무종과 인연이 꽤 깊은 것 같구려. 마 대인을 찾아올 때마다 신무종의 고수들을 만나게 되니. 거기에 비무까지… 이러다가 신무종 각파의 모든 고수를 만나게 될지도 모르겠구려."

무한이 어깨를 으쓱하며 말했다. 신무종의 고수를 앞에 두고도 전혀 긴장하거나 두려워하는 모습이 아니다.

그런 무한의 모습에 대산검 정휘가 화를 내기보다는 경계하는 모습을 보였다.

"당시 그곳에서 당신은 자신의 정체를 드러내지 않았다고 하던데, 지금 역시 마찬가지인가?"

정휘가 물었다.

"굳이 얼굴과 이름을 알려 정말 신무종 전체와 싸울 이유는 없지 않겠소? 부끄러운 과거를 가진 것은 아니지만."

"그렇긴 하지. 어떤 사람도 신무종과 홀로 맞서는 것은 불가능하니까. 그런데 그런 마음가짐치고는 신무종의 일에 너무 자주 관여한다고 생각지 않는가?"

"이번이 겨우 두 번째, 그리고 그대로 두면 그대들 세 사람은 반드시 마 대인을 크게 상하게 할 것이 분명하고."

"우린 다만 그와 비무를 하려 했을 뿐이라 했는데."

정휘의 말에 무한이 가볍게 웃음을 흘렸다.

"후후, 그 말을 믿을 사람이 누가 있겠소. 아마 당신들은 마 대인의 팔다리 하나쯤은 자르려 했을 것이오. 천록회 상인들에 대한 경고로 말이오. 당신 혼자 어렵다면 다른 두 사람도 합세

했을 테고. 난 적어도 마 대인이 그런 일을 당하는 것을 두고 볼 사람은 아니오."

무한의 말에 정휘가 곤혹스러운 표정을 지었다. 무한과 이공, 용노가 나타나자 이제 숫자 면에서 신무종 고수들의 우위는 사라졌다.

물론 무공 고수들의 경우 사람의 숫자보다 무공의 수위가 더 중요하지만, 정휘 등 신무종 고수들이 무한 일행보다 월등히 무공이 높을 거라 자신할 수 없는 정휘였다.

그렇다고 이대로 물러난다면 나중에라도 세상의 웃음거리가 될 수 있었다.

특히 신무종으로 돌아가 그 수장들에게 싸워보지도 않고 물러났다고 말할 수는 없었다.

그래서 결국 선택할 수 있는 것은 비무밖에 없었다.

"그대에게 신무종의 일을 방해할 실력이 있는지 확인해 봐야겠군."

정휘가 무한을 보며 말했다.

"지난번 연회에서 증명했다고 생각하는데… 아니오?"

무한이 되물었다.

"난 내 눈으로 보고 내가 겪은 것만 믿소."

정휘가 대답했다. 그러자 무한이 가볍게 한숨을 내쉬었다.

"이대로 물러나면 서로 험한 일을 당하지 않을 텐데… 굳이 비무를 하겠다니… 뭐 마다치는 않겠소. 하지만 검을 들고 하는 비무는 위험한 것이오. 조심하기 바라오."

무한이 정휘에게 경고했다.

"충분히 조심할 것이오. 그러니 그대도 조심하구려."

정휘가 마골과의 비무를 위해 뽑았던 검으로 무한을 겨누며 말했다.

그러자 이공이 옆에서 입을 열었다.

"제가……."

이공의 말에 무한이 얼른 고개를 저었다.

"사람을 바꾸는 것은 상대에 대한 예의가 아니지요."

"알겠습니다."

이공이 이내 무한의 말에 수긍하고 뒤로 물러났다.

그러자 용노와 마골 역시 뒤로 물러나 무한과 대산검 정휘에게 싸울 공간을 내주었다.

후웅!

밤이 깊을수록 기온이 떨어졌다.

무한과 대산검 정휘 사이에도 찬바람이 불었다. 그 바람에 작은 나뭇잎들이 허공으로 떠올랐다.

그리고 그 나뭇잎들이 한순간 두 사람의 시야를 방해하자 정휘가 그 틈을 이용해 벼락처럼 움직였다.

팟!

정휘의 검 끝에서 뻗어 나온 푸른 검기가 그대로 나뭇잎을 반으로 가르며 무한의 이마를 찔러왔다.

순간 무한이 슬쩍 몸을 틀며 검을 세웠다.

지잉!

무한의 검에 스친 정휘의 검기가 무서운 속도로 미끄러져 나가며 날카로운 마찰음을 만들어냈다.

순간 무한이 재빨리 허공으로 떠올랐다.

그러자 어느새 검의 방향을 튼 정휘가 무한의 하체를 베어 왔다. 무한이 발아래로 상대의 검기를 흘려 보내며 검을 벼락처럼 내려쳤다.

캉!

정휘의 검신 끝을 무한의 검에서 흘러나온 검기가 무섭게 내려쳤다.

"웃!"

검이 흔들리자 정휘가 다급성을 토하며 뒤로 물러났다.

그런데 그 순간 갑자기 정휘의 시야에서 무한의 모습이 사라졌다.

그럼에도 정휘는 무한의 위치를 금세 알아챘다. 그의 등 뒤에서 서늘한 기운이 다가오고 있기 때문이었다.

"핫!"

정휘가 검에 진기를 실어 옆구리 사이로 찔러 넣으며 기합성을 터뜨렸다. 그러면서 그의 몸이 반 바퀴 회전했다.

"헛!"

그런데 다음 순간 정휘의 입에서 헛바람이 흘러나왔다. 당연히 자신의 뒤에서 공격하고 있어야 할 무한의 모습이 보이지 않았기 때문이었다.

그렇게 무한의 기척을 잃은 정휘가 당황하는 사이, 어느새 그의 머리 위에서 한 줄기 검기가 떨어져 정확하게 검을 잡은 그의 손등을 파고들었다.

정휘가 자신의 손을 보호하기 위해 급히 손을 빼는 순간 무한의 검기가 악력이 약해진 정휘의 검을 강하게 때렸다.

캉!

"웃!"

강력한 무한의 검기와 격중된 정휘의 검이 그의 손에서 벗어나 이삼 장 밖으로 날아간 후 깊숙이 땅에 꽂혔다.

제6장

사자의 섬으로

정휘의 몸이 석상처럼 굳었다. 그러나 그의 눈동자는 끊임없이 흔들리고 있었다.

그의 얼굴은 당혹감으로 물들어 있었다. 물론 상대가 천록회의 연회에서 천무종의 검노를 처참하게 꺾었다는 사실을 모르는 바 아니었으나, 설마 자신의 손에서 검을 쳐낼 만큼 강할 거라고는 생각지 못했던 정휘였다.

무인이 손에서 검을 놓치는 것은 심장을 베인 것보다 더 수치스러운 일이었다. 그런데 그런 일이 자신에게 일어난 것이다.

당황한 것은 정휘만이 아니었다. 그와 함께 온 신무종의 고수 두 사람 역시 순식간에 일어난 일에 당혹감을 감추지 못하고 있었다.

너무 당황해서 누군가 정휘 대신 나서 무한을 상대하겠다는 사람조차 없었다.

그러자 싸움을 지켜보던 마골이 여유로운 표정으로 몇 걸음 걸어 나오며 말했다.

"이쯤하면 오늘의 비무를 더 할 필요가 없을 것 같소. 손님으로 오셨다고 생각하겠소. 들어가서 차나 한잔하시겠소이까? 신무종에서 특별히 이 사람에게 할 말이 있을 것도 같은데… 아니면, 내일 천록회 주요 상가들의 사람들을 한곳에 모으겠소이다. 그곳에서 신무종의 전언을 들어도 될 것이오."

마골의 말에 신무종의 고수 세 사람이 서로를 바라보며 갈등의 눈빛을 교환했다. 그러다가 지금껏 정체를 밝히고 있지 않던 자가 말했다.

"내일 정식으로 천록회를 방문하겠소. 오늘의 무례는 용서하시오!"

정중하지만 비굴하지는 않다. 여전히 신무종의 일원으로서 도도함이 살아 있는 모습니다.

"빙궁에서 나오신 모양이구려?"

마골이 물었다.

그러자 말을 꺼낸 초로의 인물이 뜻밖이라는 표정으로 물었다.

"날 알고 있소?"

"그건 아니오. 다만 손님의 몸에서 흘러나오는 기도가 빙궁의 그것과 비슷하여 짐작한 것이오."

"음… 역시 눈매도 매섭구려. 맞소. 난 빙궁 한뢰종의 천검 동백옹이라 하오."

초로의 노인이 정식으로 자신을 소개했다.

"역시… 아무튼, 그럼 내일 천록회 중앙 건물로 와주시구려. 정오에 오시면 식사를 겸해 이야기를 나눌 자리를 마련하겠소."

마골이 말했다.

"현재 천록회에 머물고 있는 각 상가의 가주들은 몇 명이나 되오?"

동백옹이 물었다.

"가주님들은 많지는 않소. 그간 천록회에 들어온 상가가 늘어서 지금은 총 스물두 상가가 천록회를 구성하고 있는데 그중 다섯 곳 정도만 가주들께서 천록회에 머물러 있으시오. 아시겠지만 요즘 들어 천록회 각 상가의 상권이 크게 변하고 있어서……"

마골의 말대로 녹산연가의 승리는 천록회 각 상가에게 새로운 도약의 기회를 주고 있었다. 그래서 천록회 상가 가주들이 천록항에만 머물 수는 없는 상황이었다.

그런데 그 사실보다 신무종 고수들에게는 다른 점이 관심을 끈 모양이었다.

"스물두 개의 상가라… 어느새 그렇게 늘어났구려?"

애초에 처음 천록회가 출범할 때 천록회에 속한 상가는 채 열 곳이 되지 않았다. 그런데 지금은 사람들이 미처 관심을 갖지 못하는 사이 스물두 곳으로 늘어나 있었던 것이다.

그건 무한조차도 간과하고 있던 사실이었다.

"상인은 결국 재화가 많이 거래되고 재물이 모이는 곳으로 모여들게 되어 있소이다."

마골이 미소를 지으며 말했다. 그의 미소에는 천록회에 대한 자신감이 엿보였다.

"후우… 신무종에서도 그런 천록회의 성장에 관심을 갖지 않을 수 없었소. 다만……."

동백옹이 말꼬리를 흐렸다.

그러자 마골이 여전히 미소를 지으며 대꾸했다.

"다만 문제는 부활한 천록의 왕국이겠구려?"

"음… 역시 마 대인의 혜안은 소문대로구려."

동백옹이 진심으로 감탄한 표정으로 말했다.

"조금만 생각하면 누구나 짐작할 수 있는 일이 아니겠소. 천록회는 아무리 번영한다고 해도 결국 상인들의 집단, 신무종 입장에서는 다루지 못할 바가 아닌 집단이지만, 재건되고 있는 천록의 왕국은 전혀 다른 성격의 세력이니까. 이런 상황에서 천록의 왕국과 천록회의 관계가 모호하니 그걸 분명하게 확인하고 싶으실 거라 생각했소. 물론, 그 관계를 확인한 이후에는 천록회와 신무종의 관계도 변할 테고 말이오."

"음… 천록의 왕국과 천록회의 관계, 그 대답 지금 해줄 수 있소?"

동백옹이 물었다.

그러자 마골이 고개를 저었다.

"미안하지만 그건 어렵겠소이다. 솔직히 말해 나도 천록회와 천록의 왕국이 어떤 관계일지 아직은 고심 중이라서 말이오. 사실 그 관계를 명확하게 단정 지을 사람은 천록회 내에 아무도 없소. 다만… 결국 그 관계는 천록의 왕국에 달려 있다고 할 수 있을 것이오. 우린 상인이고, 상인은 강한 세력과의 연대를 중시

하니 말이오."

"음… 그건 맞는 말이오만……. 그럼 천록회가 천록의 왕국의 재건을 위해 모인 연합 세력은 아니라는 것이구려?"

동백옹이 다시 물었다.

그러자 마골이 고개를 끄떡였다.

"그건 확언할 수 있소. 애초에 우린 녹산연가가 천록의 왕국을 재건하려 한다는 사실조차 모르고 있었소. 그런데 각 상가주의 반응은 나쁘지 않은 것 같소. 이미 천록의 왕국이 부활함으로써 천록회가 많은 이득을 보고 있으니까."

마골의 말에 동백옹이 불편한 표정을 지었다.

"결국 확실한 것은 아무것도 없구려."

"신무종 역시 마찬가지 아니겠소? 천록회와 사해상가에 대한 입장을 정리한 것이 아니지 않소?"

마골이 되물었다.

"그야… 후우. 하긴, 사람 일이라는 게 어찌 될지 모르는 법이니. 알겠소. 일단 오늘은 돌아가겠소. 그리고 내일 정오에 정식으로 다른 신무종의 고수들과 함께 천록회를 방문하겠소."

"다른 고수분들이라면……?"

"우리 세 사람이 육주의 신무종 여덟 종파를 모두 대변할 수는 없는 일이오."

"역시 다른 종파의 분들도 오셨구려. 정중하게 맞을 준비를 하겠소이다."

"좋소. 그럼 우린 그만 돌아가겠소. 갑시다!"

동백옹이 정휘와 여전히 신분을 밝히고 있지 않은 다른 신무종의 고수를 보며 말했다.

그러자 정휘가 급히 무한에게 물었다.

"당신도 내일 다시 볼 수 있소?"

"난 천록회의 사람이 아니오. 다만 마 대인의 친구일 뿐, 내가 갈 자리는 아니오."

"그럼… 얼마나 이곳에 머물 생각이오?"

정휘가 다시 물었다.

"더 이상의 비무를 원한다면 사양하겠소."

무한이 단호하게 말했다.

그러자 정휘가 잠시 모욕을 당한 듯한 표정을 짓다가 이내 고개를 저으며 말했다.

"알겠소. 내가 괜한 고집을 부렸구려. 사실… 실력이야 이미 확연하게 드러난 것인데. 아무튼 한 수 배웠소. 무인으로서 나 자신을 돌아볼 기회를 준 것에 감사하오. 그리고… 언젠가 다시 한번 겨룰 날이 오길 바라겠소."

"…인연이 된다면."

무한이 가볍게 고개를 까딱여 작별 인사를 고했다.

그러자 정휘가 마주 고개를 숙여 보인 후 순식간에 장내를 떠났다.

정휘의 갑작스러운 퇴장에 다른 두 동료가 당황한 표정을 짓다가 이내 정휘를 따라 마골의 장원을 떠났다.

그렇게 신무종의 고수 세 사람이 장원을 떠나자 마골이 미소를 지으며 무한에게 말을 건넸다.

"수고하셨습니다. 그런데 소주께서는 언제나 꼭 필요할 때 나타나시는군요. 마치 늘 절 지켜보시는 분 같습니다."

"그래서 부담스럽습니까?"

무한이 물었다.

"무슨 말씀을! 오히려 든든하지요. 늘 곁에 있어주시니……."

"그런데 이제는 그러지 못할 것 같군요."

"무슨 일이 있으십니까?"

마골이 무한의 말에 걱정스러운 표정으로 물었다.

"곧 육주를 떠날 생각입니다. 당분간 돌아오지 못할 것이고, 그래서 작별 인사를 하러 온 겁니다."

"아… 어디로 가십니까?"

마골이 물었다.

"일단은 사자의 섬에 가볼까 합니다. 역사적인 장소인데 한 번도 가본 적이 없어서요."

"사자의 섬… 무슨 일이 있습니까, 그곳에?"

"특별한 일은 아닙니다. 그저 옛 북창으로 가는 길에 잠시 들러보는 거죠."

"그럼… 봄의 섬까지 가시겠군요. 그곳이 묵룡대선의 고향이니."

"특별한 일이 없다면 그렇겠지요."

무한이 대답했다. 그러자 마골이 길게 한숨을 내쉬었다.

"후우… 그곳은 참 먼 곳인데. 쉬지 않고 배를 몰아도 두어 달이 넘게 걸리는 곳인데……."

무한이 자신으로부터 너무 멀리 떠난다는 사실이 아쉬운지 마골이 한숨까지 쉬었다.

그의 말대로 육주와 봄의 섬은 왕복으로는 반년 가까이 걸리는 먼 거리였다.

"돌아올 겁니다. 오래지 않아. 그때까지 잘 지내세요. 제가 말한 사람도 찾아보면서."

무한이 말했다. 사람이란 마골의 뒤를 이을 후계자를 찾는 일을 말하는 것이었다.

"알겠습니다. 다시 돌아오시면 그때는 한 놈 소개해 드리지요."

"마음에 두고 있는 사람이 있군요?"

"아직은 지켜보는 단계입니다. 확신이 서면 그때 말씀드리지요."

"알겠습니다. 그럼 기대하죠. 아무튼… 이제 가보겠습니다."

무한이 작별을 고하자 마골이 얼른 손을 저었다.

"아닙니다. 잠시 기다려 주십시오."

마골이 떠나려는 무한을 만류하고는 미처 대답도 듣지 않고 몸을 날려 자신의 거처로 달려 들어갔다.

자신의 거처로 달려갔던 마골이 금세 다시 마당으로 나왔다. 그런 그의 손에 제법 큰 전낭이 들려 있었다.

"이걸 가지고 가십시오. 긴 여행을 하시는 데 요긴하게 쓰실 겁니다."

"이건 금화가 아닙니까?"

전낭을 슬쩍 열어본 무한이 놀란 표정으로 물었다. 전낭의 무게로 보아 은화일 거라 생각했는데 그 안에 든 것들은 금화였다. 족히 일백 동은 넘는 양이다. 여행 비용을 보태는 것치고는 지나치게 많은 액수였다.

"일행분들이 계시니… 소주를 잘 부탁드리겠소."

마골이 얼굴을 가린 이공과 용노를 보며 고개를 숙여 보였다.

"걱정 마시구려. 솔직히 누가 보살펴 드려야 하는 분도 아니고……."

이공이 눈으로 미소를 지으며 말했다.

"하긴… 오늘 보니 지난번보다 더 강해지신 것 같더군요."

마골이 대견한 듯 무한을 보며 말했다.

그러자 이공이 무한을 대신해 대답했다.

"그 이전부터도 강하셨지요."

"하하, 그런가요? 그렇다면 더 안심이군요."

마골이 웃음을 터뜨렸다.

그러자 무한이 마골에게 전낭을 들어 보이며 말했다.

"아무튼 잘 쓰겠습니다. 이젠 정말 가볼게요."

"알겠습니다. 만사에 조심하십시오, 소주!"

마골이 진지하게 당부했다.

그러자 무한이 고개를 끄떡이고는 훌쩍 뛰어올라 마골의 장원 담장을 날아 넘었다. 그 뒤를 이공과 용노가 그림자처럼 따라붙었다.

"허허! 정말 가시는군. 몇 번이나 봤다고 이리 서운할까. 마치 오랫동안 함께 지낸 것 같은 느낌이야."

담장 뒤로 사라지는 무한을 보며 마골이 쓸쓸하게 중얼거렸다.

*   *   *

"돛을 펼쳐!"

용노가 이맥과 소의를 보며 소리쳤다. 그러자 두 사람이 서둘러 돛을 펼치기 시작했다.

세 개의 돛이 모두 펼쳐지자 중선이 강하게 파도를 가르기 시작했다.

배 뒤쪽으로는 분주한 천록항의 아침이 펼쳐지고 있었다.

워낙 많은 배가 드나드는 항구여서 무한 일행이 떠나는 것에 관심을 두는 사람들은 없었다.

배는 빠르게 왕의 섬을 향해 질주했다. 그러나 왕의 섬에 들릴 것은 아니었다.

이미 탑살에게 작별을 고하고 온 무한이었다.

배가 빠르게 왕의 섬을 스치고 지나갔다.

무한은 마치 고향 집을 떠나는 사람처럼 배의 난간에서 남쪽으로 스쳐 지나는 왕의 섬을 턱을 괴고 물끄러미 바라보고 있었다.

"술사님! 아쉬우세요?"

멀리서 이맥이 소리쳐 물었다.

"아뇨. 오히려 사자의 섬이 기대됩니다!"

무한이 소리쳤다.

그러자 이맥이 큰 소리로 다시 외쳤다.

"하하하! 저도 그렇습니다. 얼른 신들의 정원이라는 곳을 보고 싶습니다. 여행을 떠나기에는 날도 참 좋군요!"

*　　　　*　　　　*

항해는 순조로웠다. 적어도 무한 일행이 사자의 섬과 닷새 거리에 도달할 때까지는.

그러나 서서히 육지의 향기가 바람에 실려 오고, 갈매기들이 배 주위로 모여들기 시작할 때부터 날씨가 변하기 시작했다.

초가을, 선선한 바람이 불어야 할 시기지만 육지 쪽에서 불어오는 바람에 끈적한 습기 같은 것이 묻어났다.

그렇다고 그걸 습기라고 말하기도 어려웠다. 뭔가 끈적한 느낌이 들기는 하지만, 피부에 묻어나는 습기는 없었다.

하늘도 서서히 어두워지기 시작했다. 오랫동안 멋진 석양에 익숙해져 있던 일행은, 어둑한 저녁 하늘이 특별해 보여 첫날에는 나름 여행의 특별한 정취라고 생각했다.

그러나 날이 밝고 하늘이 회색빛 구름으로 가려지기 시작하면서부터는 날씨가 일행의 기분을 우울하게 만들기 시작했다.

"제길, 태풍은 바다 한가운데서 불어야 하는 것 아냐? 거의 다 왔는데 갑자기 폭풍이 올 것 같네."

이맥이 어둑해진 하늘을 보며 투덜거렸다.

"이상한 일이야. 갑자기 날씨가 이렇게 나빠지지?"

소의도 눈살을 찌푸리며 하늘을 바라봤다.

두 사람만이 아니었다. 배에 탄 모두가 갑판으로 나와 곧 비를 퍼부을 것만 같은 검은 하늘을 바라보고 있었다.

그러다가 문득 이공이 말했다.

"정말 이상하군. 당장 비가 올 것 같지는 않은데……."

"저렇게 구름이 많은데 비가 안 오다뇨?"

이공의 말에 이맥이 되물었다.

그러자 이맥이 손을 들어 공기를 휘어잡으며 말했다.

"기분 나쁜 바람이지만 공기 중에 습기가 없다."

"에이, 이렇게 끈적한··· 어, 정말이네?"

이공을 따라 허공의 바람을 한 줌 잡아낸 이맥이 놀란 표정으로 중얼거렸다.

그러자 용노가 무한을 보며 물었다.

"뭘까요?"

마치 빛의 술사 무한이라면 이 이상한 바람의 정체를 알고 있지 않냐는 듯한 물음이다. 나이를 생각하면 이 이상한 바람에 대한 대답은 오히려 용노가 해야 함에도 불구하고.

그런데 무한은 용노의 물음에 대답을 하는 대신 손을 하늘을 향해 들어 올린 후 작은 새소리를 만들어냈다,

삐릿!

날카로운 새소리가 어둑한 하늘로 퍼져 나갔다.

그러자 조금 후에 갑자기 어두운 하늘에 검은 점이 나타나더니 마치 화살이 꽂히듯 일행이 타고 있는 배로 떨어져 내렸다.

"카릉!"

날카로운 짐승의 울음소리와 함께 하늘에서 떨어져 내린 풍룡이 잠깐 허공에 정지한 듯하다가 무한의 팔뚝 위에 내려앉았다.

그러고는 재빨리 무한의 어깨로 기어 올라가서 무한의 뺨에

얼굴을 비벼댔다.

"알았어. 알았다고. 이제야 불러서 미안하다."

무한이 얼굴을 비벼대는 풍룡을 한 손으로 밀어내며 말했다.

그러자 풍룡이 다시 한번 날카로운 울음을 울었다.

"카릉!"

"알았어, 네가 고생한 거. 그런데 어디까지 갔다 왔어?"

무한이 마치 사람에게 묻듯 물었다.

"카르르 카르……."

풍룡이 무한의 질문에 귓속말을 하듯 무한의 귀에 대고 낮은 소리를 길게 이어갔다.

그러자 무한의 표정이 심각하게 변했다.

"사람이 만들어낸 기운이 변하는 날씨에 섞여 들어 만든 풍경이라고?"

"카르르!"

무한의 질문에 풍룡이 머리를 조아리며 대답했다.

"누군지는 봤어?"

"카르 카르르!"

무한의 질문에 이번에는 풍룡이 뭔가가 두려운 듯 불편한 모습을 하며 기가 죽은 표정으로 대답했다.

그런데 그런 풍룡의 반응과 대답을 들은 무한이 크게 놀란 표정으로 되물었다.

"정말 그야?"

"카릉!"

"그렇다면… 정말 심각하구나."

무한이 고개를 저으며 중얼거렸다.

그러자 무한과 풍룡을 지켜보고 있던 용노가 물었다.

"무슨 일입니까? 사자의 섬에 무슨 일이라도 있는 겁니까?"

"스승님의 예상대로 신마성의 사람들이 사자의 섬에 온 것 같습니다."

용노의 물음에 무한이 심각한 표정으로 대답했다.

"그건… 예상하고 있던 일 아닙니까?"

용노가 다시 물었다.

이미 독안룡 탑살은 사대휴무종과 신마성이 모종의 거래를 할 수도 있다고 의심하고 있었다.

그래서 무한을 사자의 섬으로 보낸 것이었다.

그 신마성의 사람들이 사자의 섬에 왔다고 해서 이렇게 심각한 모습으로 변하는 무한을 용노는 이해할 수 없었던 것이다.

"그런데 이 어두운 기운이… 사자의 섬에 도착한 신마성의 사람들을 따라 움직인다고 하는군요."

"……"

대체 그게 무슨 말이냐는 듯 용노가 무한을 바라봤다.

"이 어둡고 끈적한 느낌의 기운이 신마성 사람들이 만들어내는 것이란 겁니까?"

그나마 무한의 말을 이해한 이공이 옆에서 물었다.

"풍룡의 말로는 그렇습니다."

무한이 대답했다.

"에이 설마요. 어떻게 사람의 힘으로……"

옆에서 듣고 있던 이맥이 고개를 저었다. 그러자 무한이 무겁게 대답했다.

"꼭 누군가의 힘으로 만들었다기보다는 날씨가 변하는 중에 누군가의 기운이 섞여서 번지고 있기는 해요."

"그래도 그건 좀……."

"카릉! 카르르!"

이맥이 여전히 의문을 제기하자 풍룡이 날카로운 소리를 냈다.

"뭐라는 겁니까?"

이맥이 불쾌한 표정으로 풍룡을 노려보며 무한에게 물었다.

"그런 사람이 과거에도 존재했다고 하는군요."

무한이 대답했다.

"과거예요? 누가요?"

이맥이 묻자 이번에는 풍룡이 소리를 내기 전에 무한이 대답했다.

"아주 가까운 과거에도 있지 않았습니까? 파나류 북부를 검게 물들인 흑라 같은."

"흐, 흑라요?"

이맥이 화들짝 놀란 표정으로 눈을 동그랗게 떴다.

놀란 것은 이맥만이 아니었다.

이공과 용노도 경직된 시선으로 무한과 풍룡을 바라봤다.

"흑라의 시대, 파나류가 온통 검은빛으로 물들었다고는 하나 그 역시 과장된 것이라고 생각합니다만… 단지 흑라의 마인들이 검은 전포를 입고 파나류를 정복했기에 그런 느낌이 들었던 것 아닐까요?"

이공이 신중하게 물었다.

그러자 무한이 대답했다.

"물론 과장된 면이 없지는 않지요. 하지만 사람의 기운이 공기와 대지의 색을 변하게 할 수도 있습니다. 지금도 곤모산 깊은 곳에 있다는 마정 인근은 사시사철 어둠의 땅으로 유명하지요."

"그야 그렇지만… 마정은 흑라 이전부터 그런 색을 지니고 있었다고 하던데요."

"그런가요? 하지만 흑라의 영향도 무시할 수 없을 겁니다. 적어도 예전에는 사람들의 접근이 불가능한 땅은 아니었으니까요. 아무튼 이 모든 현상들이 그저 날씨의 변화 때만은 아닙니다. 물론 날씨가 변하기도 했지만… 그런 의미에서 한 가지는 확실하죠. 사자의 섬에 그가 있습니다. 신마성주 전마 치우!"

무한이 확신했다. 너무 확고하게 말해서 이공과 용노 등은 반대의견을 낼 수조차 없었다.

그러자 무한이 다시 입을 열었다.

"그들이 어디 있는지 아는 것이 중요합니다. 그리고 그들이 사자의 섬에서 뭘 하고 있는지도 알아야겠지요."

이상하게도 무한은 강렬한 투지를 뿜어내고 있었다. 마치 그가 처음부터 신마성주와 싸우러 온 것처럼.

"그가 있다면 조심해야 합니다."

이공이 흥분하는 무한을 제지했다.

그러자 무한이 퍼뜩 정신을 차리고는 고개를 갸웃했다.

"이상하군요."

"뭐가 말입니까?"

"그가 있다는 생각이 들자, 아니, 이 기운이 그의 기운이라는 생각이 들어서일까요? 아무튼 그의 존재가 가까이 있다고 생각하니 강렬한 전의가 일어나는군요. 이런 경우는 없었는데……."

무한이 자기 자신의 변화에 당혹스러운 듯 깊게 호흡을 하며
말했다.

"위험한 여행이 될 수 있겠군요."

용노도 오랜만에 긴장한 표정을 지었다.

"풍룡, 넌 가서 그가 어디 있는지 찾아봐. 아니면 그의 수하들
이 있는 위치라도. 사대휴무종 무인들의 행적도 알 수 있으면 좋
겠어. 하지만 우선은 신마성주야."

무한이 어깨 위의 풍룡을 보며 말했다.

"카룽!"

무한의 말에 풍룡이 고개를 끄떡이며 소리를 냈다. "

"조심하고. 어쩌면 그는… 널 알아볼 수도 있어."

무한이 신중하게 말했다.

"카르르!"

"그래, 조금 더 높은 곳을 날아. 그를 발견하지 못해도 좋으니
까. 위험하면 바로 돌아오고."

무한이 다시 당부했다.

"카룽!"

풍룡이 짧게 대답을 한 후 훌쩍 무한의 어깨 위에서 날아올랐다.

그러고는 마치 쏘아진 화살처럼 무서운 속도로 허공으로 치
솟더니 순식간에 검은 구름 속으로 사라졌다.

풍룡을 보내고 난 이후 항해의 모습은 적지 않게 변했다. 세
개의 돛 중 두 개를 내리고 가장 낮은 돛만 펼쳐 멀리서 일행의

배를 발견하지 못하게 했고, 이맥과 소의가 번갈아 가며 돛대에 올라가 사방을 감시했다.

용노와 이공 등도 선실에 머무는 시간보다 갑판에 나와 있는 시간이 훨씬 많았다.

그들은 마치 전쟁터로 향하는 사람들처럼 긴장했고 조심스러웠다.

그리고 일행이 드디어 사자의 섬을 시야에 두게 되었을 때 날씨가 다시 한번 변했다.

*　　　　　*　　　　　*

쿠르릉!

쏴아아!

비를 막기 위해 쳐놓은 장막이 찢어질 듯 나부낀다. 그러나 장막을 잡고 있을 수도 없었다.

배를 뒤집어놓을 듯 불어대는 강한 바람, 돛대를 태워 버릴 듯 내리꽂히는 번개들. 짐승처럼 울어대는 천둥, 그리고 바다 속에 들어온 것 같은 느낌이 드는 장대비의 굵은 물줄기……

그 모든 것이 사자의 섬의 영역으로 들어서는 무한 일행을 맞이했다.

일행이 할 수 있는 것은 거친 파도에 배를 맡기고 그저 선실에 들어앉아 비바람을 피하는 일이었다.

"어… 지랄같이 오네. 이거, 뭐 이렇게 거창하게 환영식을 하는 거야?"

용노가 창을 통해 폭풍이 몰아치는 바다를 보며 중얼거렸다.

일행 중 대범하지 않은 사람이 없지만, 이런 폭풍에는 모두 가슴이 서늘할 수밖에 없었다. 물론 설혹 배가 뒤집힌다 해도 죽을 사람은 없었다.

폭풍 속이라도 사자의 섬을 시야에 두고 있기 때문에 아무리 비바람이 거세도 사자의 섬까지 헤엄쳐 갈 수 있기 때문이었다.

하지만 사람은 본래 집 안에 머물 때가 더 두려운 법이어서 일행은 배의 안위를 걱정하지 않을 수 없었다.

콰르릉!

다시 한번 강렬한 천둥과 번개가 배 주변으로 내리꽂혔다.

"이러다 배가 박살 나겠어요."

이맥이 소리쳤다.

"호들갑 떨지 마라."

이공이 침착하게 이맥을 단속했다.

그러자 무한이 말했다.

"좋은 점도 있지요."

"뭐가 말입니까?"

이맥이 이 난리 통에 좋을 게 뭐가 있냐는 듯 되물었다,

"적어도 우리가 사자의 섬에 들어가는 것을 발견할 사람이 없다는 거요. 이 와중에 누가 우릴 발견하겠어요. 설혹 발견했다 해도 그저 난파선이라 생각할 겁니다.

"그건… 그렇군요, 흐흐흐!"

이맥이 미친 사람처럼 실소를 흘렸다.

"그나저나 배를 댈 곳을 찾아야 할 텐데요. 사람들 눈에 띄지 않는 해안가 나무 숲 같은 곳이 있으면 좋을 텐데……."

용노가 빗줄기를 뚫고 해안가를 살펴보려는 듯 안력을 집중시키며 말했다,

그러자 사람들이 모두 창가로 몰려와 폭풍에 휘감긴 거대한 사자의 섬을 살피기 시작했다.

검은 절벽이 끝없이 이어졌다.

어느 곳 하나 배가 정박할 곳은 없었다. 설혹 배를 댈 만한 장소를 찾는다 해도 절벽 사이로 배를 몰고 들어갔다가는 난파당하기 십상인 날씨였다.

그러나 그 막막함 속에서도 무한 일행은 신중하게 절벽으로 이어진 해안가를 살폈다.

그러다가 문득 무한이 손을 들어 한 곳을 가리켰다.

"저곳이 좋겠군요."

무한의 말에 일행의 시선의 그의 손끝을 따라 움직였다. 그러자 사람들 눈에 마치 동굴처럼 형성된 절벽과 절벽의 틈이 보였다.

그 안쪽의 공간이 제법 깊은지 얼핏 보기에도 갈라진 틈 사이 너머로 잔잔한 물결이 보이는 것 같았다.

"배가… 갈 수 있을까요?"

이맥이 두려운 듯 물었다.

분명 배를 대기에는 괜찮은 곳 같았지만, 그곳까지 배가 무사히 갈 수 있을지 자신할 수 없기 때문이었다.

아니, 오히려 절벽 사이로 들어가려다가 배가 절벽과 충돌할 가능성이 더 많아 보였다.

하지만 무한은 생각보다 자신이 있어 보였다.

무한이 선실 위쪽 계단을 따라 올라가면 나오는 조타실로 이동해 소의로부터 배의 조정간을 넘겨받으며 말했다.

"이래 봬도 제가 묵룡대선 소룡 출신이지요. 묵룡대선의 소룡들은 무공보다 먼저 바다를 읽고 배를 움직이는 것을 배웁니다."

"에이, 술사님이 탑살 님의 제자가 된 지 얼마나 되었다고요."

아래 선실에서 이맥이 소리쳤다.

"하하, 그럼 나랑 내기하실래요? 내가 저곳까지 이 배를 몰고 갈 수 있을지 없을지!"

"그, 그건… 아닙니다. 술사님께서는 충분히 안전하게 우리를 저곳으로 데려가실 겁니다. 대영웅 독안룡 탑살 님의 제자이신데요. 뭐, 그래도 조심은 좀 해주십시오. 바다에 빠져서 생쥐 꼴이 되기는 싫습니다."

"기대하세요."

무한이 큰 소리로 외치고는 본격적으로 배를 절벽 쪽으로 움직이기 시작했다.

쿠우웅!

철썩!

배가 파도를 가를 때마다 갑판 위로 물보라가 쳐 올라왔다.

하지만 소리의 크기를 생각하면 생각보다 많은 양의 바닷물이 배로 들어오지는 않았다.

오히려 겨우 갑판을 적시는 정도의 물보라만이 파도에 밀려들어 올 뿐이었다.

그리고 배는 무한의 예상처럼 미끄러지듯 두 절벽 사이로 빠르게 이동했다.

"어어!"

얼음 위를 미끄러지듯 이동해 절벽 사이로 거침없이 들어가는 배를 보며 이맥이 당황해 소리를 질러댔다.

배는 절벽과 절벽 사이를 거의 두어 자 공간만 남기고 이동하고 있었다.

"정말 대단하시네요."

소의가 무한의 배 모는 솜씨에 놀란 듯 소리쳤다.

그러자 무한이 동굴 같은 절벽 사이를 주시하며 말했다.

"말했잖아요. 제가 대묵룡대선 소룡 출신이라고, 그리고 양부님은 또 묵룡이선의 갑판장이시죠. 타고난 뱃사람이라고 할까! 으챠!"

한순간 말을 하던 무한이 급격하게 배의 방향을 돌렸다.

그러자 배가 오른쪽으로 급하게 꺾이면서 마치 작은 연못 모습의 절벽 속 해안가로 들어섰다.

절벽 사이에 있는 공간답게 크기는 작았다. 겨우 무한 일행이 탄 배 한 척 정박하면 다른 배는 들어오지 못할 정도로 작은 공간이었다.

하지만 그 덕에 바다에서 불어대는 거친 폭풍을 피하기에는 안성맞춤인 장소였다.

"후우……."

배가 안전하게 멈추자 무한이 뒤늦게 큰 한숨을 내쉬었다.

"설마 긴장하셨던 거였습니까?"

무한이 한숨을 내쉬자 소의가 놀란 표정으로 물었다.

배를 모는 동안 무한은 강한 자신감을 드러냈었기 때문이었다.

"당연하죠. 저렇게 위험한 곳을 지나왔는데……"

무한이 자신이 배를 몰고 지나온 절벽 사이의 검은 공간을 보며 말했다.

"전혀 긴장하지 않으신 것 같았는데요?"

소의가 다시 물었다.

"왜 긴장이 안 돼요. 손에 이렇게 땀이 났는데……"

무한이 소의에게 손을 들어 보였다. 과연 그의 손은 땀으로 가득했다.

"그럼 그 자신감은 거짓이었습니까?"

어느새 이공 등과 조타실로 올라온 이맥이 물었다.

"나 자신에게 용기를 주는 거였죠."

"에이… 난 또 정말 대단한 조타술을 가지고 계신 줄 알았네."

이맥이 실망한 표정으로 말했다.

"저곳을 통과했으니 술사님의 조타술은 인정을 해야지. 그런데 정말 어떻게 저런 곳을 통과하셨습니까? 아니, 절벽 입구로 접근할 때부터 무척 부드럽게 배가 움직이는 느낌이었습니다만……"

이공이 궁금한 듯 물었다.

폭풍이 몰아치는 바다의 거친 파도를 뚫고 바늘구멍처럼 작은 해안가 절벽 사이로 배를 밀어 넣는 것은 결코 쉬운 일이 아니기 때문이었다.

그런데 무한은 그 일을 무척 부드럽게 해냈다.

아무리 조타술이 뛰어나도 그것만으로는 설명될 수 없는 일이라고 이공은 생각하는 듯 보였다.

"해류를 읽었지요."

무한이 이공의 물음에 미소를 지으며 대답했다.

"해류요?"

이공이 되물었다.

"바다에서 이 안쪽으로 별도의 해류가 흐르고 있었습니다. 그리고 그 해류는 파도의 영향을 거의 받지 않더군요. 물론 아주 작은 흐름이기에 자세히 보지 않으면 발견할 수 없지요. 그래서 자신했던 겁니다. 해류에 배를 맡겨놓으면 자연스럽게 그 해류가 배를 이곳으로 데려올 것이라 걸 알았던 거죠. 하지만 그래도 힘은 좀 들었어요. 절벽 사이가 워낙 좁아서 통과할 때는 무척 조심해야 했거든요."

무한의 대답에 사람들이 배 뒤쪽을 바라봤다. 무한이 말한 해류의 존재를 찾으려는 것이었다.

"음… 그리고 보니 마치 시냇물이 흐르듯 바닷물이 이쪽으로 흐르는군요."

용노가 말했다.

"하지만 그래도 저런 공간을 통과한다는 것은……."

이맥은 배가 통과한 절벽 사이의 좁은 공간을 보며 고개를 저었다.

"아무튼 사자의 섬에 왔네요, 결국!"

무한이 주변을 돌아보며 말했다.

그러자 다른 사람들도 주변으로 시선을 돌렸다.

여전히 어두운 하늘, 절벽 위로 몰아치는 비바람, 멀리서 들려

오는 천둥소리. 하지만 절벽 안쪽은 평온했다. 위가 좁아서인지 하늘에서 떨어지는 빗줄기의 양도 부쩍 줄어든 모양새였다.

하지만 그게 전부였다. 무한 일행이 정박한 곳은 호리병이 서 있는 모양의 지형이라서 배에서 내리면 딛고 설 땅이 극히 좁았다.

길이는 이십여 장, 바다에서 절벽까지 폭은 십여 장에 지나지 않았다.

그나마도 땅은 내리는 비에 모두 젖어 있었다.

"상륙해서 천막을 치고 자지는 못하겠습니다."

이맥이 땅의 상태를 살피며 말했다.

"오늘은 일단 배에서 지내죠."

무한이 대답했다.

"그게 낫겠습니다. 물결이 잔잔하니 배가 흔들리지 않아서 간만에 편히 잘 수 있을 것 같습니다. 저녁 준비를 해라!"

이공이 이맥과 소의를 보며 말했다.

"알겠습니다, 사부님!"

두 사람이 얼른 대답을 하고는 서둘러 주방으로 향했다.

그렇게 두 사람이 주방으로 가자 무한이 다시 주변 지형을 둘러보며 말했다.

"내일 배를 이곳에 두고 절벽을 올라 육지로 나가보는 것이 좋을 것 같습니다."

"배를 숨기기에는 적당한 장소인 것 같기는 합니다. 그런데 절벽을 오르려면 고생깨나 하겠군요."

용노가 깎아지르듯 서 있는 절벽을 보며 말했다.

"그래도 디딜 곳이 많아서 오르지 못할 것은 없을 것 같습니다."

이공이 길을 찾듯 절벽을 살피며 말했다.

"흠… 그자들의 위치를 확실히 알고 움직이는 것이 좋을 텐데요."

용노가 다시 무한을 보며 말했다.

"풍룡이 돌아오길 기다리자는 말씀이군요?"

"그게 낫지 않을까요?"

"하지만 신마성주가 이곳에서 멀리 떨어진 곳에 있다면 풍룡을 오래 기다려야 할 겁니다."

무한이 말했다.

사람들이 섬이라고 부르기는 하지만, 사자의 섬은 보통 섬이 아니었다.

육주와 파나류 사이에 위치하지 않는다면, 사자의 섬은 작은 대륙으로 불려도 충분한 넓이를 가지고 있었다. 남북의 길이가 수백 리에 달하는 거대한 섬이었다.

그래서 과거 철사자 무곤이 남쪽에 상륙해 북쪽으로 섬을 종단하는 대원정을 끝내는 데 수 개월의 시간이 걸렸었다.

당연히 신마성주나 혹은 사대휴무종 고수들의 위치를 확인하고 움직이려면 꽤나 오랫동안 이 좁은 해안가에 머물러야 할 수도 있었다.

"그렇긴 하군요. 사자의 섬이 보통 섬은 아니니까. 북쪽까지 걸리는 것 없이 종주하려고 해도 보름은 족히 걸리는 땅이지요."

용노가 무한의 말에 고개를 끄떡였다.

"날이 좋아지면 나가는 것으로 하죠."

무한이 말했다.

"알겠습니다. 그런데 만약 그들을 발견하면 어찌하실 생각이십니까?"

용노가 무한에게 물었다.

"일단은 그들의 동정을 살펴 그 내용을 사부님께 전하는 것으로 하죠. 그 이상의 일을 하기에는 무리일 겁니다."

무한이 신중하게 말했다.

"알겠습니다. 그 정도 일이라면 그리 어려울 것은 없겠군요."

"그 일이 끝나면 빛의 신전에 들러보고요."

"여기까지 왔으니 한번 들러보기는 해야지요. 비록 폐허가 되었을 테지만……."

용노가 순순히 대답했다.

그런데 이공은 무한의 말이 조금 달리 들린 모양이었다.

"혹시 이곳에 있는 빛의 신전에 가시려는 이유가 달리 있으신지요? 그냥 유적을 살펴보는 것 말고 말입니다. 육주에 계실 때도 꼭 이곳의 빛의 신전에 들러보려고 하신 것으로 기억합니다만……."

"반드시는 아니지만 몇 가지 유적을 찾아보려 합니다."

무한이 숨기지 않고 말했다.

"그리 중요한 것이 남아 있을까요? 과거 묵룡대선에서도 사람을 보내지 않았었습니까?"

이공이 되물었다.

마지막 수련 여행 때 소룡 일대와 사대는 이곳 사자의 섬의 빛의 신전 유적을 둘러보았었다. 물론 그들이 이곳 신전에서 찾은 것은 아무것도 없었다.

"사람들은 자신이 아는 만큼만 보게 마련이지요."

이공의 물음에 무한이 가볍게 미소를 지으며 말했다.

그러자 이공의 눈빛이 반짝였다.

"그럼 술사께서는 보통 사람들이 찾지 못한 무엇인가를 찾을 수 있다는 뜻이군요?"

"어? 그런 게 있습니까?"

용노도 관심을 보였다.

"남아 있다면 찾을 수 있겠지요."

"그게 무엇입니까?"

용노가 급히 물었다.

"뭐라고 설명을 해야 할까. 작은 틈을 여는 열쇠 같은 것이랄까. 물론 보통 열쇠 같은 물건은 아니지만……."

"열쇠요? 어디를 여는 열쇠란 말씀이신지?"

용노가 무한의 말을 이해하지 못하겠다는 듯 계속 질문을 던졌다. 그러자 무한이 다시 모호한 대답을 했다.

"글쎄요. 그 열쇠로 문을 열면 무엇이 나올지 저도 모르겠군요. 솔직히 그 열쇠를 찾는 것이 옳은 것인지도 모르겠고."

제7장

전쟁을 준비하는 사람들

비구름이 물러간 것은 새벽녘이었다. 그렇다고 검은 기운까지 완전히 사라진 것은 아니었다. 하지만 적어도 무한 일행이 들어온 절벽 안쪽에서 볼 때 하늘은 늦은 별을 볼 수 있을 만큼 맑아졌다.

그것만으로도 무한은 숨을 돌릴 수 있다고 생각했다. 어쩌면 그의 걱정과 달리 신마성주가 만들어내는 검은 기운이 그리 강하지 않을 수도 있다는 생각이 들었기 때문이었다.

"단지 폭풍 때문이었을지도 모르지."

무한이 갑판에서 좁게 열린 절벽 위 하늘을 보며 중얼거렸다, 그러자 그의 뒤에서 이공의 목소리가 들렸다.

"날이 개었군요."

"일찍 일어나셨네요?"

무한이 이공을 돌아보며 물었다.

"술사님보다야 늦었지요."

이공이 가볍게 미소를 지었다.

그러자 무한이 손을 들어 하늘을 가리키며 말했다.

"별이 보이는 것을 보면 그의 기운이란 것도 걱정한 만큼 강한 것은 아닌 듯합니다."

"그렇다면 다행이군요. 아마도 폭풍 전야의 기운 때문에 그의 기운이 더 강하게 느껴졌을지도 모르지요."

이공 역시 하늘로 시선을 주며 말했다.

그러자 무한이 잠시 망설이다가 어렵게 입을 열었다.

"묘한… 흥분 같은 것이 느껴지더군요. 신마성주를 만난다고 생각을 하니. 아니, 신마성주여서가 아니라 이 기운의 주인이기 때문이겠군요."

"경쟁심이나 전의 같은 것입니까?"

이공이 걱정스럽게 물었다.

무엇인가에 흥분한다는 것은 어쨌든 좋은 일이 아니었다. 그런데 무한은 검은 기운을 느끼는 순간부터 약간씩 흥분하는 모습을 보이곤 했었다.

"경쟁심… 그것 때문만은 아닐 겁니다."

"그럼……?"

"이 기운의 정체 때문이겠지요."

무한이 대답했다.

그러자 이공이 물었다.

"신마성주… 특별한 인물이기는 하죠. 호기심을 자극하는 자고."

"그런 의미가 아니라. 이 기운의 기원에 대해 말하는 겁니다."

"그걸 아십니까?"

이공이 놀란 표정으로 무한을 보며 물었다.

"사람들이 의구심을 갖고는 있지만, 확신하지 못하는 것 중 하나가 신마성주와 흑라의 관계지요. 하지만 전 어떤 식으로든 신마성주가 흑라와 연관이 있다고 생각합니다. 그렇지 않다면 이렇게 거대한 검은 기운을 세상에 뿌릴 존재가 떠오르지 않는군요. 그리고 흑라라면……."

"흑라의 뿌리를 아시는 겁니까?"

이공이 더욱 놀란 표정으로 물었다. 흑라의 뿌리에 대한 호기심은 그가 죽은 이후에도 여전히 육주나 파나류에 사는 모든 사람들의 의문이었다.

그의 등장이 너무 강렬했기 때문이었다.

역사상 그렇게 강력한 마기를 드러낸 자가 없었음에도 그의 내력은 알려진 것이 거의 없었다. 사실은 그 실체를 제대로 본 사람조차 없었지만.

"불행하게도… 아마 이공 님도 한 번쯤은 의심해 보셨을 그것일 겁니다."

무한이 대답했다.

"어둠의… 술사……."

이공이 차마 입에 올리기 싫다는 듯 중얼거렸다.

그러자 무한이 더 이상 말을 하지 않고 다시 검은 하늘로 시선을 돌렸다.

그렇게 한참 동안 침묵의 시간을 보내다가 무한이 중얼거리듯 입을 열었다.

"세상일에 우연은 없다지요. 음과 양의 조화 역시 필연이라고 하더군요. 천년밀교의 가르침 중에 나오는 말입니다. 그 말은 빛의 술사가 제게로 이어졌듯이, 결국 어둠의 술사도 세상에 나타났을 거란 말이 되지요. 아니, 그 반대인가? 흑라가 먼저 세상에 나왔으니까요."

무한의 말에 이공은 어떤 대답도 할 수 없었다.

다만 그는 예언자처럼 말하는 무한을 두려운 시선으로 바라볼 뿐이었다.

*   *   *

투둑!

이맥의 발끝에 채인 바위 부스러기가 절벽 아래로 떨어졌다.

그러자 뒤따르던 용노가 화를 냈다.

"조심해! 이놈아! 늙은이 머리통을 박살 낼 생각이냐?"

"일부러 그랬나요. 워낙 사람의 발길이 닿지 않던 곳이라 부서지는 게 많은 거지."

이맥이 퉁명스럽게 대답했다.

"흥, 또 혹시 모르지. 잔소리하는 늙은이 며칠 앓아누우라고 일부러 그랬는지도……."

"아이고, 사백님, 제게 그럴 만한 능력이라도 있으면 좋겠습니다."

"뭐?"

"아닙니다. 무공이 그렇다는 거지 사백님에 대한 생각이 그렇다는 게 아니니 오해 마세요. 아이구, 서둘러야겠네. 이러다가 날 저물겠다."

이맥이 엄살을 피우며 다시 부지런히 절벽을 오르기 시작했다.

사실 이맥의 엄살과 달리 아직 시간은 정오도 멀리 남아 있었다.

절벽도 생각보다 험했지만 이제 그 정상도 얼마 남지 않은 상태였다.

이맥이 앞장을 서고 그 뒤를 따라 용노와 이공, 그리고 무한이 절벽을 오르고 있었다. 소의는 가장 뒤에서 건량 꾸러미를 등에 지고 앞서간 사람들이 만들어 놓은 디딤 자리를 밟으며 가장 수월하게 절벽을 오르고 있었다.

턱!

"후욱!"

근 반 시진 가까이 길을 내며 절벽을 오른 이맥이 절벽 정상에 단단하게 튀어나온 바위 끝에 손을 걸었을 때에야 길게 한숨을 내쉬었다.

아무리 무공을 수련한 사람이라도 맨몸으로 백여 장에 이르는 절벽을 오르는 일은 쉬운 일이 아니었다.

자칫 잘못하면 그대로 절벽 아래로 추락할 수도 있고, 용노의 걱정처럼 아래에서 뒤따르는 사람을 위험에 처하게 할 수도 있었다.

그런데 이제 길을 만드는 일이 끝난 것이다.

"어서 올라가! 올라가서 쉬어!"

이맥의 뒤를 따르던 용노가 재촉했다.

"알았어요!"

이맥이 잠시의 틈도 주지 않는 용노에게 불만스럽게 대답하며 손에 힘을 주었다.

"으찻!"

힘을 쓰자 그의 몸이 구름 오르듯 절벽 위로 가볍게 올라섰다. 그런데 그 순간 이맥의 입에서 놀란 음성이 흘러나왔다.

"어? 저게 대체 뭐냐?"

절벽을 올라와 마주한 풍경에 놀란 사람은 이맥만이 아니었다. 무한 일행은 모두 침묵에 빠졌다.

쩡쩡쩡쩡!

쿵쿵!

이 요란한 소리가 어떻게 지난밤에는 들리지 않았을까 하는 의문이 생길 정도로 강렬한 소리였다.

어쩌면 일꾼들이 지금에서야 일을 시작했을 수도 있었다. 날이 갠 것이 어젯밤이기 때문이었다.

아니면 지형 탓일 것이다.

요란한 소리가 들리는 곳은 그들이 막 기어 올라온 절벽 사이의 작은 공간과 똑같은 모습을 하고 있었다.

다른 것이 있다면 무한 일행이 폭풍을 뚫고 들어간 곳은 절벽 위에서 보면 배가 보이지 않을 만큼 좁고 가파른 절벽에 휩싸인 작은 공간이라는 것이었다.

반면 그들 앞에 펼쳐진, 요란한 소리가 울려 퍼지는 북쪽 절벽 아래 해안가는 그 규모가 무한 일행이 머물렀던 곳보다 훨씬 컸다.

아니, 크다는 표현보다는 거대하다는 표현이 어울리는 장소였다.

사방으로 절벽에 둘러싸여 바다에서는 쉽게 발견할 수 없지만 그 안쪽으로 들어오면 거대한 포구를 갖춘 해안가. 수십 척의 배들이 정박한 해안가에서는 또 다른 배들이 계속 만들어지고 있었다.

"정체가 뭘까?"

제법 오랫동안 침묵을 지키다가 문득 용노가 입을 열었다.

그러자 무한이 대답했다.

"아마도 사대휴무종 같군요."

"사대휴무종요? 어떻게 그걸 아십니까?"

용노가 의아한 표정으로 물었다.

무한이 단번에 사대휴무종의 정체를 알아볼 만큼 그들에 대한 지식이 많았나 하는 의구심이 드는 모습이다.

그런데 무한은 전혀 엉뚱한 단서에서 해안가에서 대규모로 배를 만들고 있는 자들이 사대휴무종의 세력임을 짐작했다.

"그가 있습니다."

"그라뇨? 아는 사람이 있다는 겁니까?"

용노가 다시 물었다.

그러자 무한이 손을 들어 해안가 한쪽에서 분주히 일꾼들을 독려하고 있는 사내를 가리켰다.

그러나 그럼에도 다른 일행들은 사내를 자세히 볼 수 없었다. 아무리 시력을 높여도 사내는 그저 사내라는 것 말고는 그 생김새를 알아볼 수 없을 만큼 멀리 있기 때문이었다.

"저 사람의 얼굴이 보이세요?"

이맥이 무한이 해안가의 사내 얼굴을 확인할 정도의 시력을 가졌다는 사실이 믿기 어렵다는 표정으로 물었다.

"적어도 그를 알아볼 만큼은 보입니다. 사실 그는 무척 특이한 사람이거든요. 얼굴에 표정이 없는… 그래서 그 자신도 거의 허깨비처럼 느껴지는 사람인데, 오히려 그게 그를 보통 사람들 사이에선 도드라지게 보이게 만들지요. 무면귀 후탄! 바로 그자입니다."

"아! 바로 그자군요?"

이맥이 놀란 표정을 지었다.

그러자 이공이 곁에서 입을 열었다.

"그자가 있다는 것은 환무종의 사람들이 있다는 뜻이겠군요."

"그렇지요. 그리고 저렇게 많은 배를 만들고 있다는 것은……."

무한이 말꼬리를 흐렸다.

"역시 짐작대로 육주로 가겠다는 의미겠지요, 일단 이곳에서 전력을 충분히 모은 후에… 후! 큰일입니다."

이공이 한숨을 내쉬었다.

그러자 이맥이 물었다.

"육주로 간다고 저들이 육주를 정복할 수 있을 거라 생각하세요?"

"그게 걱정이라는 게 아니다."

이공이 대답했다.

"그럼 뭐가 걱정이신데요?"

"사대휴무종이 저런 거대한 전력을 만들고 있다는 게 걱정인 거지. 그건 저들이 완전하게 세속의 세력으로 살아가겠다는 의미니까. 그럼 그에 맞서 육주의 팔대활무종도 세력을 키우려 할 것이다. 이미 그런지도 모르지만……."

"그게 그렇게 되는 거군요. 그럼 정말 걱정이네요. 신무종들이 육주에서 혈전을 벌이게 된다면……."

이맥이 생각하기도 싫다는 듯 중얼거렸다.

그러자 무한이 말했다.

"하지만 어쩌면 그렇게 변신한 신무종의 세력을 걱정할 필요는 없을 것 같기도 합니다. 세력을 모아봐야 전사 숫자로 보면 미미하니까요. 오히려 걱정은 저렇게 많은 배에 태울 전사들을 그들이 어떻게 모았을까 하는 겁니다. 결국… 신마성의 전사들을 끌어들였다는 뜻이 되는 거지요."

"아!"

"음……."

무한의 말에 일행이 무거운 소리를 흘렸다.

무한의 말대로 사대휴무종 고수들을 육주로 데려가기 위해서 준비한 배들이라면 그 숫자가 너무 많았다.

사대휴무종 자체의 고수들이라면 모두 모여도 배 십여 척이면 충분할 것이다.

그런데 해안가에서 건조되는 배는 수십 척에 달했다. 그건 사대휴무종이 거대한 세력을 실어 나를 준비를 하고 있다는 의미였다.

"신마성과 어떤 거래를 한 것일까요?"

이공이 심각한 표정을 물었다.

"그야 당연히 육주를 신마성주에게 주겠다고 하지 않았을까? 자신들은 육주의 팔대활무종을 무릎 꿇리고 신무종의 권위를 차지하려는 것이고!"

용노가 말했다.

그러자 무한이 고개를 갸웃했다.

"신마성주가 과연 육주에 욕심을 냈을까요? 그는 파나류 북동부를 정복한 후에 스스로 정복지를 내놓고 뒤로 물러난 사람인데……."

"음… 듣고 보니 그것도 이상하군요. 하지만 자신의 야심을 잠깐 숨겼을 수도 있지 않겠습니까? 이왕사후와의 대회전에서 승리했다고는 해도 신마성 역시 적지 않은 피해를 입었을 테니까요. 그에게도 전력을 추스를 시간이 필요했을 수도 있습니다."

"그렇기도 하군요. 아무튼 사부께 전서를 보내야겠어요."

무한이 이공을 보며 말했다.

그러자 이공이 대답했다.

"알겠습니다. 배에 준비해 온 전서구들이 있으니 바로 보내겠습니다."

"어쩌면 이 일을 계기로 육주에 잠깐의 평화가 찾아올지도 모르겠군요."

무한이 말했다.

"그렇군요. 육주의 제 세력들이 잠시 분쟁을 멈추고 이들과의 전쟁을 위해 연대할 수 있을 테니까요."

이공이 대답했다.

"역시 세상일에는 나쁘기만 한 일은 없다는 건가? 어떤 경우에도 찾아보면 좋은 점이 있긴 있군. 단, 그 도도한 팔대활무종들은 좀 당해도 좋은데……."

용노가 어깨를 으쓱하며 말했다.

*   *   *

쾅쾅쾅쾅!

아찔한 절벽 위를 지나면서도 일행의 시선은 절벽 아래 해안가에 머물러 있었다.

십이귀선의 선장이었던 무면귀 후탄이 지휘하고 있는 선박 제조는 허름한 옷차림의 사람들에 의해 이뤄지고 있었다. 개중 옷을 제대로 입은 사람은 몇 명 보이지 않았다.

"사람을 붙잡아 온 모양이군."

이공이 눈살을 찌푸리며 말했다.

사대휴무종은 육주의 팔대활무종에 비교하면 정사의 구분이 모호한 종파들이지만 그렇다고 해도 오랫동안 세상 사람들의 존경을 받던 십이신무종의 일원으로서 사람을 붙잡아 와 노예처럼 부리는 모습에 혀를 찰 수밖에 없었다.

"사람이 변하면 저렇게 무섭군. 십이신무종의 고귀함 따위는 아예 집어던진 것 같아."

용노 역시 사람들을 노예처럼 부리는 무면귀 후탄을 보며 중얼거렸다.

"구할 수 있으면 구했으면 좋겠어요."

소의가 말했다.

그러자 이공이 고개를 저었다.

"그건 소탐대실이다. 저들을 지금 건드리면 그들은 자신들의 행보가 탄로 난 것을 알고 다른 계획을 세울 거야. 차라리 저렇게 배를 완성한 후 육주의 바다를 건너게 하는 것이 좋다. 그럼 육주 인근 바다에서 독안룡께서 저들을 상대할 테니까. 육주의 야심가들을 끌어모아서 말이야. 바다에서 저들을 격파하는 것, 그것이 가장 피를 적게 흘리는 방법이다."

"…하지만 일하는 사람들의 상태가 너무 비참하군요."

소의가 우울한 표정으로 말했다.

"그렇긴 하다만… 지금은 우리도 어쩔 수 없는 일이지. 그나저나 그들은 저기 모여 있나 보군"

이공이 배를 만드는 해안가 북쪽 절벽 아래, 화려하게 만들어진 천막들을 보며 말했다.

일하는 사람들이 잠을 자는 남쪽 해안가의 허름한 천막과 달리, 금색과 흰색 혹은 검은색의 가죽 천으로 세워진 천막들은 하나같이 웅장하고 깨끗했다.

그리고 그 주위에는 역시 정갈한 무복을 입은 무인들이 사방을 경계하고 있었다.

가보지 않아도 사대휴무종의 고수들이 머물고 있는 천막임이 분명했다.

"불이라도 확 싸질러 버렸으면 좋겠군요."

이맥이 경멸 어린 시선으로 천막들을 보며 말했다.

일꾼을 노예처럼 부리면서 자신들은 좋은 음식과 편안한 휴식처에서 쉬고 있는 사대휴무종 고수들이 생각할수록 괘씸한 모양이었다.

"어찌 보면 저런 모습 또한 그들의 약점이랄 수 있지. 스스로 일을 하는 자들이 아니라는 것은 사람을 부리는 데도 한계가 있다는 의미니까."

이공이 냉정하게 말했다.

무한은 그런 일행들의 대화를 들으면서 잠시 절벽 아래 해안가 사대휴무종의 막사를 바라보다가 이내 시선을 북서쪽에 펼쳐진 거대한 숲으로 돌렸다.

"그만 가죠."

숲을 바라보며 무한이 말했다.

그 순간 용노와 이공은 다시 한번 깨달았다.

무한의 마음이 사대휴무종의 육주 공략이 아니라 빛의 신전, 혹은 신마성주에게 가 있음을.

*　　　　　*　　　　　*

투명한 햇살이 숲을 감싸듯 반짝거리며 내려앉았다. 이름 모를 새소리도 들렸다.

그리고 그 새소리보다 맑은 시냇물 소리가 일행의 귀를 시원하게 했다.

일행은 작은 개울 앞에서 걸음을 멈췄다. 누구라도 잠시 앉아서 쉬어가고픈 풍경의 개울과 그 너머의 숲이다.

그럼에도 일행의 얼굴에 나타난 감정은 즐거움보다는 곤혹스러움이었다.

"대체 이게 어떻게 된 일일까요?"

이맥이 도저히 이해할 수 없다는 듯 냇가 좌우로 시선을 돌리며 말했다.

그도 그럴 것이 그들이 지나온 숲과 냇가를 경계로 그 너머의 숲 풍경이 너무도 달랐다.

마치 전혀 다른 두 세계를 냇가를 경계로 붙여놓은 듯한 풍경이었다.

그들이 지나온 숲은 갠 날에도 불구하고 여전히 검은 기운이 감돌고 있었다. 그런데 냇가 너머의 숲은 빛의 아우라가 감싸고 있는 듯 눈부셨다.

그래서 두 숲의 경계인 작은 개울은 마치 신이 두 숲을 강제로 갈라놓은 칼자국 같은 느낌이 들었다.

"빛의 신전이 멀지 않았지요. 아니면 그가 있는 곳을 많이 지나쳤던지."

무한이 양쪽 숲을 보며 말했다.

"빛의 신전의 힘이 신마성주의 검은 기운을 밀어낸다고 보시는 것이군요?"

이공이 물었다.

"밀어낸다기보다는 막는다는 표현이 맞겠지요."

무한이 대답했다.

"다 쓰러져 폐허가 된 빛의 신전에 그런 영험한 기운이 있다는 겁니까?"

이맥이 믿기 힘들다는 듯 물었다.

"겉은 폐허지만 그 내면의 힘은 살아 있을 겁니다. 단지 사람들의 눈에만 보이지 않을 뿐."

"내면의 힘이라 하심은……?"

"천년밀교의 힘은 사람들이 생각지 못하는 방식으로 전해진다는 것을 아시지 않습니까? 수많은 잠언과 신비한 언어로 가득 찬 것이 천년밀교의 법입니다."

이때만큼은 무한은 진정한 빛의 술사, 천년밀교의 정통 계승자로서의 위엄을 드러냈다.

그래서 그의 말을 듣는 일행의 모습은 다른 때와 달리 경건하기조차 했다.

"술사님의 말씀이 맞습니다. 우린 간혹 우리가 그 위대한 천년밀교의 후예임을 잊곤 하지요. 빛의 역사를 만들어낸 신비하고 위대한 종파의 후예라는 것을……."

이공이 반성하듯 말했다.

그러자 이맥이 다시 물었다.

"그럼 이번에 빛의 신전에 가면 숨겨진 그 힘을 볼 수 있는 겁니까?"

"그 일부를 보실 수 있을 겁니다."

무한이 자신 있게 대답했다.

"이곳 신전에 대해 저희가 모르는 것을 알고 계시는군요?"

이맥이 다시 물었다.

"말하지 않았습니까? 다만 아는 사람의 눈에만 보이는 무언가가 있을 거라고."

"…그럼 얼른 가죠!"

무한의 말에 강렬한 호기심을 느낀 이맥이 마음이 급한지 훌쩍 몸을 날려 맑은 물이 흐르는 개울을 뛰어넘으며 말했다.

*　　　　*　　　　*

아주 오래된 정원을 걷는 느낌이 들었다. 아니면 수백 년 전 존재했던 어느 부유한 상인의 허물어진 장원인 것 같기도 했다.

안과 밖을 구분 지었던 담장은 허물어졌고, 그 잔재들만 남아서 땅위에 나뒹굴고 있었다.

아름다운 나무와 기화이초들이 가득했을 공간 역시 숲에서 영역을 넓힌 수목에 의해 점령되어 있었다.

그래도 그나마 건물이 있던 곳은 달랐다.

비밀스러운 신전이 있던 장소는 겉은 허물어졌지만, 단단하게 세워진 돌기둥과 석재 벽면은 그런대로 건물 형태를 유지하며 서 있었다.

반원형의, 마치 작은 광장을 둘러싸며 세워진 성벽 느낌의 건물은 폐허의 모습임에도 불구하고 왠지 모를 신비로움이 느껴졌다.

그들이 지나 온 개울 너머 해안가까지 이어진, 사자의 섬 일부를 물들이고 있는 검은 기운을 막아내는 것은 이 낡은 건물에서 흘러나오는 신비로운 힘이었다.

"아름답군요."

소의가 말했다. 외향적인 이맥과 달리 소의는 심미적인 눈을 가지고 있었다.

그래서 그는 폐허가 된 건물에서도 특별한 아름다움을 찾은 듯했다.

"뭐가 아름답다는 거냐? 다 무너져서 폐허가 된 건물인데."

이맥이 퉁명스럽게 말했다.

"상상력을 발휘해 봐. 그럼 이 건물이 온전했을 때의 모습이 보일 거야. 본래 사물의 내면에 감춰진 아름다움은 그런 식으로 보는 거야, 이 무식한 녀석아!"

"그래, 아주 잘났다, 이놈아! 감춰진 아름다움은 무슨… 그런데 정말 아무것도 없는 것 같은데요?"

이맥이 소의와 말씨름을 하기 싫다는 듯 무한을 보며 말했다.

그러자 무한이 마치 처음부터 계획했던 것처럼 대답했다.

"오늘은 이곳에서 자고 가죠."

"……."

갑작스러운 무한의 말에 일행이 멀뚱한 표정을 지었다. 아직 저녁이 되려면 제법 시간이 남아 있었다. 벌써부터 노숙지를 결정할 때가 아니었던 것이다.

하지만 그렇다고 딱히 반대할 일도 아니었다. 어차피 노숙을 해야 한다면 그나마 건물 형태가 남아 있는 천년밀교의 옛 빛의 신전에서 자는 것이 숲에서 자는 것보다 나을 수 있었다.

또한 빛의 술사의 후예들로서 이곳에서의 하룻밤은 나름대로의 의미가 있었다.

"알겠습니다. 준비를 하지요."

이공이 대답하고는 이맥과 소의에게 눈짓을 했다. 그러자 이맥과 소의가 지고 온 짐들을 풀기 시작했다.

평소의 무한은 게으름을 피우거나 빛의 술사라고 허드렛일을 다른 사람에게 맡겨 두는 사람이 아니었다.

오히려 그런 면에서는 이공과 용노가 연장자로서의 지위를 누렸다.

무한은 야영지를 정리하거나 음식을 준비하는 일을 할 때는 이맥과 소의와 함께 그 일들을 했었다. 술사라고 뒤로 물러나서 일상적인 할 일을 미룬 적이 없었다.

그런데 오늘은 달랐다.

그는 이맥과 소의가 폐허가 된 사자의 섬, 빛의 신전에 노숙할 천막을 치고 식사 준비를 하는 동안 무너진 건물의 가장 꼭대기 지붕 위에 올라가 자리를 잡고 앉아 멍하니 시간을 보내고 있었다.

평소의 무한과 전혀 다른 모습이었기에 이공과 용노 등은 걱정스러운 마음으로 무한을 살피고 있었지만, 그렇다고 무한의 시간을 방해하지는 않았다.

그들도 알고 있었다. 빛의 술사에게는 그들이 알 수 없는 자신만의 무엇인가가 있다는 것을.

무한은 일행의 시선에 아랑곳하지 않고 옛 신전의 지붕에 올라 앉아 이 고대의 신전에 흐르는 기운을 읽고 있었다.

이공 등이 보기에는 주변의 경치를 바라보는 것 같은 그의 눈은 사실 거의 감겨 있었다.

주변의 풍경이 희뿌연 잔영으로 보일 만큼 눈을 반개한 무한은 대신 온몸의 감각을 활짝 열고 신전 주변을 흐르는 기운을 느끼고 있었다.

그러자 소의가 말했듯이 이 신전이 온전했던 과거의 형상들이 그의 머릿속에 만들어지기 시작했다.

작지 않은 공간에 세워졌던 신전은 단단한 흰색 담장을 가지고 있었고, 그 안에 세상에서 보기 힘든 기화이초들이 심어져 있었을 것이다.

그리고 반원 형태를 이룬 건물은 태양이 뜨는 쪽을 향해 있어서 아침이면 태양의 정기를 한가득 받아들일 수 있었을 것이다.

그 빛의 무리를 따라 옛 신전의 구석구석을 느끼던 무한이 한순간 가만히 미소를 지었다.

건물의 모든 구조가 그의 머릿속에 새겨지는 순간, 그가 찾고자 했던 장소를 찾았던 것이다.

무한이 반개했던 눈을 활짝 떴다. 그리고 시선을 돌려서 건물의 유적 중에서 가장 온전한 모습을 하고 있는 십여 개의 굵은 돌기 중, 가장 가운데 세워진 기둥을 바라봤다.

겉으로 보기에는 다른 기둥과 다를 바 없는 기둥이었지만, 무한은 금세 그 기둥의 특별함을 눈치챘다.

그리고 그 특별함을 발견하는 순간 자리를 털고 일어났다.

툭!

무한이 가볍게 발을 굴렀다. 그러자 그의 몸이 중력을 거스르는 것처럼 부드럽게 허공으로 떠오르는가 싶더니 순식간에 일행이 노숙할 준비를 하고 있는 곳으로 내려섰다.

"다 둘러보셨습니까?"

무한이 폐허의 건물 지붕에서 내려오자 이공이 미소를 지으며 물었다.

그는 무한에게서 이런 빛의 술사로서의 모습을 보는 것이 즐거운 모양이었다.

"멋진 곳이군요."

무한이 대답했다. 그 또한 평소와는 다른 말투다.

"그렇지요. 아마 예전에는 훨씬 더 아름다웠을 겁니다. 사실 규모도 커서 꽤 많은 사람을 수용할 수 있었을 겁니다."

이공이 대답했다.

그러자 무한이 물었다.

"두 분은 혹시 이 신전이 이곳에 세워진 이유를 아십니까?"

"글쎄요. 자세한 기원은 모르지만 고대의 빛의 술사들께서 한동안 이곳을 중심으로 활동하셨다는 이야기는 전해 들었습니다."

이공이 대답했다.

그러자 무한이 고개를 끄떡였다.

"맞습니다. 초기의 빛의 술사들께서는 이곳에 거처하셨지요. 하지만 그보다 더 중요한 것은 이곳이 바로 빛의 술사의 역사가 시작된 곳이라는 사실일 겁니다."

무한의 말에 사람들이 하던 일을 멈추고 무한을 바라봤다.

그들조차도 설마 이곳이 빛의 술사의 기원이 된 장소라고는 생각지 못하고 있었던 것이다.

이공 등 일행은 그들이 노숙하려는 곳에서 빛의 술사의 역사가 탄생했다는 말에 그 이야기를 좀 더 듣고 싶어 했지만, 무한은 더 이상의 말을 하지 않았다.

생각해 보면 당연한 일일 수도 있었다. 그냥 이곳에서 빛의 술사가 처음 세상에 나타났다는 것이 다른 이야기들을 가지고 있다는 의미는 아니기 때문이었다.

하지만 그럼에도 먼 과거에 빛의 술사가 탄생한 장소라는 사실은 사람들의 호기심과 상상력을 자극했다.

그래서 호기심 많은 사람이 결국 입을 열었다.

"술사님!"

저녁 식사를 하던 중에 갑자기 이맥이 무한을 불렀다.

"예, 형님!"

무한이 이맥을 보며 대답했다.

"그… 이곳에서 빛의 술사가 탄생했다는 것은 이곳이 천년밀교의 시원이 되는 곳이란 겁니까?"

이맥의 질문에 사람들도 식사를 하다 말고 관심을 보였다. 다른 때면 무한을 귀찮게 한다고 타박했을 이공조차도 무한의 대답을 기다리는 눈치였다.

"천년밀교의 역사에 대해서는 모르시나요?"

무한이 이맥의 물음에 대답하는 대신 이공과 용노에게 물었다.

그러자 용노가 고개를 저었다.

"저희들이야 그저 문지기일 뿐이지 않습니까? 솔직히 빛의 술사가 탄생하기 이전의 천년밀교에 대해서는 거의 아는 것이 없습니다. 그저 불법을 따르는 신비종파라는 것 정도 말고는……."

"그렇군요… 사실 천년밀교는 육주나 파나류에서 탄생한 종교가 아닙니다. 아주 먼 곳에서 전래된 종파지요."

"어디서 말입니까?"

이맥이 물었다.

그러자 무한이 미소를 지으며 말했다.

"아마 말씀드려도 모르실 겁니다. 물론 저 역시 그곳이 어떤 곳인지 모르지요. 가보지 않은 것은 마찬가지니까요. 아무튼 쉽게 갈 수는 없는 곳인 것은 분명합니다. 육주를 중심으로 살아가는 우리에게는 전혀 다른 세계라고나 할까. 아무튼 한 명의 밀교승께서 천년밀교의 법을 가지고 먼 여행 끝에 정착하신 곳이 바로 이곳입니다. 그분이 초대 빛의 술사 마후시죠. 마후께서 주요 무종 종파들의 주인들을 회합해, 각 무종은 세속의 권력과 거리를 두기로 한 맹약을 한 곳도 바로 이곳이고요. 아마 그때 각 종파의 주인들은 이 반원의 건물 앞에 앉아서 초대 빛의 술사 마후 님의 말씀을 들었을 겁니다."

무한이 수저를 든 채 벌써 어둠이 깃든 옛 신전을 둘러보며 말했다.

그의 말에 숙연해진 일행들 역시 식사를 잠시 멈추고 주변을 돌아봤다.

무한의 이야기를 듣고 봐서 그런지 새삼스럽게 옛 신전의 신비함이 더해지는 느낌이었다.

"일단 식사들을 끝내세요."

무한이 밥 먹기를 멈춘 일행에게 말했다.

"식사가 끝나면 할 일이 있습니까?"

이공이 물었다.

"밤이 깊으면 특별한 걸 보여드리지요."

무한이 미소를 지으며 말했다.

식사는 금세 끝이 났다. 무한이 보여주겠다는 것이 무엇인지 알 수 없지만, 일행의 호기심을 충분히 자극했다.

그래서 그들은 얼른 저녁 식사를 마치고 잦아든 모닥불 주위에 둘러앉아 무한이 뭔가를 보여주기를 기다리고 있었다.

그러나 무한은 사람들의 바람과 달리 서두르지 않았다. 마치 그는 무엇인가를 기다리는 사람처럼 편하게 천막 입구에 앉아서 하늘의 별을 바라보고 있었다.

초승달이 뜬 밤하늘에는 별들이 가득했다.

무한은 달이 제법 움직여서 그들이 머리 위, 정확하게는 옛 신전의 바로 위까지 올 때를 기다렸다. 그 시간이 거의 자정에 가까워질 때였다.

그리고 초승달이 신전과 수직을 이루자 무한이 문득 자리에서 일어났다.

"이제 시작하죠."

무한의 말에 지루하게 무한이 움직이기를 기다라고 있던 사람들이 얼른 자리를 털고 일어났다.

무한은 일행을 옛 신전의 가운데 기둥으로 데려갔다.

신전의 여러 석주들 중 가운데 기둥은 무한이 이곳에 도착한 이후부터 줄곧 관심을 갖던 것이었다.

기둥 앞에 도착한 무한이 조심스럽게 기둥을 살피다가 기둥의 한 지점을 만졌다.

다른 사람들은 알아채지 못했지만, 그가 만진 부분은 신비하게도 신전 바로 위까지 올라온 달빛이 십여 개의 기둥에 반사되어 모이는 지점이었다.

무한이 달이 신전위로 올라오기를 기다린 이유는 바도 그 위치를 찾기 위함인 듯 보였다.

그런데 그렇게 무한의 손길이 닿자 놀랍게도 거대한 돌기둥이 서서히 금이 가기 시작했다.

그륵그륵!

오래되어 붙어버린 종잇장이 찢어지는 소리가 기둥에서 흘러나왔다.

푸스스!

갈라지는 기둥 틈에서 낡은 먼지들이 흘러내렸다.

그사이에도 기둥은 여전히 조금씩 좌우로 열리고 있었다.

"이게… 대체 어찌 된 겁니까?"

이맥이 문이 열리듯 좌우로 갈라지는 기둥을 보며 어리둥절한 표정으로 물었다.

"다행히 기관이 작동을 하는군요. 너무 오래되어서 걱정을 했는데. 만약 작동하지 않았으면 이 기둥을 무너뜨렸을 겁니다."

무한이 안도하는 표정을 지으며 말했다.

그사이 좀 더 움직임이 원활해져 사람 한 명 들어갈 만한 공간을 드러내고는 움직임을 멈췄다.

그러자 무한이 일행을 보며 말했다.

"들어갈까요?"

"이 안으로 말입니까?"

이공이 긴장한 표정으로 물었다.

"이곳으로 들어가야 진정한 빛의 신전을 만날 수 있으니까요."

무한이 미소를 지으며 말했다.

"기둥에 문이 있는 것이라면 왜 지금까지 기다리신 겁니까?"

이공이 물었다.

"달빛이 가리키는 지점을 찾아야 하니까요. 다른 곳을 잘못 만지면 누군가 죽을 수도 있거든요. 이 기둥이 문이라는 것을 안 외인이 강제로 문을 여는 것을 막기 위해 오직 빛의 술사만이 알 수 있는 부분에 문을 열 수 있는 장치를 해 둔 겁니다. 다른 곳을 잘못 누르면……."

"위험해지는 거군요."

이공이 말했다.

"그렇죠. 그럴 바에는 아예 부수는 것이 나을 겁니다. 물론 그것도 위험하기는 하지만. 어쨌든 열렸으니 들어가 보죠."

"안에는 뭐가 있습니까?"

"글쎄요. 저도 정확히는 모르죠. 사실 저는 한 가지만 찾으면 됩니다. 들어가죠."

무한이 앞서서 좁은 공간 안으로 들어갔다.

그러자 이공 등이 주변을 한 번 살피고는 무한의 뒤를 따라 기둥 안으로 들어갔다.

외부의 빛이 차단된 공간은 아주 작은 빛만으로도 환하게 밝힐 수 있다.

무한이 들어온 석실이 그랬다. 작은 야명주를 박아 넣음으로써 일행은 석실 안의 사물들을 볼 수 있었다.

석실은 마치 오래된 창고 같았다. 그렇다고 많은 물건이 있는 것은 아니어서 대부분의 공간은 휑하니 비어 있었다.

"이건 식량이군요. 이 안이 무척 건조했나 봅니다. 썩지는 않고 삭았어요."

푸수수!

낡은 항아리에서 곡식을 들어 올린 이맥의 손가락 사이로 부서져 버린 곡식들이 가루가 되어 먼지처럼 흘러내렸다.

"이건 쟁기들인데… 농사를 짓기 위해 지은 창고인 것 같은데요?"

소의가 녹이 슨 쇠 쟁기를 가리키며 말했다. 그의 말처럼 석실 안에 있는 물건들은 대부분 농사를 짓거나 혹은 숲을 개간할 때 쓰는 물건들이었다.

그런 물건들을 보관하는 창고라면 일행에게는 실망스러운 일이었다.

그리고 의문이 들었다. 이런 물건들이 뭐가 그리 중요하다고 이렇게 비밀스러운 공간을 만들어 보관했나 싶은 것이다.

"대체 왜 이 공간을 창고로 만든 걸까요? 창고를 만들기에는 과한 공간인데?"

용노도 이해할 수 없다는 듯 무한을 보며 물었다. 빛의 술사로서 무한은 이 공간의 비밀에 대해 뭔가 알고 있을 것 같기 때문이었다.

용노의 질문을 받은 무한이 침착하게 말했다.

"음… 이런 말을 전해 들었습니다. 빛의 정원에서, 언젠가 우리는 다시 여행을 떠나야 할 수도 있다. 문명이 존재하지 않는 불모의 땅으로. 그때 우리는 한 줌의 씨앗과 밭을 일굴 쟁기를 가져갈 것이다. 다시 인간으로 살기 위해. 아마도 그 말과 관계가 있겠지요? 그리고 처음 마후 조사께서 이곳에 오셨을 때, 어쩌면 육주와 파나류에는 이런 씨앗과 쟁기들이 존재하지 않았을 수도 있을 겁니다."

"음… 이것들을 마후께서 육주로 올 때 가져오셨을 수도 있다는 거군요."

이공이 고개를 끄떡였다.

그렇다면 이 물건들이 이런 비밀스러운 창고에 소중하게 보관되는 것을 이해할 수도 있었다.

지금이야 아무런 가치가 없는 물건일 수 있지만, 빛의 역사에선 기념할 만한 물건들이기 때문이었다.

"아무튼 편히들 둘러보세요. 저도 제가 찾는 것을 찾아보죠."

무한이 일행을 보며 말했다.

"알겠습니다."

무한이 찾는 것이 빛의 술사에게 무척 중요한 물건이라는 것을 알기 때문에 이공 등은 그 물건이 무엇이냐고 굳이 묻지 않았다.

이미 얼마 전 무엇인가를 열 수 있는 열쇠 같은 것을 찾는다고 무한이 말했기 때문이기도 하다.

무한의 말에 따라 일행이 제법 넓은 석실을 찬찬히 살펴보기 시작했다.

무한 역시 다른 사람들과 마찬가지로 석실을 둘러보기 시작했다.

그런데 무한의 행동이 의아했다. 분명 빛의 술사에게 중요한 물건을 찾는다면서도, 건성으로 그 물건을 찾는 것처럼 뒷짐을 지고 석실을 서성였기 때문이었다.

오히려 다른 사람들이 보물을 찾으려는 듯 석실을 이 잡듯 뒤지고 있었다.

무한이 그렇게 어슬렁거리며 석실을 한 바퀴 돌았다.

그러고는 그가 처음 있던 곳, 곡식 씨앗을 담은 항아리 앞에 서서 삭아버린 곡식들을 물끄러미 내려다보았다.

그러다가 문득 손을 항아리 속으로 넣고 곡식들을 헤집기 시작했다.

푸스스!

무한의 손에 걸린 곡식들이 가루로 변해갔다. 워낙 오랜 세월 삭아서 닿기만 해도 미세한 가루로 부서져 버렸다.

석실을 살펴보던 사람들은 갑작스러운 무한의 행동을 의아한 표정으로 바라봤다.

그럼에도 불구하고 무한은 계속해서 곡식이 들어 있는 항아리를 뒤적였다.

항아리의 크기가 어른 허리까지 오는 큰 크기여서 그 안을 뒤지는 일이 그리 쉬운 일이 아니었다.

그래서인지 무한이 항아리를 뒤지는 시간도 제법 길어졌다.

그러다가 문득 무한의 움직임이 멈췄다.

"여기 있었군."

무한의 얼굴에 가벼운 미소가 떠올랐다.

무한이 손을 빼자 그의 손에 영롱한 옥빛으로 반짝이는 조각이 들려 나왔다.

열쇠를 찾는다고 했지만, 무한의 손에 들린 옥빛 조각은 열쇠와는 거리가 먼 물건이었다.

하지만 무한은 그 물건을 바라보며 만족한 미소를 지었다. 그러고는 마치 살아 있는 생명체를 만난 것처럼 옥빛 도편 조각에게 말을 건넸다.

"네게 정말 그런 힘이 있느냐?"

제8장

어둠과의 조우(遭遇)

　사람들은 조금 허탈한 표정이 되었다. 이맥과 소의는 아예 실망한 표정이 역력했다.

　무한이 이 위대한 신전에서 찾고자 했던 것이 겨우 깨진 도자기 조각일 거라고는 전혀 예상치 못했기 때문이었다.

　그래서 무례한 줄 알면서도 이맥은 묻지 않을 수 없었다.

　"그게 술사님이 찾으시던 것입니까?"

　"예, 맞아요. 바로 이겁니다."

　무한이 대답했다.

　"아니, 그 깨진 도자기 조각을 어디에 쓴다고……."

　"생각보다 중요한 물건입니다. 아니라면 왜 과거의 술사께서 이곳에 이 물건을 넣어두었겠습니까?"

　무한이 물었다.

"음… 그건 또 그렇군요. 귀중한 게 아니면 그렇게 어렵게 숨겨놓을 필요가 없긴 하지요. 곡식들 사이에 묻어 놓으면 누구도 의심하지 않을 테니까요. 설혹 곡식을 퍼내다 발견해도 그냥 보통의 도자기 조각이라고 생각하겠지요. 잘못 들어간……."

이맥이 대답했다.

"물론 이 물건 하나로는 그리 중요한 의미는 없어요. 하지만 깨진 도편(陶片)을 다 모으면 조금 다른 쓰임이 생깁니다."

"그럼 더 찾아야 할 도편이 있다는 거군요?"

"그렇지요."

무한이 고개를 끄떡였다.

"다른 건 어디에서 찾습니까?"

이맥이 호기심이 생기는지 물었다.

"하나는 이미 서역 신전에서 찾았고, 여기서 또 하나… 이제 하나만 남았군요. 하지만 그 나머지 하나는 찾기 어려울 수도 있습니다."

무한이 대답했다.

"나머지 도편의 행방도 아시는 것 같은데요?"

이번에는 이공이 물었다.

무한이 말하는 모습으로 봐선 찾기는 어렵겠지만, 어디에 있는지는 대충 아는 듯하기 때문이었다.

"나머지 하나의 도편은… 빛의 힘이 나눠질 때 어둠의 술사가 가지고 갔지요."

"아……!"

"그럼 뭐……."

사람들이 한순간 실망스러운 반응을 보였다. 어둠의 술사 역시 빛의 술사처럼, 아니, 빛의 술사보다 더 깊은 세상에 묻혀 있었다.

최근 들어 흑라가 그 힘을 받은 자일지도 모른다는 생각을 하기는 하지만, 확인된 것은 아니었다.

"만약 신마성주가 흑라의 힘을 받았고, 흑라가 어둠의 술사의 힘을 얻었다면… 그 물건을 찾을 수 있겠군요?"

다른 사람들이 실망하는 와중에 용노가 물었다.

"그건 아무도 장담할 수 없는 일입니다. 혹시 모르지 않습니까? 제가 가지고 있는 두 개를 빼앗길 수도… 물론 그렇다 해도 그에게는 아무 소용이 없겠지요. 이 도편들을 이용하는 방법은 오직 저만 알고 있으니까요. 하지만 그래도 도편을 회수하는 일은 무척 중요합니다. 그래서 제게 도편이 있다는 사실이 누구에게도 알려지면 곤란합니다."

무한이 정색을 하며 주의를 줬다.

"걱정 마십시오. 이놈들이 촐싹거리기는 해도 입은 무거우니까요."

이공이 이맥과 소의를 가리키며 말했다.

그러자 이맥이 퉁명스럽게 되물었다.

"말하는 입은 저희만 있나요?"

"뭐? 이 망할 놈이? 감히 사부에게 그게 무슨 말버릇이냐?"

"그냥 우리만 조심할 일이 아니라는 거죠."

"네놈들만 아니면 아무 걱정 없어."

이공이 냉정하게 말했다.

"아아, 알겠습니다. 그럼 저희 걱정도 하지 마세요. 저희도 입 닫고 살 자신이 있으니까요."

이맥이 여전히 퉁명스럽게 대답했다.

그러자 무한이 미소를 지으며 말했다.

"솔직히 저 역시 걱정하지 않습니다. 믿지 못한다면 어떻게 도편에 대해 말했겠어요. 자, 그건 그렇고 더 둘러볼 일은 없을 것 같죠? 그럼 밖으로 나가서 잠이나 자죠. 이곳에서 자는 것은 좀 그런데……."

"알겠습니다. 뭐, 시간은 충분하니 내일 다시 한번 와보지요."

이공이 대답했다.

그러자 무한이 다시 앞장서서 석실을 떠나기 시작했다.

* * *

스르릉!

기둥의 공간이 조금 덜컹거리는 소리를 내며 다시 열렸다. 그러자 그 안에서 무한 등이 달빛 호젓한 밖으로 걸어 나왔다.

스르릉!

무한은 가장 뒤에 나온 소의의 뒤쪽에서 문이 닫히는 소리를 들으며 노숙을 위해 쳐 논 천막으로 걸음을 옮겼다.

그런데 막 천막 앞에 도착한 무한이 갑자기 걸음을 멈췄다.

그리고 가만히 손을 들어 일행의 움직임을 제지했다.

"……?"

이공과 용노가 갑작스러운 무한의 행동에 놀라 그를 바라봤

다. 그리고 그 순간 그들은 무한의 몸에서 뿜어져 나오는 강렬한
기운을 읽었다.

"무슨……?"

용노가 입을 열어 질문을 하려다가 다시 입을 닫았다. 무한이
손을 저어 그의 입을 막았기 때문이다.

평상시의 무한이라면 좀처럼 하지 않는 행동이다. 그는 비록
빛의 술사지만, 평상시에는 이공과 용노에게 자신의 지위를 드러
낸 적이 거의 없었다. 오히려 그는 용노과 이공을 빛의 역사를
지켜온 연장자로서 존중해 왔었다.

그런 그가 손을 들어 용노의 입을 막았다는 것은 그만큼 상
황이 심각하다는 뜻이었다.

무한의 행동에 움찔한 용노가 다시 입을 여는 대신 무한의 시
선이 가 있는 곳으로 눈길을 돌렸다.

그리고 그 순간 용노는 이 상황을 금세 이해할 수 있었다.

그는 어둠 속에서 팔짱을 낀 채 묵묵히 무한 일행을 바라보
고 있었다.

본래 빛의 신전의 신비한 힘에 의해 사자의 섬 동남부 해안 지
역과 달리 이곳은 청량한 기운과 맑은 공기가 흘렀다.

그런데 그가 서 있는 곳은 오히려 무한 일행이 상륙했던 곳
보다 더 막막한 어둠으로 물들어 있었다.

다른 점은 끈적이는 습기가 없다는 것 정도.

그렇다고 그것이 검은 기운이 약하기 때문은 아니었다. 오히
려 검은 기운이 너무 강렬해서 습기와 같은 다른 기운이 침범할

수 없는 듯 보였다.

누가 말을 하지 않아도, 혹은 상대를 시험해 보지 않아도 일행은 그들이 세상에 나온 이후 가장 위험한 자를 만났다는 것을 직감했다.

"누구냐?"

침묵하는 무한의 옆으로 다가서면서 이공이 물었다. 무한에게만 상대를 맡겨 놓을 수 없다고 생각한 것이다.

그러자 무한이 이번에도 이공을 말렸다.

"제게 맡겨 주세요."

"하지만……."

"그래야 하는 사람입니다."

무한이 다시 말했다.

그러자 지금껏 묵묵히 무한 일행을 바라볼 뿐 침묵하고 있는 검은 사내가 입을 열었다.

"너군."

"당신이 신마성주요?"

사내의 말에 무한이 되물었다.

"역시… 그렇군."

사내가 무한의 질문에 대답하지 않고 자신의 생각이 맞았다는 듯 고개를 끄떡였다.

"날 기다렸소?"

무한이 다시 물었다.

"기다렸다. 도통… 신전의 문을 열 수가 없어서."

"당신에게는 그럴 자격이 없소."

무한이 다시 말했다.

그러자 신마성주가 잠시 침묵을 지키다가 물었다.

"언제 빛의 술사가 되었느냐? 나이를 보면 오래된 것 같지는 않은데……"

"당신은 언제 어둠의 술사가 되었소?"

무한이 다시 물었다.

그러자 신마성주의 눈에서 한차례 시퍼런 광망이 일어났다가 사라졌다.

그러고는 고압적인 어투로 말했다.

"물음에 답하라. 널 죽이긴 싫구나. 그래도 한 뿌리에서 나왔으니."

"그 뿌리에서 자란 나무가 다른 가지로 흩어질 때조차도 위대한 천년밀교의 법은 빛의 술사에게로 전해졌소. 당신의 그 어둠의 힘은 다만 그림자일 뿐."

무한의 말투가 그 어느 때보다 단호하다. 그의 단호함에 이공과 용노조차 놀랄 지경이었다.

무한은 어둠의 술사를 자처하는 신마성주를 철저히 빛의 역사의 그림자로 치부했다.

그래서인지 신마성주의 검은 동공에서 흘러나온 차가운 기운이 조금 더 강하게 일렁였다.

아마도 살의가 일어나는 모양이었다.

그 모습에 이맥과 소의는 주춤거리며 두어 걸음 뒤로 물러날 정도였다.

"너와 밀교의 정통성을 두고 말장난하고 싶지는 않다. 난 그런 쓸데없는 말싸움보다 현재의 힘을 믿는 사람이다. 지금 내가 너보다 강하니 넌 내 말에 복종해야 한다. 그것이… 무공을 수련하는 자들의 숙명이다."

신마성주가 다시 한번 무한을 겁박했다.

"그 논리가 바로 위대한 빛의 역사가 끊어지는 이유였소. 그럼에도 몇백 년이 지난 지금도 여전히 어둠의 술사의 후예인 당신은 그 논리를 고집하는구려. 하지만 난 빛의 술사의 정통성을 지킬 의무가 있는 사람이오."

"후우… 빛의 술사, 솔직히 말하지. 난 빛의 술사든 어둠의 술사든 그런 것들은 아무 관심이 없다. 다만 내가 관심이 있는 것은 네가 이곳에서 찾은 물건이다. 그것만 내놓으면 조용히 물러가마. 네가 무슨 일을 하든……."

신마성주가 덤덤하게 말했다.

그런데 이런 신마성주의 반응은 무한의 예상을 크게 벗어난 것이었다.

무한은 신마성주가 빛의 술사의 정통적인 계승자로서의 지위를 욕심낼 거라 생각했었다.

그런데 신마성주는 빛의 술사라는 이름에는 전혀 관심이 없는 듯 보였다. 단지 그가 원하는 것은 오늘 자신이 찾은 도편뿐인 것 같았다.

"그 물건이 당신에게 아무런 소용이 없다는 걸 알지 않소?"

"…그 안에 빛의 술사의 순수한 힘이 깃들어 있다는 것을 알고 있다. 이 어둠의 기운조차 평범하게 중화시킬 만큼의 순수한 힘. 그래서 빛의 역사에게 가장 중요한 물건으로 취급된 것이 아니냐?"

신마성주가 물었다.

그러자 무한이 고개를 저었다.

"당신은 잘못 알고 있소. 그것만 보아도 역시 어둠의 술사는 그림자에 지나지 않는다는 것이 증명된 것이오."

"그럼 이 도편은 대체 어디에 쓰는 물건이란 말이냐? 가끔 이 도편에서 흘러나오는 힘을 느낀 적도 있다만!"

신마성주가 품속에서 서슴없이 자신이 가지고 있는 검은 색 도편을 꺼내 들며 말했다.

"그건 오직 빛의 술사만이 알고 있어야 하는 비밀이오. 그런데 당신은 그 힘을 흑라에게서 받은 것이오?"

무한이 더 이상 상대의 질문에 대답하지 않겠다는 듯 신마성주의 힘에 대한 질문을 던졌다.

"그렇다고 봐야지."

신마성주가 대답했다.

"그의 제자요?"

무한이 다시 물었다.

"제자? 후후후… 제자라! 아니, 난 결코 그런 괴물 같은 자 따위의 제자가 아니다."

"그럼 어떻게 그에게서 어둠의 술사의 힘을 얻은 것이오?"

"그건… 네가 빛의 술사의 비밀을 말하지 않듯, 나도 그 일을 말해줄 수는 없다. 아무튼!"

스릉!

갑자기 신마성주가 검을 빼 들었다.

그러자 가뜩이나 어둡던 그의 모습이 더욱 검게 보였다. 밤의 어둠보다 더 짙은 어둠, 그 속에서 푸른 검신만이 요기롭게 빛났다.

"다시 한번 빛의 술사에게 반역을 하겠다는 것이오? 그 옛날 최초의 어둠의 술사가 그랬듯이……"

무한이 차갑게 물었다.

"후후후, 글쎄, 그따위 과거는 신경 쓰지 않는다니까? 빛의 술사의 정통성이 누구에게 있든, 그 지위가 누구에게 전해지든 난 상관없다. 다만… 네게서 이 도편의 비밀과 빛의 술사가 가지고 있는 원초적인 힘만 얻으면 된다. 대화로 해결할 수 없다면 검으로 해결하는 것이 당연한 일이고……"

순간 용노와 이공이 동시에 무한을 가로막고 나섰다.

"술사님, 이곳은 저희들에게 맡기고 피하십시오."

용노가 말했다. 그가 판단하기에도 중년의 나이를 넘어선 신마성주의 무공을 무한이 감당할 수 없을 것으로 보였던 것이다.

아무리 무한이 정순한 빛의 술사의 능력을 전해 받았다고 해도 아직은 무공과 법술이 완성 단계는 아니었다.

반면 신마성주는 빛의 술사의 반쪽 힘이라는 어둠의 힘을 완전히 자신의 것으로 만든 것처럼 보였다.

이런 싸움을 무한에게 맡길 수는 없었다.

"두 분, 물러나세요. 이 싸움은 제가 해야 합니다."

"안 됩니다. 어서 피하십시오!"

용노가 절대 물러날 수 없다는 듯 고개를 저었다.

그러자 무한이 침착하게 말했다.

"그가 왔다는 것은 그의 수하들도 왔다는 뜻입니다. 그 말은 그를 꺾기 전에는 우린 이곳에서 벗어날 수 없다는 뜻이기도 하고 말입니다. 그리고… 어둠의 술사가 남긴 힘은 오직 빛의 술사의 힘으로만 상대할 수 있습니다. 이건 단순한 무공의 겨룸이 아닙니다. 물러나세요."

무한이 단호하게 말했다.

그러자 마주 선 신마성주도 입을 열었다.

"그의 말이 옳다. 나와의 싸움은 오직 빛의 술사만이 가능하다. 그러니 물러나라! 내가 원하는 것을 얻으면 아무도 죽지 않을 테니."

용노와 이공은 무한이 신마성주와 겨룬다면 필패할 거라 생각했다. 하지만 그럼에도 불구하고 두 사람은 물러날 수밖에 없었다.

신마성주의 협박 때문이 아니었다. 무한에게서 절대 이 싸움을 피하거나 다른 사람에게 미루지 않겠다는 의지를 읽었기 때문이었다.

그게 이 싸움에 대한 자신감 때문이라고는 생각지 않았다. 그럼에도 불구하고 무한은 이 싸움을 두려워하지 않는 것 같았다.

용노와 이공은 그런 무한을 보며 설사 오늘 무한이 죽는다고 해도 이 싸움을 자신들이 막을 수 없다는 것을 깨달았다.

그래서 그들은 결국 어쩔 수 없이 뒤로 물러나 무한과 신마성주의 싸움을 지켜볼 수밖에 없었다.

"좋은 수하를 두었구나. 자신들의 생각과 달라도 주군의 뜻을
따르는 것을 보면."

신마성주가 무한을 보며 말했다.

그러자 무한이 대답했다.

"저분들은 제 수하가 아니오."

"그런가?"

"다만 한길을 걷는 동행자일 뿐……."

"후후, 말이야 어떻게 하든 상관없지. 하지만 결국 저들이 빛
의 술사를 따르는 사람들임은 변하지 않아. 뭐, 그야 상관없고.
시간을 끌 일은 아니지?"

신마성주가 검을 들어 보이며 물었다.

그의 검을 따라 검은 기운들이 안개처럼 일렁였다.

"그렇구려. 말로 할 일은 아니니까."

스릉!

무한도 검을 빼 들었다.

그의 검은 신마성주의 검과 달리 맑은 푸른빛을 띠었다. 석림
도의 한철을 수만 번 제련해 만든 검이기에 다른 검과는 광채부
터 달랐다.

"좋은 검이구나."

신마성주가 감탄했다. 그런 그에게서 한순간이나마 순수한 무
인의 기운이 느껴졌다.

그러자 무한도 이상하게 순수한 무인으로서의 투쟁심이 생겨

났다. 상대가 신마성주라는 사실은 서서히 그의 머릿속에서 사라지기 시작했다.

좋은 징조였다. 상대에 대한 선입견을 갖지 않는 것, 그것이 무공 대결을 할 때 가장 좋은 마음가짐이기 때문이었다.

"시작하겠소."

무한이 선공을 택했다.

이 또한 평소와는 다른 선택이다. 지금까지 무한은 무공 대결에서 항상 상대에게 선수를 양보했었다.

그러나 오늘은 달랐다. 만약 선공을 하지 않으면 아예 자신에게 공격을 할 기회조차 생기지 않을 수 있다고 판단한 것이다.

"좋아!"

신마성주가 시원하게 소리쳤다.

콰아아!

무한이 처음 선택한 초식은 독안룡 탑살의 파랑십이검이었다.

그가 가장 오랫동안 수련한 검법이기도 하고, 상대의 무공을 가늠하기에 적당한 무공이기 때문이었다.

"음!"

무한의 검에서 일어난 검기들이 파도처럼 밀려오는 것을 본 신마성주가 나직한 소리를 냈다.

하지만 그가 어떤 의미에서 그 소리를 냈는지는 알 수 없었다. 그의 얼굴은 여전히 검은 안개에 가려져 있기 때문이었다.

번쩍!

무한이 만들어낸 검기가 신마성주의 몸을 휩쓸어가려는 순간 신마성주가 느리지도 빠르지도 않게 검을 사선으로 내리 그었다.

순간 그의 검에서 벼락 치는 소리가 터져 나왔다.

콰릉!

"흡!"

한순간 무한의 입에서 숨이 막힌 것 같은 소리가 흘러나왔다. 그리고 그의 몸이 뒤로 빠르게 밀려났다.

주루룩!

무한이 검을 두 손으로 움켜쥔 채 먼지 쌓인 신전 바닥에 길게 발자국을 남기며 물러났다.

그러면서도 시선은 반격을 가해 오는 신마성주에게서 벗어나지 않았고, 몸의 중심도 여전히 지켜지고 있었다.

그런 무한을 향해 신마성주가 열십자로 검을 그어댔다.

우웅!

그의 검이 허공에 열십자를 그리자 눈이 시릴 정도로 투명한 검은 빛의 검기가 검의 모양을 따라 생겨나더니 그대로 무한을 향해 폭발했다.

쿠우웅!

신마성주가 만든 검기가 네 개의 날이 달린 병기처럼 회전하면서 무한을 휩쓸었다.

순간 무한의 몸이 사람들의 시야에서 사라졌다.

서걱!

신마성주의 검기가 무한이 사라진 신전 바닥을 베어버렸다.

콰르르!

신마성주의 검기에 베인 신전 바닥이 지진이 난 것처럼 일어나 사방으로 돌무더기들을 날려 버렸다.

"윗!"

"흡!"

용노와 이공 등이 그 엄청난 위력에 놀라 십여 장 뒤로 물러났다.

하지만 신마성주는 그들에게는 관심도 보이지 않았다. 그는 한순간 자신의 시야에서 사라진 무한을 찾기 위해 시선을 허공으로 돌렸다.

어느새 허공에서 무한이 신마성주를 향해 떨어져 내리고 있었다.

콰아!

무한의 검기가 폭포수처럼 신마성주의 정수리를 향해 떨어졌다.

그러자 신마성주가 그 자리에서 바람개비처럼 몸을 회전시켰다.

콰우우!

신마성주의 몸이 회전하면서 강력한 진기의 소용돌이가 일어났다.

그러자 그를 향해 떨어져 내리던 무한의 검기가 그 소용돌이에 휘말려 옆으로 비껴 나갔다.

"욋!"

무한이 자신의 힘을 거스르며 옆으로 흐르는 검기를 본래의 방향으로 돌리려 했지만, 그의 검기는 신마성주를 지나쳐 신전 바닥에 꽂혔다.

쾅!

다시금 신전 바닥이 박살이 나면서 그 잔해들이 허공으로 솟구쳤다.

그 틈을 타 무한이 재빨리 신마성주와 십여 장의 거리를 벌리며 물러났다.

그런데 곧바로 반격을 해 올 것 같던 신마성주가 망토처럼 검은 기운에 휩싸인 채 제자리에서 움직이지 않았다.

그렇다고 무한의 공격에 상처를 입은 것도 아니었다. 그는 그저 물끄러미 무한을 바라보고 있을 뿐이었다.

그러자 무한도 잠시 상대에 대한 공격을 멈췄다.

서너 번의 공방에서 제법 많은 힘을 몰아 썼기 때문에 잠깐의 휴식은 그에게 선물 같은 시간이었다.

그런 무한에게 신마성주가 불쑥 물었다.

"독안룡과는 어떤 관계냐?"

"…이 검법을 아시오?"

무한이 되물었다.

"십이파랑검! 독안룡의 독문무공이지."

"단지 두 초식만 보고 알아보다니… 과거에 스승님을 만난 적이 있구려?"

무한이 놀란 듯 물었다. 자신이 펼친 십이파랑검의 두 초식은 과거에 독안룡의 검법을 보지 않았다면 결코 알아볼 수 없는 초식들이었다.

그런데 신마성주가 그걸 알아본 것이다. 그건 곧 신마성주가 독안룡을 알고 있고, 독안룡 탑살 역시 신마성주를 알 수도 있다는 뜻이었다.

"혹시 그에게 무공을 배웠나?"

"그렇소. 난 독안룡 탑살 님의 제자요."

"…어떻게 그럴 수가 있단 말인가? 위대한 빛의 술사의 전인이 독안룡 탑살의 제자라니!"

그렇다고 화를 내거나 따지는 듯 보이지는 않았다.

다만 빛의 술사라는 신비롭고 위대한 신분을 가진 사람이 독안룡 탑살의 제자가 되었다는 것이 이해가 되지 않는 듯 보였다.

"빛의 전설과 인연을 맺기 전 독안룡 님의 제자였소."

무한이 대답했다.

그러자 신마성주가 잠시 무한을 바라보다 한순간 나직하게 중얼거렸다.

"이런… 이제 보니 그때였군."

마치 자신이 큰 실수를 한 것 같은 음성이다.

무한은 그런 신마성주의 반응에 침묵을 지켰다. 그가 무슨 생각을 하고 있는지 알 수 없기 때문이었다.

"이왕사후가 원정을 왔을 때, 독안룡 탑살은 그들을 돕지 않고 자신의 제자들을 세상에 알려지지 않은 세 곳으로 보냈지. 명목은 수련 여행이었지만, 그가 빛의 술사의 유적들을 찾고 있다는 것을 알고 있었다. 북창의 촌장이 그의 사람이 되었으니까.
그때였느냐?"

신마성주가 무한에게 물었다.

"그렇소."

"그렇다면 이 년도 되지 않은 시간인데, 놀랍구나!"

신마성주가 무한을 보며 감탄했다.

그러자 무한이 고개를 저었다.

"그대 역시 빛의 힘의 일부를 얻었으니 알 것 아니오. 이 힘들
은 시간을 격하고 전해진다는 것을!"

"음… 그렇긴 하지. 하지만 그렇다 해도 그 힘에 익숙해지는
시간이 필요한데. 너는 벌써 그 힘을 능숙하게 쓰는 것 같구나.
네 검법은 독안룡 탑살의 것이지만, 네가 보인 그 빠름은 역시
빛의 힘이니까."

"정확하게 보았소."

무한이 속으로 신마성주의 안목에 감탄하며 대답했다.

"그때 조금 더 신중했어야 하는데, 너희들이 빛의 신전에서 빛
의 힘을 얻을 가능성이 거의 없다고 생각해서 방심한 것이 그
힘을 너에게 빼앗긴 결과가 되었구나."

신마성주가 후회하듯 말하자 무한이 다시 고개를 저었다.

"그 또한 알고 있지 않소. 이 힘은 오직 인연이 있는 사람에게
만 전해진다는 것을!"

"…후우! 그렇군. 운명적인 면이 있긴 하지. 그런데 그럼 신마
후 석중귀를 청류산에서 죽인 것 역시 너냐?"

신마성주가 다시 물었다. 그렇다고 신마성주의 목소리에서 분

노가 느껴지지는 않았다.

"그렇소."

무한이 짧게 대답했다.

사실 그 대답은 거짓이었다. 신마후 석중귀를 죽인 사람은 이공과 그 두 제자였다.

그러나 무한은 이공 등이 신마성주의 표적이 되는 것을 원치 않았다. 어차피 신마성주와 싸움을 시작한 이상 그와의 은원은 모두 자신의 몫으로 돌리는 것이 좋다는 판단이었다.

혹시라도 자신이 이 싸움에 패해 죽을 경우를 생각해서라도.

"음… 그렇다면 너에겐 애초부터 빛의 술사가 될 자격이 있었다는 의미가 되는군. 적어도 그 당시에는 빛의 힘으로 석 신마후를 상대하지는 않았을 테니까."

"…그건 좋을 대로 생각하시오."

무한이 시인도 부인도 하지 않았다.

그러자 신마성주가 느리게 고개를 끄떡이며 말했다.

"독안룡 탑살의 제자이며 빛의 술사라… 세월이 흐르면 육주를 넘어 이 세계에서 그 누구도 근접하지 못할 명예와 지위를 가질 운명이구나. 하지만 그 전에 날 만난 것이 불행이리라. 목숨을 구할 수 있을지 모르겠지만 빛의 힘은 내게 넘겨야 할 테니까."

"그 역시 운명 아니겠소? 그래서 또 모르는 일이고 말이오. 내가 당신의 그 어둠의 힘을 다시 가져와 완벽한 빛의 술사가 될 수도 있으니까."

"후후, 그렇지. 운명이란 정말 알 수 없지. 그럼 다시 우리의 운명을 시험해 보자꾸나! 형제여!"

신마성주가 무한을 형제라고 불렀다. 아마도 그건 자신과 무한이 모두 천년밀교가 만들어낸 빛의 술사의 후예란 뜻에서 한 말일 것이다.

그런 신마성주를 향해 뛰어들며 무한이 소리쳤다.

"난 당신의 형제가 될 생각이 전혀 없소!"

콰우우!

무한의 검에서 일어난 검기가 다시금 거대한 파도처럼 신마성주를 덮쳤다.

"후후후! 형제란 것도 역시 선택의 문제가 아니다. 한 부모에게서 태어났다면 싫으나 좋으나 형제인 것이지. 너와 난 모두 천년밀교라는 한 뿌리로 이어졌으니 어찌 형제가 아니겠느냐? 이 또한 운명이라 생각하거라!"

번쩍!

신마성주의 말이 끝나기도 전에 그의 검이 짙은 어둠 속에서 내리치는 벼락처럼 섬뜩한 검광을 일으켰다.

쩌저적!

신마성주의 검에서 일어난 검광이 파도처럼 밀려드는 무한의 검기와 격돌하는 순간 소름끼치는 뇌성이 터져 나오면서 무한의 검기들이 산산이 찢어지기 시작했다.

무한은 거북이 등처럼 갈라지는 자신의 검기 너머에서 투명한 시선으로 자신을 바라보고 있는 신마성주의 눈을 응시했다.

그리고 그 눈을 향해 망설임 없이 검을 찔러 넣었다.

팟!

그의 검에서 미세하게 검기가 발출되는 소리가 일어났다. 그리고 마치 투명하고 작은 화살이 쏘아진 것처럼 한 줄기 검기가 부서지는 십이파랑검의 검기를 뚫고 신마성주를 향해 뻗어나갔다.

무한은 자신의 십이파랑검을 막은 신마성주에게서 틈을 보았고, 그 틈으로 아적삼의 혈랑검으로 일으킨 검기를 날려 보낸 것이다.

그 공격은 효과가 있었다.

"음!"

신마성주의 입에서 무한과 싸움을 시작한 이후 처음으로 나직한 신음 같은 소리가 흘러나왔다.

동시에 그의 몸이 옆으로 밀려나듯 이동했다.

그 순간 무한의 혈랑검이 만들어낸 검기가 신마성주를 스치고 지나갔다.

삭!

펄럭!

무한의 검기에 잘려 나간 신마성주의 두건 자락이 바람에 펄럭였다.

하지만 단지 두건만 잘랐을 뿐, 신마성주의 몸에는 어떤 부상도 입히지 못한 무한의 공격이었다.

그럼에도 불구하고 신마성주는 약간은 놀란 듯 보였다. 그는 무한의 공격이 실패로 돌아갔음에도 즉시 반격하지 않고 무한을 빤히 바라보고 있을 뿐이었다.

무한도 더 이상 신마성주를 공격하지 않았다.

십이파랑검을 허초로 쓰고 그 속에서 적의 빈틈을 찾아 혈랑검으로 치명상을 입히려던 목적은 냉정하게 실패했다.

적의 두건을 조금 베었다는 것은 그에게 어떤 이득도 줄 수 없었다.

그래서 그는 다시 물러나 신마성주의 공격에 대비해야 했다.

"이것도 독안룡의 검법인가?"

신마성주가 베어진 두건을 만지며 물었다.

"아니오."

무한이 대답했다.

"역시 그렇군, 독안룡의 무공이라기에는 너무 정제되지 않았어. 지나치게 단순하달까. 물론 그래서 더 무서운 검법이기도 하지만… 오랜만이군. 내 옷깃이라도 벤 자가 나타난 것은! 역시 빛의 술사다!"

신마성주가 들고 있던 검을 털어내듯 강하게 휘둘렀다.

쿠웅!

그의 검에서 일어난 검기가 허공에 강력한 검풍을 일으켰다.

그렇게 검을 휘둘러 전의를 되살린 신마성주가 성큼성큼 무한을 향해 걸어오기 시작했다.

"이제부터 제대로 싸워보자!"

신마성주가 무한을 향해 거침없이 검을 휘두르며 뇌까렸다.

쩌저적!

무한은 자신의 검기와 상대의 검은 기운에 둘러싸여 위대한 빛의 신전의 일부가 부서지는 광경을 지켜보고 있었다.

그러나 그에게는 그걸 막을 힘이 없었다. 지금 그는 자신의 목숨 하나 지켜내는 것도 힘겨웠다.

본격적으로 무한을 공격하기 시작한 신마성주의 무공은 강력하다는 말로는 표현할 수 없는 그 무엇을 가지고 있었다.

마치 파멸의 날을 기다려 온 사람처럼, 그는 주변의 모든 것을 파괴하고 있었다.

어떤 격식이나 흐름도 읽을 수 없는 검법, 시장판에서 건달패가 마구잡이로 휘두르는 몽둥이질 같은 신마성주의 검법이었지만, 그 위력은 그 어떤 위대한 무종의 무공보다 강력했다.

검이 만들어내는 검기와 그 검에 서린 검은 기운이 스치는 모든 것이 어이없을 만큼 나약하게 허물어졌다.

그 나약한 존재들 속에 무한이 있었다.

"후우!"

무한이 겨우겨우 신마성주의 공격을 피해내며 가볍게 한숨을 내쉬었다.

흐름이 없으니 예측을 할 수 없다. 모든 무공은 상대의 무공을 읽고 그 흐름 속에서 빈틈을 찾아내는 것이 기본이다.

그런데 신마성주의 공격에서는 전혀 그 흐름을 읽을 수 없었다.

어쩌면 정말 신마성주는 오직 검은 기운을 이용해 마음 내키는 대로 검을 휘두르고 있는 것인지도 몰랐다.

그럼에도 이렇게 강력한 것은 모두 흑라에게 전해 받은, 아니,

그 옛날 빛의 술사의 힘 중 하나였던 어둠의 술사의 힘 때문일 것이다.

'어둠의 술사의 힘을 모두 자신의 것으로 만들었구나.'

빛의 술사의 힘을 가진 무한이 이렇게 속절없이 목숨 지키기에 급급하다는 것은, 신마성주가 어둠의 술사의 힘을 완전히 자신의 것으로 만들었기 때문일 것이다.

이제 겨우 이 년이 되지 않은 빛의 술사 무한이 상대하기에는 애초에 둘 사이에 극복할 수 없는 차이가 있었던 것이다.

팟!

한순간 무한의 검기를 밀어내고 들어온 신마성주의 검기가 무한의 팔뚝을 스치고 지나갔다.

다행히 왼팔이었지만 베어진 깊이가 제법 깊어서 피가 흘러나왔다.

"음!"

무한이 신음을 흘리며 몇 걸음 뒤로 물러났다.

"검을 버려라!"

신마성주가 조금의 여유도 주지 않고 다시 무한을 향해 검을 내리찍으면서 소리쳤다.

무한이 대답 없이 풍신보를 펼쳐 옆으로 이동하며 검을 휘둘렀다.

카릉!

무한의 검기가 신마성주의 검기와 충돌하며 강력한 파열음을 만들어냈다. 그 충돌의 힘으로 무한이 조금 더 뒤로 물러났다.

"도망만 다닌다고 네가 무사할 수는 없다!"

신마성주가 물러나는 무한을 따라오며 소리쳤다.

그 순간 무한이 어금니를 악물었다.

'그렇지. 도망만 다녀서 해결될 일이 아니지. 이러다가는 온몸이 갈기갈기 찢어져 죽고 말 것이다!'

생각은 바로 행동으로 이어졌다.

무한이 물러나기를 멈추고 왼발을 살짝 앞으로 내밀었다. 그리고 검을 머리 위로 들어 올렸다.

순간 그의 검이 투명하게 변하는 듯 보였다.

"마지막인가? 좋은 선택이다. 죽이지는 않으마!"

무한이 마지막 반격을 하려 한다는 것을 알아챈 신마성주가 만족한 듯 고개를 끄떡였다.

그러면서도 그는 무한을 향한 전진을 멈추지 않았다.

무한 역시 뒤로 물러나거나 신마성주를 피하지 않았다.

정면으로 그를 상대하려는 무한의 모습을 보고 용노와 이공 등은 파랗게 질려 버렸다.

이런 격돌은 한쪽이 거의 회복 불능의 피해를 입어야 끝난다는 것을 알기 때문이었다.

그렇다고 지금 당장 그들이 무한을 구하기 위해 뛰어들 수도 없었다.

이미 무한과 신마성주의 기운이 그물처럼 이어져 있어서 그 안에 다른 사람이 간섭하는 것이 거의 불가능할 뿐 아니라, 자칫 무한의 마음을 흔들어 진기의 역류를 일으킬 수도 있기 때문이었다.

"후우!"

무한이 깊게 숨을 들이마셨다. 그리고 자신의 몸속에 있는 모든 기운을 검에 집중시켰다.

파르릉!

무한의 검이 진기를 이기지 못하고 부러질 듯 흔들렸다.

그의 검에서 푸른색과 눈부신 밝은 빛, 그리고 무거운 검은 빛이 함께 흘러나왔다.

그 모습을 본 신마성주 역시 긴장한 듯 보였다. 그렇다고 무한을 향해 다가오는 걸음을 멈추지도 않았다.

"끝이다!"

신마성주가 무한의 이 장 거리에서 검을 휘두르며 소리쳤다.

쿠오오!

신마성주가 만든 검은 검기가 무한을 향해 쇄도했다.

그대로 있으면 무한의 몸이 수십 조각으로 잘려 나갈 것 같은 무서운 검기였다.

무한이 닥쳐 오는 신마성주의 검기를 바라보다 한순간 기합성을 터뜨렸다.

"핫!"

무한의 검이 수직으로 떨어졌다.

콰웅!

순간 벼락 치는 듯한 굉음이 일어나며 무한의 검에서 눈부신 검광이 뻗어나갔다.

콰릉!

무한의 검기와 격돌한 신마성주의 검기들이 요란한 소리를 내
며 흩어졌다.

"하앗!"

첫 번째 초식으로 상대의 검기를 흔든 무한이 다시 기합성을
터뜨렸다.

그러자 이번에는 그의 검이 횡으로 공기를 갈랐다.

콰아아!

무한의 검에서 일어난 검기가 흔들리는 신마성주의 검기들을
다시 한번 잘라갔다.

파지직!

검기와 검기가 부딪혔는데, 번개가 떨어져 공기를 찢는 소리
가 터져 나왔다.

그리고 그 순간 두 사람의 검기가 순식간에 와해됐다.

순간 무한이 빛의 속도로 앞으로 튀어 나갔다.

팟!

극한의 풍신보, 무한이 순식간에 신마성주 앞에 도달했다. 그
리고 무한은 모든 힘을 다해 신마성주를 찔렀다.

번쩍!

무한의 검에서 뻗어 나온 검기가 그대로 신마성주를 관통했다.

아니, 모두가 관통했다고 느꼈다.

펄럭!

팟!

신마성주의 옷자락이 무한의 검기에 흩어지며 핏줄기가 솟구

쳤다.

혼신의 힘을 다해 펼친 무한의 공격이 결국 성공을 거둔 것이다. 적어도 이 싸움을 보고 있던 사람들은 그렇게 느꼈다. 무한조차도.

하지만 승리의 기쁨은 오래가지 않았다.

무한의 검에 베인 것 같던 신마성주가 다시금 검은 기운을 회복하고는 저벅저벅 무한을 향해 걸어왔기 때문이었다.

쿵!

무한은 더 이상 자신이 할 수 있는 것이 없다는 것을 깨닫고, 그 자리에 무릎을 꿇고 주저앉았다.

이번 세 번의 초식에 자신의 모든 힘을 쏟아부었기에 더 이상서 있을 힘조차 없었던 것이다.

그가 최후에 사용한 세 초식의 검법은 마골에게서 전해 받은 그의 가문, 위대한 철사자 가문의 검법, 무황검 삼 초식이었다.

무황검 삼 초식은 수 대에 걸쳐 모여진 강력한 공력을 사용하는 검법으로, 지금의 무한으로서는 단 한 번의 시전만으로도 온몸의 진기를 바닥까지 끌어 쓸 수밖에 없었다.

"술사님!"

용노와 이공이 무한의 모습에 놀라 그를 향해 뛰어오려는데 갑자기 신마성주가 손을 들어 두 사람을 막으며 소리쳤다.

"멈춰라. 너희들의 주군을 죽이지 않을 것이다. 싸움도 끝났다. 움직이면 모두 죽이겠다."

신마성주의 경고에 용노와 이공이 그 자리에 얼어붙었다. 신마성주의 말이 결코 허언이 아니라는 것을 직감적으로 깨달았기 때문이었다.

그렇게 두 사람을 막은 신마성주가 주저앉은 무한 앞으로 다가왔다.

턱!

무한 앞으로 다가온 신마성주가 무한의 오른쪽 어깨 옷자락을 잡았다.

그러고는 마치 무한을 들어 올리려는 듯 옷자락을 잡아 당겼다. 그러자 무한의 몸이 앞으로 수그러지면서 옷자락이 열리고 그의 맨 어깨가 드러났다.

순간 신마성주의 눈에서 검은 안광이 한 차례 번뜩였다. 하지만 무한은 그런 신마성주의 움직임에 아무런 관심이 없었다.

그는 마치 죽음을 각오한 사람처럼 신마성주의 손에 자신의 몸을 맡기고 있었다.

그런 무한을 신마성주가 잠시 내려다보다 무한의 옷을 잡은 손을 놓았다.

쿵!

무한이 다시 땅에 주저앉았다.

그런 무한을 보며 신마성주가 나직하게 중얼거렸다.

"죽은 네 아비가 널 살렸다, 한!"

제9장

모든 것을 잃은 사람은…

"술사님! 정신 차리세요!"

용노가 무한의 가슴이 손을 대며 소리쳤다.

신마성주가 사라지는 순간 무한이 그나마 앉아 있던 몸을 지탱하지 못하고 정신을 잃고 바닥에 쓰러졌기 때문이었다.

그러자 이공이 급히 말했다.

"형님! 석실로 들어갑시다. 이곳은 너무 위험합니다."

이공의 말에 용노가 퍼뜩 정신을 차리고 주위를 살폈다. 인기척은 느껴지지 않지만 신마성의 마인들이 물러갔다고는 장담할 수 없었다.

"아예 이곳을 떠나는 것이 낫지 않을까요?"

소의가 침착하게 물었다.

"움직이기에는 술사님의 상태가 너무 좋지 않아. 지금 술사님께 필요한 것은 최대한의 안정이다."

이공이 냉정하게 대답했다.

그러자 용노가 무한을 안고 일어났다.

"가세!"

그르륵!

다행인 것은 이공이 지하 석실로 이어지는 출입구를 여는 방법을 정확하게 기억하고 있다는 것이었다.

이공이 신전 석실로 들어가는 기둥의 문을 열었다.

"어서!"

문을 연 이공이 뒤쪽으로 물러 나와 주위를 살피며 용노에게 말했다. 용노가 망설이지 않고 기둥의 입구로 들어갔다. 그러자 이맥과 소의 역시 서둘러 용노의 뒤를 따랐다.

이공은 잠시 더 주변을 살핀 후 인기척이 없자 일행의 뒤를 따라 기둥 안으로 들어갔다.

그르륵!

이공이 들어가자마자 신전 기둥의 입구가 거짓말처럼 닫혀 사라졌다.

*　　　　　*　　　　　*

"성주님, 어째서……?"

아불이 말을 하다가 입을 닫았다. 신마성주가 손을 들어 아불의 말을 막았기 때문이었다.

아불은 감히 신마성주의 명을 거역할 수 없었다. 궁금함을 참고 침묵을 지킬 수밖에 없는 아불이다.

잠시 무한 일행이 무한을 들쳐 업고 들어간 신전 기둥을 한동안 바라보고 있던 신마성주 철사자 무곤이 무심하게 입을 열었다.

"아불, 자네는 운명이란 것을 믿나?"

"갑자기 무슨 말씀이신지……?"

묵승 아불이 당황한 표정으로 되물었다.

"난 운명을 믿지 않았네만… 오늘은 좀 그렇군."

"……"

"내 행동을 이해할 수 없겠지?"

신마성주가 다시 물었다.

"그렇습니다. 그는 빛의 술사이고, 성주께서 찾고자 하는 빛의 힘을 가지고 있습니다. 그런데 찾던 물건도 회수치 않으시고, 그를 데려오지도 않으신 이유를 모르겠습니다. 그가 있다면 성주님의, 그리고 우리의 저주를 풀 수도 있지 않겠습니까?"

아불이 물었다.

"그럴지도 모르지. 하지만… 갑자기 그것보다 더 중요한 일이 생겼네."

"…감히 여쭤도 되겠습니까?"

아불이 물었다.

"그 아이가 살아 있네."

"……?"

아불이 신마성주의 엉뚱한 말을 쉽게 이해하지 못하고 그를 바라봤다.

"사자림에 남았던 아이 말이네. 그 아이가 살아서 저렇게 컸군."

"성주님!"

아불이 너무 놀라서 자신도 모르게 소리쳤다.

"놀라운 운명이지? 살아 있을 뿐 아니라 빛의 술사라니……!"

"정말입니까?"

아불이 다시 물었다. 다른 때라면 상상도 할 수 없는 일이다.

"내가 그 아이에게 남긴 표식을 확인했네."

"…곤란하군요."

아불이 중얼거렸다.

빛의 술사와 어둠의 술사의 힘을 이어받은 아버지와 아들이 운명적으로 적이 되어버렸다.

아마도 그래서 신마성주 철사자 무곤 역시 아불에게 운명을 믿느냐고 물었던 것일 터였다.

"시간은 벌었네."

신마성주가 말했다.

"시간이라시면……?"

"한의 부상이 가볍지 않네. 무리하게 무황검을 펼친 탓에 온몸의 진기가 완전히 뒤엉켰네. 어떤 힘들이 저 아이 몸속에 도사리고 있는지 모르겠지만, 어쨌든 위험한 상태네. 그래서 다시 빛의 술사로 활동하려면 꽤 오랜 시간이 걸릴 걸세. 어쩌면 영원히 회복되지 못할 수도 있고."

"그럼 당장 도와야 하는 것 아닙니까?"

아불이 물었다. 아무리 상대가 빛의 술사라도 아들이다. 아들의 목숨을 살리는 것보다 중요한 일이 있을까.

그런데 아불의 말에 신마성주가 고개를 저었다.

"난 할 수 없네."

"어째서……?"

"내 힘은… 마기네! 알다시피 마기는 누굴 살리는 힘이 아니야. 죽음의 힘이지. 하물며 상극인 빛의 술사인 아이네. 내가 손을 대는 순간 더 큰 위험이 닥칠 걸세. 자네들도 마찬가지고. 그동안 이미 너무 많이 겪지 않았나. 우리가 가진 힘의 실체를……"

"…그렇긴 하군요."

아불이 고개를 끄떡였다.

그들이 검은 마종 혹라에게서 받은 기운들은 강력한 살기를 지닌 파괴적인 마의 힘이었다.

그들 자신은 그 마기의 힘으로 살아남았지만, 그 힘이 타인에게까지 생명의 기운이 되는 것은 아니었다.

그들의 기운에 노출된 자들은 생명의 원기를 잃고 죽어가기 십상이었다.

그래서 아들이 죽어가도 그 아들을 위해 어둠의 힘을 쓸 수 없는 신마성주였다.

"다시 한번 저 아이의 운을 시험할 수밖에… 지금까지 살아 있었다는 것은 그만큼 운이 강하다는 뜻이니까. 아무튼 그래서 우리에게는 시간이 생긴 거네."

"무엇을 위한 시간입니까?"

"손에 피를 묻힐 시간……."

"예?"

"이미 혼탁할 대로 혼탁해진 세상이네. 빛의 술사가 세상의 법을 바로 세우기 위해 나선다고 해도 그를 죽이려는 자들로 가득한 세상이란 뜻이지. 예전에야 상관없었지만 이제는 아니군. 저 아이를 위해 더러운 세상을 말끔히 청소해 놔야겠어. 아비로서의 마지막 선물이랄까……."

"성주님……!"

아불이 부르르 몸을 떨었다. 단언컨대 아불은 철사자 무곤이 흑라의 기운을 받은 이후 이렇게 강렬한 살기를 뿜어내는 것을 본 적이 없었다.

같은 기운을 가지고 있는 아불조차도 두려움에 어찌할 바를 몰랐다.

신마성주의 몸에서 흘러나오는 죽음의 기운이 사자의 섬을 온통 죽음의 땅으로 물들일 것 같았다.

"사대휴무종이 원하는 대로 육주를 청소하겠네. 그 아이가 몸을 회복해 세상에 나오기 전에. 그 아이는 내가 청소한 세상 위에 새로운 빛의 역사를 써나갈 것이네. 이름처럼 위대한 칸의 세계를!"

"성주님! 진정하십시오!"

아불이 두려움을 이기기 위해 이를 악물며 최선을 다해 신마성주를 불렀다.

쿵!

그러면서 들고 있던 선장으로 땅을 찍고, 그 자신도 한쪽 무릎을 꿇었다.

순간 살기가 가득하던 신마성주의 눈에서 투명한 빛이 생기는 듯하더니, 검은 눈동자가 있어야 할 자리에 푸른빛이 살짝 감돌았다.

"음……."

신마성주가 무릎을 꿇은 아불을 보며 신음 소리를 냈다.

"성주님!"

아불이 다시 한번 신마성주를 불렀다.

그러자 신마성주가 길게 숨을 내쉬었다.

"후우욱!"

그러자 그의 동공에 만들어진 투명한 푸른빛이 조금 더 강해졌다.

"돌아가야겠어."

문득 신마성주가 말했다.

"어디로 말입니까?"

"마정으로……."

"예?"

"무리를 한 것 같군. 그 아이와의 싸움이 제법 힘에 겨웠던 것 같네. 한순간에 흑라의 마기에 내 정신을 내어줄 정도로. 이대로 있다가는 흑라의 마기가 날 지배할 걸세. 이대로는 육주로도 갈 수 없네. 가면… 모두를 죽일 거야……."

"그럼……?"

"신마후들을 대신 보내겠네. 사대휴무종은 오히려 그걸 원할 걸세. 내가 곁에 있다는 것은 큰 부담이 될 테니."

"그럼 아드님은……?"

"그건 말한 대로네. 죽지 않을 걸세. 빛의 힘이 그렇게 약하지 않아. 하지만 그 아이가 세상에 나오기 전에 어느 정도 육주의 상황을 정리해야겠다는 생각은 지금도 마찬가지네. 다만… 내가 육주로 갈 경우 시체의 산과 피의 강을 만들어 버릴 나 자신이 두려운 것이지. 어떤 경우라도… 십이신무종의 전설은 이 땅에서 사라지게 될 걸세."

"그야… 원하시는 대로 하십시오, 다만……."

"죽음의 사신, 피의 괴물은 되지 말라?"

"부탁드립니다."

아불이 머리를 조아렸다.

"그래서 지금 이 중요한 순간에 마정으로 돌아가려는 것이네. 그 아이를 만나지 않았다면, 육 개월 정도는 마정을 떠나 있을 수 있었을 것인데… 한을 만나 빛의 힘과 대결하다 보니 한순간 흑라의 힘이 완전히 깨어나는 것 같더군."

"아무래도 상극의 힘을 가졌으니까 그럴 겁니다."

아불이 말했다.

"초기의 빛의 술사들이 두 힘을 한 몸에 가지고 있었다는 것이 놀라워. 분명히 그 비밀이 있을 텐데… 이 도편의 문제가 아니었던가?"

신마성주가 품속에서 검은색 자기 조각을 꺼냈다. 무한이 찾은 것과는 전혀 다른 색의 도편, 그럼에도 그 도편은 꺼내는 순간 마기 이상의 신비로운 힘이 느껴졌다.

"빛의 술사… 아드님의 반응으로 봐서는 그런 것 같습니다. 도편의 쓰임은 다른 곳에 있는 듯합니다."

"후우… 정말 알 수 없군, 밀교의 비전들은… 과거 무극종의 역대 전수자들이 빛의 술사 옆에서 그들의 보호자 역할을 했음에도 밀교의 비전들에 대해서 이렇게 무지하다는 것은 놀랄 만한 일이지."

신마성주 철사자 무곤이 고개를 저으며 중얼거렸다.

아마도 그는 무극종의 전수자들이 선대에 과거 빛의 술사의 보호자 역할을 했었다는 사실을 알고 있는 모양이었다.

"기회를 만드십시오. 아드님과 이 문제에 대해 제대로 이야기를 나눌! 그럼 우리에게도 기회가 생길 수 있습니다. 이 저주의 마기로부터 벗어날……."

"나중에… 그리되길 나도 바라겠네. 내가 온전한 정신으로 남아 있을 수 있다면, 그러기 위해서 일단 마정으로 돌아가세. 떠나기 전에 파나류에서 신마후들을 만나겠네."

"예, 성주!"

아불이 고개를 숙여 대답했다.

그러자 신마성주가 무한 일행이 들어간 신전의 기둥을 바라보며 중얼거렸다.

"빛의 술사가 되었으니 네 운은 나보다 강하다. 반드시 더 강해진 너 자신을 보게 될 것이다."

*　　　*　　　*

호흡은 규칙적으로 이어졌다. 더 이상 죽음의 위험은 없는 것 같았다.

하지만 여전히 무한은 정신을 차리지 못하고 있었다. 마치 깊은 잠에 든 사람 같았다.

그런 무한을 용노 등 네 사람이 빙 둘러앉아 걱정스럽게 바라보고 있었다.

"깨어나시긴 할까요?"

이맥이 무한을 바라보고 있다가 무심코 중얼거렸다.

그러자 이공이 눈도 돌리지 않고 손을 들어 이맥의 머리를 후려쳤다.

딱!

"아얏!"

이맥이 비명을 질렀다.

"감히 술사께 그런 불경한 소리를 지껄이다니. 다시 그런 소리를 했다가는 혀를 뽑아버리겠다."

단순히 겁을 주기 위해 한 말 같지가 않았다. 이공은 정말 이맥의 혀를 뽑아버릴 사람처럼 보였다.

그래서 평소라면 크게 반발했을 이맥도 주눅이 든 채 중얼거렸다.

"그냥… 그렇다는 거지요. 제가 뭐 술사님이 깨어나지 않기를 바라겠습니까?"

"말이 씨가 된다. 조심하거라. 그리고 나가서 물을 가져와."

용노가 위로하듯 부드럽게 말했다.

"알겠습니다."

"들어오는 법은 알고 있지?"

용노가 물었다.

"물론이죠."

"소의도 함께 가거라. 아예 입구에서 문을 닫지 말고 기다리는 것도 좋고."

용노가 다시 말했다.

"그렇게 하겠습니다."

소의가 대답을 하며 자리에서 일어났다.

그러고는 이맥과 함께 재빨리 석실을 떠났다.

"후우… 말은 그렇게 했지만, 솔직히 나도 걱정이네."

이맥과 소의가 떠나자 용노가 우울한 표정으로 말했다.

그러자 이공이 단호하게 대답했다.

"술사님은 반드시 깨어나실 겁니다. 그리고… 일단 육주로 가죠."

"육주로?"

"가장 좋은 것은 서역 신전으로 가서 대형을 뵙는 것이지만, 길이 너무 머니… 일단 독안룡에게로 가는 것이 좋을 것 같습니다. 그러면 어떻게든 방법을 찾을 겁니다."

"음… 그렇군. 그렇게 하세."

용노가 길을 찾았다는 듯 고개를 끄떡였다.

쿠쿠쿵!

쏴아아!

해안가는 다시 폭풍우에 시달리고 있었다. 무한 일행이 처음 사자의 섬에 도착할 당시보다 더 강한 폭풍이 해안가에 몰아치고 있었다.

비는 마치 바다를 엎어 놓은 듯 내렸다.

그 와중에도 용노와 이공은 번갈아가며 무한을 들쳐 업고 해안가로 향했다.

이맥과 소의가 자신들이 무한을 업고 가겠다고 했지만, 용노와 이공은 절대 무한을 두 사람에게 넘기지 않았다.

정신을 잃은 무한을 다른 사람에게 맡기는 것은 위험하다고 판단한 듯싶었다. 특히 이렇게 비바람이 몰아치는 폭풍 속에서는.

콰아아!

절벽 위에 서자 파도 소리가 성을 공격하는 수만 군사의 함성처럼 일어났다.

그들이 배를 숨겨놓았던 절벽 사이 작은 해안가까지도 거친 파도가 일렁이고 있었다.

웬만하면 잔잔한 호수 같은 평온을 유지할 지형이지만 오늘 몰아치는 폭풍에는 지형의 이로움도 효과가 없는 모양이었다.

"내려가세."

폭풍이 몰아치는 절벽을 타고 내려가는 일은 결코 쉬운 일이 아니다. 특히 무한을 업은 채로는. 그럼에도 용노는 망설이지 않았다.

그는 숲에서 구한 질긴 넝쿨로 무한을 자신의 몸에 단단히 옭아맨 상태였다.

"제가 먼저 내려가지요."

이공이 말을 하고는 용노의 대답도 듣지 않고 절벽을 내려가기 시작했다.

그러자 용노가 무한을 업은 채 이공의 뒤를 따르기 시작했다.

절벽을 내려오는 데는 꽤 오랜 시간이 걸렸다.

이공은 자신이 잡거나 밟은 곳의 강도를 일일이 확인했고, 용노는 그렇게 이공이 안전을 확인한 절벽의 틈새들을 이용해 절벽을 내려왔다.

자칫 중심을 잃거나, 비에 젖어 약해진 곳에 의지했다가는 무한을 업은 채 떨어질 수 있기 때문이었다.

그래서 올라갈 때보다도 오히려 더 많은 시간을 들여 해안가로 내려올 수밖에 없었다.

턱!

용노가 무한을 업은 채 드디어 해안가 좁은 모래사장에 발을 디뎠다.

그러자 그 뒤를 따라 이맥과 소의가 나는 듯이 해안가에 내려섰다.

"너희들은 배를 살펴라!"

이공이 이맥과 소의에게 말했다.

"예, 스승님!"

다른 때와 달리 웃음기 하나 없는 표정으로 대답을 한 이맥과 소의가 북쪽 절벽에 바짝 붙여놓은 배를 향해 검을 빼 들고 달려갔다.

혹시라도 누군가 배를 발견하고 그 안에 숨어 있을 수도 있기 때문이었다.

"가지죠, 형님!"

이공이 두 제자를 앞서 보낸 후 용노에게 말했다.

"그러세. 배가 무사할지 모르겠군."

"괜찮을 겁니다. 처음부터 튼튼한 놈을 구했으니까요."

"그렇기는 하지. 가세."

용노가 무한을 고쳐 업고 걸음을 옮기기 시작했다.

"이상 없습니다."

용노와 이공이 배 아래에 도착하자 이미 배 위에 올라 안전을 확인한 이맥이 소리쳤다.

"그럼 닻을 올리고 출발시켜라."

용노가 사다리를 타고 배에 오르면서 즉시 출발을 명했다.

"옛, 사백님!"

이맥이 얼른 대답을 하고는 바다에 드리웠던 닻을 올리기 시작했다.

닻이 올라오자 배가 바다로 밀려 나가기 시작했다.

"자네가 배의 키를 맡게. 들어올 때는 술사님 덕에 쉽게 들어왔지만 나가는 것은 그리 쉽지 않을 걸세. 조심하게."

용노가 이공에게 말했다.

그러자 이공이 고개를 끄떡이고는 소의가 잡고 있는 키를 넘겨받았다.

이공이 배를 몰기 시작하자 배는 한순간에 해안가를 벗어나

위태로운 절벽 사이 출구로 사라졌다.

*　　　　*　　　　*

"괜찮겠습니까?"

절벽 위에서 아불이 걱정스러운 표정으로 절벽 사이로 사라지는 무한 일행의 배를 보며 중얼거렸다.

"괜찮겠지."

신마성주 철사자 무곤이 담담하게 말했다. 보기 드문 폭풍이 몰아치고 있음에도 그는 무한이 탄 배를 걱정하지 않는 듯 보였다.

"너무 위험한 바다입니다."

"다시 말하지만 그 아이의 운은 우리가 생각하는 것보다 강하네."

신마성주가 다시 대답했다.

"가끔… 그런 생각을 했습니다. 한에 대한 성주님의 태도는 너무 매정하다는……."

"부인하지 않겠네. 하지만 저 아이에 대한 정이 없어서가 아니네. 세상 누구보다 저 아이를 걱정하지. 그럼에도 결국 저 아이의 삶은 스스로 책임져야 한다는 생각이네. 그런 운명을 타고난 아이야. 물론… 이제부터는 저 아이를 위해 약간의 일을 해볼 생각이지만."

철사자 무곤이 대답했다.

"신마후들은 삼 일 후면 모두 모일 겁니다."

"알겠네. 신마후들을 만나고 우린 마정으로 돌아가세."

"알겠습니다."

아불이 고개를 숙여 대답했다.

신마성주 철사자 무곤은 폭풍 속에서 비를 맞으며 이미 사라진 무한의 배의 흔적을 찾아 절벽의 입구를 한동안 주시하고 있었다.

*   *   *

쿠웅쿠웅!

연이어 때려대는 파도에 배가 낙엽처럼 흔들렸다. 그럼에도 불구하고 배는 벌써 이틀째 쉬지 않고 대양을 향해 나아가고 있었다.

"젠장, 이 폭풍은 언제쯤 끝나는 거야!"

이틀 동안 이어지는 비바람에 질린 이맥이 창밖을 보며 소리쳤다.

돛을 모두 걷었기에 이맥과 소의가 갑판으로 나갈 일은 없었다.

설혹 거친 비바람에 갑판 위의 기구들이 날아간다 해도 그걸 잡기 위해 나가기에는 너무 위험한 날씨였다.

"걱정 마라. 끝나간다."

용노가 말했다.

"그걸 어찌 아세요?"

이맥이 되묻자 용노가 손을 들어 하늘을 가리켰다. 여전히 먹

구름이 가득한 하늘이다.

"전 잘 모르겠습니다만……."

"구름의 색이 조금씩 변하고 있다. 날씨가 변한다는 뜻이지. 오늘 안에 끝날 거다."

"그럼 다행이지만……."

이맥이 믿을 수 없다는 듯 중얼거렸다.

용노가 그런 이맥에게서 시선을 거둬 무한을 돌보고 있는 소의를 바라봤다.

"술사님은 좀 어떠시냐?"

"여전하세요. 숨은 고르신데 정신은……."

"후우, 대체 무슨 일인지. 벌써 여러 날째인데 정신을 차리지 못하시니."

"내상을 입으신 걸까요?"

소의가 되물었다.

"모르겠구나. 맥은 정상이었다. 물론 무척 약해지기는 했지만……."

용노가 고개를 저으며 말했다.

무한의 상태는 숨을 제대로 쉬는 것만 빼면 가사 상태에 빠진 것 같았다. 이런 상태가 오래 지속되는 것은 결코 좋은 일이 아니었다.

"내공을 이용해 충격을 주면 어떨까요?"

이맥이 물었다.

"그 역시 한 방법이기는 하나… 술사님의 정확한 상태를 모르고는 함부로 시도할 수 없다. 숨이 멎거나, 호흡이 거칠면 시도

할 수도 있지만. 지금처럼 호흡이 안정된 상태에서 그런 모험을
할 수는 없다."

용노가 단호하게 말했다.

그는 무한을 치료함에 있어서 조금의 위험도 감수할 생각이
없었다. 이 상태가 지속된다고 해도 호흡만 고르면 왕의 섬까지
깨우지 않고 갈 수도 있었다.

그게 무한을 위한 최선의 길이라 생각하는 용노였다.

"그런데 그자 말입니다."

문득 이맥이 화제를 돌렸다.

"누구?"

"신마성주요. 왜 그냥 갔을까요?"

"…그야 알 수 없지."

용노가 고개를 저었다.

정말로 알 수 없는 일이었다. 신마성주가 다 이긴 싸움에서
빈손으로 물러난 이유를 전혀 짐작할 수 없었다.

더군다나 그렇게 물러간 후에는 다시는 그들을 찾지도 않았
다. 분명 무한에게 원하는 것이 있었음에도, 다시 돌아오지 않은
신마성주였다.

"그 역시 빛의 술사의 후예이기 때문이 아닐까요?"

소의가 무한에게서 눈을 떼지 않으며 말했다.

"그런… 감정이 남아 있을까? 그는 그야말로 마인인데?"

이맥이 되물었다.

"마인이라도 자신의 뿌리에 대한 존중은 있지 않을까?"

"글쎄, 난 그렇게는 생각이 되지 않아."

이맥이 고개를 저었다.

"그럼?"

"어쩌면 그 역시 술사님과의 싸움에서 큰 부상을 입은 것이 아닐까?"

"멀쩡해 보이던데?"

"겉으로만 그렇게 보였던 것일 수도 있지."

이맥이 말했다.

"그런가? 그런데 그가 떠나기 전에 술사님께 무슨 말인가를 하는 것 같던데……."

소의가 무한의 이마를 젖은 수건으로 닦으며 말했다.

"그러게. 하여간 빨리 술사님이 깨어나셔야 하는데. 궁금한 게 너무 많아."

이맥이 자리에서 일어나 무한 곁으로 다가가 앉으며 말했다.

후우우웅!

바람 부는 소리가 선실 창을 통해 들려왔다. 강한 바람이다.

하지만 용노의 말처럼 어느새 비는 멎어 있었다. 바람도 여전히 강풍이지만 낮에 비하면 한결 약해져 있었다.

어느새 구름 사이로 달빛도 보였다.

폭풍으로 인해 사자의 섬을 떠난 후 이틀 동안 한숨도 제대로 자지 못한 일행은 누가 먼저랄 것도 없이 잠에 빠져들었다.

키를 잡고 있던 이공 역시 마찬가지였다.

그는 동쪽 방향으로 키를 고정시켜 놓고 선실로 내려와 잠을 청했다.

덕분에 선실은 고요했다.

용노와 이맥의 코고는 소리조차도 지난 이틀간의 폭풍에 비하면 조용한 숨소리로 들렸다.

그리고 그 고요 속에서 무한이 눈을 떴다.

—죽은 네 아비가 널 살렸다, 한!

눈을 뜨자마자 무한의 머릿속에 떠오른 말이다.

"커어억!"

무한이 마치 신마성주가 여전히 눈앞에 있는 것처럼 손을 들어 상대를 막으려는 자세를 취하며 오랫동안 잠겨 있었던 기도를 열었다.

그의 입에서 터져 나온 비명 같은 외침에 깊은 잠에 들었던 일행이 모두 깨어났다.

"술사님!"

누가 먼저랄 것도 없이 네 사람이 신음 소리를 내는 무한에게 달려왔다.

끄으윽!

무한이 계속해서 신음을 토했다.

어느새 그의 얼굴이 붉게 달아올라 있었다. 마치 몸속의 모든 피가 얼굴로 몰려 있는 것 같았다.

"술사님! 왜 그러십니까?"

이공이 신음을 토하며 몸부림치는 무한을 강하게 끌어안으며 소리쳤다.

그러자 무한이 벌겋게 달아오른 눈으로 이공을 바라봤다.

"술사님 접니다. 이공입니다!"

이공이 부들거리는 무한을 다시 힘주어 안으며 소리쳤다.

그제야 이공을 알아본 무한이 곧 숨이 넘어갈 사람처럼 신음 섞인 말을 뱉었다.

"단약… 옷 안 목함…에……."

독안룡 탑살은 무한이 빛의 술사의 힘을 얻고 돌아왔을 때, 여러 기운이 한 몸에 섞여 있는 무한을 걱정했었다.

물론 당시만 해도 철사자 가문의 무극종과 천년밀교의 정순한 신공인 천밀경은 해왕의 무공과 어떤 충돌도 일으키지 않았다.

오히려 세 무종이 서로 조화를 이루며 무한의 공력을 급격하게 증진시켰다.

그럼에도 독안룡 탑살은 어떤 충격에 의해 무한이 위험한 상태에 빠질 수 있다는 생각을 했었다.

그래서 무한에게 파정단이라는 극단의 환약을 주었었다.

그런데 실제로 그런 일이 일어났다.

무한의 몸속에서 세 개의 힘이 한순간에 뒤엉키기 시작한 것이다.

정순한 무공들이던 세 신공은 마치 악마의 마음을 숨기고 있었던 듯 날뛰기 시작했고, 강력한 힘을 지닌 신공들이 날뛰자 무한의 몸은 그 힘을 감당하지 못하고 혈맥들이 터져 나가기 일보 직전이었다.

가사 상태에서 깨어난 무한이 마주한 최초의 현실은 바로 그런 충격적인 기운들의 충돌이었다.

이유는 알 수 없었다.

신마성주의 공격에 맞서다 그 기운들이 뒤엉켜 버린 것일 수도 있으나, 그렇다면 가사 상태였을 때도 이런 부작용이 나타났어야 했다.

그런데 가사 상태일 때의 무한은 정신은 없어도 혈맥과 몸은 평온했었다.

그런 그가 정신을 차리자마자 이런 지경에 빠졌다는 것은 결국 심리적인 문제일 가능성이 더 컸다.

그가 깨어나기 바로 직전, 아니, 어쩌면 깨어난 바로 직후에 떠올린 신마성주의 말, '죽은 네 아비가 널 살렸다, 한!'이라는 말을 떠올리는 순간, 무한의 몸속에서 세 개의 진기들이 활화산처럼 터져 올랐기 때문이었다.

하지만 무한으로서는 그 이유를 생각할 겨를이 없었다. 지금 중요한 것은 자신의 몸이 풍선처럼 터져 나가는 것을 막는 것이었다.

그 유일한 방법이 독안룡 탑살이 준 독 아닌 독, 약 아닌 약인 파정단이었다.

"이것입니까?"

급하게 무한의 품속을 뒤진 이공이 파정단이 든 목함에서 작은 환약을 꺼내 들며 물었다.

"입에……!"

무한이 터질 듯한 붉은 얼굴로 겨우 말했다.

그러자 이공이 생각할 겨를도 없이 환약을 짓이겨 무한의 입에 밀어 넣었다.

"물!"

용노가 급히 소리쳤다.

그러자 소의가 얼른 물주머니를 가져왔다.

용노가 소의에게서 물주머니를 받아 들이붓듯 무한의 입에 기울였다.

물주머니에서 흘러나온 물이 무한의 입은 물론 얼굴 전체를 적셨다.

무한은 그 와중에 입으로 들어온 물을 환약과 섞어 목으로 삼켰다.

"끄으윽!"

환약을 삼키고도 반각 정도는 무한의 고통이 지속됐다. 그의 얼굴은 여전히 붉었으며 그의 입에서는 끊임없이 신음 소리가 흘러나왔다.

그러나 변화도 있기는 했다.

그는 부축하고 있던 이공을 밀어내고, 스스로 가부좌를 틀고 앉아 약의 기운을 온몸으로 받아들이고 있었던 것이다.

그러다가 한순간 갑자기 무한이 앉은 상태로 그대로 정신을 잃고 쓰러졌다.

"앗!"

"술사님!"

이공과 용노가 화들짝 놀라 무한에게 달려들었다.

이공이 쓰러진 무한을 안아 들었을 때 무한은 다시 정신을 잃은 상태였다.

"맥을!"

이공이 급히 말하자 용노가 재빨리 무한의 손목을 잡았다. 그러고는 한순간에 얼굴이 파랗게 질렸다.

"이게 대체?"

용노가 이해할 수 없다는 듯 소리쳤다.

"어떻습니까?"

이공이 물었다.

"맥이 거의 느껴지지 않네."

"예?"

용노의 말에 이공이 당황한 표정으로 되물었다. 맥이 느껴지지 않는다는 것은 무한이 죽어가고 있다는 뜻이기 때문이었다.

"그럼 돌아가신다는 뜻입니까?"

뒤에서 이맥이 파랗게 질린 얼굴로 소리쳐 물었다.

"아니, 그건 아니다. 다만… 맥이 너무 약해. 그렇다고 끊어지거나 불규칙한 것은 아니다. 다만 너무 약해. 마치… 아무런 내공도 없는 사람처럼."

"…대체 무슨 일이 일어난 걸까요?"

이공이 두려운 표정으로 물었다.

"모르겠네. 아무래도 방금 전에 복용하신 환약의 영향인 것 같은데… 다행인 것은 어쨌든 터질 것 같던 혈맥들은 진정되었다는 것인데. 젠장! 다시 정신을 잃으셨으니……."

하나의 문제가 해결되자 다시 하나의 문제가 생겼다. 더 큰 문제는 무한에게 일어나는 일들을 용노나 이공이 어찌할 수 없다는 것이었다.

"일단 편한 곳에 눕히시죠."

소의가 침착하게 말했다.

"음, 그러자꾸나."

이공이 고개를 끄떡이고 어느새 소의가 준비한 선실 한쪽 침상 위에 무한을 눕혔다.

무한은 그렇게 자신이 눕혀지는 동안에도 의식을 회복하지 못했다.

"후우… 다시 기다려야 하는 건가?"

무한을 눕힌 이공이 중얼거렸다.

"어쩔 수 없는 일 아닌가. 술사께서 스스로 회복하시기를 기다릴 수밖에. 술사께서 그 환약을 원하신 것은 반드시 이유가 있을 걸세. 조급하게 생각하지 말고 기다려 보세."

어느새 침착함을 회복한 용노가 위로하듯 말했다.

"그래야지요. 어쩌겠습니까. 달리 할 일이 없는데."

이공이 맥이 빠진 모습으로 대답했다.

*　　　　*　　　　*

철썩철썩!

창을 통해 밀려드는 것은 푸른 달빛만이 아니었다. 드디어 폭풍의 세력에서 완전히 벗어난 바다의 부드러운 파도 소리도 함께 들어왔다.

그 소리에 문득 무한이 눈을 떴다.

'밤인가? 어떻게 된 거지?'

무한이 창을 통해 들어오는 달빛을 보며 생각했다.

분명 끓어오르는 진기를 억누르기 위해 독안룡 탑살이 준 파정단을 입에 넣고 삼킨 것까지는 기억이 났다. 그러나 그 이후의 일은 그의 기억에서 없었다.

다행인 것은 그의 몸속에서 활화산처럼 분출되던 세 갈래 진기들이 가라앉았다는 것, 몸이 터져 죽을 것 같던 고통에서는 해방되었다는 것이었다.

그것만으로도 편안함을 느끼는 무한이었다.

그러나 다음 순간 무한은 다른 불편함을 느꼈다.

'뭐지?'

무한은 이해할 수 없었다. 몸을 일으키려는 순간 자신의 몸이 수천 근이 넘는 것처럼 무겁게 느껴졌기 때문이었다.

며칠 동안 누워 있었기 때문에 느껴지는 몸의 무거움이 아니었다. 정말 그의 몸은 쇳덩어리를 몸에 매달고 있는 것처럼 무거웠다.

"음!"

무한이 억지로 힘을 쓰며 손으로 침상을 짚고 몸을 일으켰다.

그러자 힘겹기는 해도 몸을 일으켜 앉을 수는 있었다.

"후우……."

그 단순한 한 번의 동작에도 힘겨운 한숨이 새어 나왔다.

무한이 주변을 돌아봤다.

이공과 용노, 이맥과 소의가 선실 여기저기 흩어져 잠을 자고 있었다.

"모두 지쳤겠지."

그동안의 그들의 마음고생을 짐작할 수 있기에 괜히 미안해지는 무한이었다.

철썩철썩!

잠시 선실을 둘러보던 무한의 귀에 파도 소리가 들려왔다.

그러자 문득 무한은 밤바다를 보고 싶었다.

무한이 다리를 침상 아래로 내리고 손으로 침상을 짚으며 몸을 세웠다.

그런데 그 순간 갑자기 무한이 푹 주저앉았다.

쿵!

"뭐야?"

무한이 바닥에 주저앉는 소리에 잠들어 있던 이공 등이 놀라서 깨어났다.

소리를 지른 사람은 용노였다.

잠에서 깬 사람들이 가장 먼저 한 일을 침상 위의 무한을 살피는 것이었다.

"술사님!"

침상에서 떨어져 선실 바닥에 주저앉은 무한을 발견한 이공이 나는 듯이 달려와 무한을 부축했다.

"후우!"

이공의 부축을 받아 다시 침상에 걸터앉으며 무한이 길게 숨을 내쉬었다.

"어찌 되신 겁니까? 몸은 좀 어떠십니까?"

겨우 침상에 걸터앉은 무한에게 용노가 급히 물었다.

그러자 무한이 조금 우울한 표정으로 말했다.

"죽지는 않을 것 같군요."

"그게 무슨 서운한 말씀이십니까? 죽다니요."

이공이 곁에서 질책하듯 말했다.

"후후, 사실 죽을 뻔했지요. 몸속에서 세 개의 강렬한 기운들이 충돌했으니까요. 그대로 두었다면 분명 혈맥이 터져 죽었을 겁니다."

"그럼 약이 효과가 있었던 거군요?"

이공이 물었다. 위험한 순간 무한을 구한 것이 그가 복용한 환약이라고 생각한 것이다.

"맞습니다. 그 약이 절 구했어요. 하지만……."

"무슨 문제가 있습니까?"

이공이 걱정스러운 표정으로 물었다.

"힘이 없군요."

무한이 담담하게 대답했다.

"그야 오랫동안 병상에 있으셨으니 당연한 일입니다. 잘 드시고 쉬시면 금세 체력을 회복하실 겁니다."

이공이 위로하듯 말했다.

"그런 것이 아니라… 내공이 모두 사라진 것 같아요."

무한이 씁쓸하게 말했다.

"…그게 무슨……?"

이공이 당황한 표정으로 되물었다.

무한이 이공의 질문에 대답을 하는 대신 깊게 호흡을 한 후 미소를 지으며 물었다.

"제게 내공이 없어도, 무공을 모두 잃었어도 여러분은 제 곁에 계실 겁니까?"

무한이 묻자 용노가 화를 내며 소리쳤다.

"그게 무슨 말도 안 되는 말씀이십니까? 그런 소리 마십시오. 그리될 일도 없겠지만. 설사 그리된다 해도 우리가 술사님 곁을 떠나는 일은 없을 겁니다. 그런 질문은 우릴 모욕하시는 겁니다!"

용노는 정말 화가 난 것 같았다.

그러자 무한이 미소를 지으며 대답했다.

"그렇군요. 제가 잘못했습니다. 하지만 정말 지금 제 몸에는 내공이 한 올도 남아 있지 않습니다. 제가 먹은 환약… 사부님이 주신 거지요. 제가 세 가지 무종의 신공을 한 몸에 지니고 있다는 걸 아시고 말이지요. 파정단이라고 하는 것인데. 만약 세 신공의 기운이 충돌해 죽을 위험에 빠지게 되면 쓰는 독 아닌 독, 약 아닌 약이라고 하셨지요. 온몸의 진기를 모두 없애 내공의 충돌을 사라지게 하는……."

"아!"

무한의 말을 들은 네 사람이 동시에 탄식을 흘렸다. 무한에게 어떤 일이 일어났는지 그제야 모두 깨달은 것이었다.

그런 네 사람에게 무한이 물었다.

"우린… 어디로 가고 있는 겁니까?"

"왕의 섬으로 가고 있습니다. 독안룡께 도움을 청하기 위해서……."

이공이 대답했다.

그러자 무한이 고개를 저으며 말했다.

"배를 돌려주세요. 서역 신전으로 돌아가요."

제10장

서풍(西風)

　배가 사자의 섬 인근에서 방향을 틀어 파나류로 가는 것은 어려운 일이 아니었다. 사자의 섬과 파나류 동부 해안의 거리가 그리 멀지도 않았다.

　하지만 북쪽으로 기수를 틀어 사자의 섬 북단, 무산해협 동쪽 입구로 들어가 파나류 북부로 이동하는 것은 해류의 흐름상 쉽지 않은 여행이었다.

　오히려 파나류 중동부로 이동해 금하강을 타고 상류로 이동한 후 육로를 통해 열화산으로 향하는 것이 더 빠를 수도 있었다.

　그러나 일행은 빠른 길 대신 방해가 없는 해로를 택했다.

　지금 파나류 북동부가 야심가들의 세력 다툼의 장으로 변해 있다는 것을 알기 때문이었다.

　그런 혼란한 땅을 육로로 이동하는 것보다는 조금 돌아가도 해로를 택해 이동하는 것이 안전하다는 것이 이공과 용노의 판단이었다.

특히 몸이 쇠약해진 무한을 데리고 가는 여행길이었다. 빠른 것보다는 안전한 길을 택하는 것이 우선이었다.

그래서 무한 일행이 파나류 북중부에 도착한 것은 배의 기수를 돌린 지 거의 한 달여 만이었다.

다행인 것은 무산해협에 들어선 순간부터는 바람과 해류가 모두 편하게 불어서 이릉섬 남쪽을 관통할 때까지 최대한 돛을 펼치고 속도를 낼 수 있었던 것이었다.

그렇게 한 달여를 항해한 후 일행은 청류산에서 가장 가까운 육지에 상륙했다.

그곳에서부터는 어쩔 수 없이 육로를 이용해 이동할 수밖에 없었다.

가까운 마을에서 두 필의 말이 끄는 마차 한 대와 다섯 마리의 말을 준비해 이동을 시작한 일행은 단숨에 청류산에 도착했다.

용노와 이공은 청류산 소요 산장에서 무한을 위해 사오일 쉬어갈 생각을 했지만, 무한은 계속해서 서쪽으로 여행할 것을 고집했다.

마치 서역 신전에 빨리 도착하지 않으면 그 자신이 죽을 것처럼.

그리고 그쯤부터는 어느새 일행을 따라온 풍룡이 길을 안내하기 시작했다.

청류산 서쪽은 파나류에서도 사람들이 살 수 없는 불모지 중의 불모지여서 딱히 위협적인 세력이 있을 리 없었지만, 그래도 풍룡이 하늘에서 주변을 감시해 주는 덕에 한결 안정적인 이동을 할 수 있었다.

일행은 단번에 청류산에서 열화산까지 질주했다. 그리고 그곳부터는 용노의 세상이었다.

용노는 일단 일행을 대협곡 황벽 내 풍룡의 동굴까지 데려간 후, 풍룡의 동굴에서부터 열화산 서쪽 기슭까지 뚫려 있는 지하동굴을 이용해 열화산을 관통했다.

그렇게 낮에는 강렬한 열기로, 밤에는 혹한의 추위로 유명한, 한열지에 도착했을 때, 또 다른 빛의 문지기 사곤이 낙타와 말을 몰고 나와 일행을 맞이했다.

"대형!"

사막에 외로이 서 있는 사곤은 멀리서도 알아볼 수 있을 만큼 특별한 존재였다. 용노가 일백여 장 밖에서 그를 알아본 것이 그래서 특별한 일은 아니었다.

용노가 다른 일행을 놓아두고 사막을 달려 사곤에게로 달려갔다.

순식간에 사곤의 앞으로 달려간 용노는 잠깐 사곤과 이야기를 나눈 후 급히 낙타와 말을 몰고 무한 일행이 있는 곳으로 돌아왔다.

물론 그때는 사곤도 함께였다.

"술사님!"

사곤이 침착한 표정에 미소까지 지으면서 무한에게 인사를 건넸다.

그로서는 최대한 무한의 마음을 편하게 해주려는 기색이 역력했다.

무한의 모습에 자신이 실망한 모습을 보이거나, 지나치게 걱정하는 기색을 드러내면 무한 또한 우울해질 것이기 때문이었다.

"못난 꼴을 보이네요."

무산도 파리한 얼굴에 미소를 지으며 말했다.

"무슨 말씀을. 서신을 통해 이미 무슨 일이 벌어졌는지 알고 있습니다. 너무 걱정 마십시오. 파정단이라는 약은 공력을 잠시 흩뜨리는 약이니 시간이 지나면 자연스럽게 공력들이 회복될 것입니다."

사곤이 위로했다.

"파정단의 기운이 이미 오래전에 사라졌습니다."

무한이 미소를 지으며 대답했다.

"그럼……?"

"아시겠지만 파정단은 온몸의 진기들을 흩어버리는 거지요. 사기가 침범했을 때나, 몸속의 내공이 통제를 벗어났을 때 쓰는 극약이라고 할 수 있습니다. 물론 대부분의 경우 시간이 지나면 다시 내공이 모이고 정기를 되찾을 수 있기는 하지만 드물게는 영원히 그 힘들을 다시 모을 수 없게 되기도 합니다."

"술사님!"

"그럼 정말 회복이 불가능하다는 말씀이십니까?"

사곤은 물론, 용노도 화들짝 놀라 되물었다.

용노와 일행은 무한이 서역 신전에만 오면 본래의 힘을 되찾을 수 있을 거라 확신하고 있었다. 그래서 무한이 독안룡이 아닌 서역 신전으로 오자고 한 것이라 생각했던 것이다.

그런데 무한의 말은 서역 신전에 돌아가도 빛의 술사의 힘을 회복하지 못할 수도 있다는 것이었다.

그럼 무한이 서역 신전으로 돌아온 이유가 달라진다.

어쩌면 무한은 힘을 잃은 빛의 술사로서 서역 신전에 은거해 남은 삶을 살아가기 위해 돌아온 것일 수도 있었다.

안전하기로 따지만 서역 신전만큼 안전한 곳도 없으므로.

"세상 모든 일에 절대라는 것은 존재하지 않지요. 제 경우도 그렇습니다. 사실 제가 이렇게 된 것은 파정단 때문만은 아니에요. 파정단을 복용하기 전에 이미 혈맥이 많이 상해 있었지요. 파정단이 아니었으면……."

무한이 말하지 않아도 그다음 말이 무엇인지는 모두 알고 있었다. 파정단이 아니었다면 그는 아마도 지금 죽어 있을 거란 뜻이었다.

"그의 공격이 그렇게 치명적이었습니까?"

장내에서 무한과 신마성주의 싸움을 보지 못한 유일한 사람이 사곤이었다. 그로서는 그 싸움에 관심이 가지 않을 수 없었다.

"그의 탓도 아닙니다. 그는 오히려 마지막 순간 공격을 멈췄지요. 다만……."

"……?"

사곤이 무언으로 무한의 다음 말을 물었다.

"다만 그가 한 말이 그 순간 제게 심리적인 충격을 주었습니다. 그 충격이 이 모든 일의 원인이지요. 물리적인 공격이 아니라 심리적인 요인으로 세 기운이 충돌했고, 그 충돌을 제어하지 못한 겁니다."

"대체 그가 무슨 말을 했습니까?"

용노가 급히 물었다.

지금 무한이 하는 이야기들은 한 달이 넘게 여행하면서도 하지 않았던 이야기이기 때문이었다.

"제 친부를 알고 있었나 봅니다. 그가 절 알아봤어요."

"엇!"

"정말입니까?"

이공과 용노가 무한의 곁에 바싹 다가서며 물었다.

놀라운 일이었다.

지금까지 무한이 스스로 밝히지 않는 이상, 그가 철사자 무곤의 아들이라는 것을 눈치챈 사람은 아무도 없었다.

그런데 신마성주가 그 사실을 알아챈 것이다. 그건 그가 무한이나 혹은 그의 친부 철사자 무곤과 밀접한 연관이 있는 사람이란 뜻이다.

"철사자의 아들이어서 살려둔다고 하더군요."

"아……."

"대체 어떻게 그가……."

용노와 이공이 생각지도 못한 사실에 놀라 제대로 말을 잇지 못했다.

그러자 사곤이 침착하게 말했다.

"그 말이, 그의 말이 술사님께 충격을 준 것입니까?"

"…그렇다고 봐야지요."

"놀라운 일이기는 하나 기혈이 뒤엉키고 혈맥이 파열될 만큼 충격적인 말은 아닌 것 같은데……."

사곤이 무한과 있었던 시간은 생각보다 짧았다.

무한이 묵룡대선 소룡들의 마지막 수련 여행을 핑계로 빛의 신전을 찾아왔을 때 얼마간 함께한 것이 전부였다.

그러나 그럼에도 불구하고 사곤은 무한에 대해 충분히 알고 있다고 생각하고 있었다.

그런 그에게 무한은 겨우 그 정도 말에 기혈이 뒤틀릴 만큼 충격을 받을 사람이 아니었다.

"그렇죠. 그가 아버지와 어떤 인연이 있었다고 해서 그게 경악할 만한 일은 아니죠. 더군다나 아버지가 그의 스승일 수도 있는 흑라를 죽였으니 아버지를 알고 있을 수도 있지요. 하지만 내가 철사자의 아들이라는 것을 안다는 것은……."

무한이 이해하기 힘들다는 듯 말했다.

"그렇다 해도 마찬가지입니다. 그게 술사님의 몸을 망칠 만큼의 충격은 아닐 텐데요."

사곤이 집요하게 물었다. 단지 궁금해서가 아니었다. 무한의 이렇게 된 이유를 정확하게 알아야 그 치료 역시 가능하다고 생각하기 때문이었다.

"그러게요. 저도 이해할 수 없어요. 하지만 어쨌든 그의 목소리가 떠오르는 순간 기혈이 뒤엉키고 세 개의 진기가 날뛰기 시작한 것은 맞아요."

"참 이상한 일이군요."

사곤이 고개를 갸웃하며 난감한 표정을 지었다.

그러자 이공이 차분하게 말했다.

"어쩌면 그건 단지 우연의 일치일지도 모릅니다. 애초에 술사님의 몸이 이미 상했었는데, 가사 상태여서 드러나지 않다가 깨어나는 순간 문제가 시작되었을 수도 있지요. 마침 그 순간 술사님께서 그의 말을 떠올린 것이고……."

이공의 말에 무한이 고개를 끄떡였다.

"그럴 수도 있겠지요. 마지막 격돌에서 전 제가 가진 모든 힘을 썼으니까요."

"이유를 알아야 치유가 가능할 겁니다."

사곤이 신중하게 말했다.

그러자 무한이 미소를 지으며 대답했다.

"그래서 서역 신전으로 돌아온 겁니다. 빛의 정원에 다시 들어가 보려고요. 그 안에서라면… 제 안에서 일어난 모든 변화들을 읽어낼 수 있을 것 같다는 생각이 문득 들더군요. 그 느낌 하나만 믿고 돌아온 겁니다. 아니, 확신이 있어요. 빛의 정원에서라면 몸이 회복될 거라는……."

"알겠습니다. 술사님이 그리 생각하신다면. 모시겠습니다."

"부탁드릴게요."

사곤의 말에 무한이 고개를 끄덕였다.

낙타 위에 의자를 놓고 그 위에 차양을 쳤다. 무한은 낙타 위 의자에 앉아 사막을 이동했다.

낙타의 고삐는 사곤와 용노, 그리고 이공이 번갈아가며 잡았다.

그들은 혹시라도 쇠약해진 무한에게 무리가 갈까 봐 속도를
내지 않고 조심스럽게 사막을 횡단했다.

그래서 일행은 서둘면 오 일이면 도착할 빛의 신전까지 열흘
의 시간이 걸려 여행했다.

*　　　　*　　　　*

쿠우우!

다섯 척의 거대한 상선이 육주의 바다를 헤쳐 나가고 있었다.

돛대 가장 위에 황금빛 깃발을 휘날리고 있는 상선들은 똑같
은 모습으로 줄을 지어 대양을 건너고 있었다.

세상일에 조금이라도 관심이 있는 사람들이라면, 그 배들이
어느 곳의 배인지 금세 알아차릴 것이다.

상선 돛대에 꽂힌 깃발은 세상에서 가장 부유하고, 가장 넓은
상권을 지닌 한 상가를 나타내기 때문이었다.

사해상가!

최근 들어 육주에서 무섭게 세력을 키우고 있는 천록회가 강
력한 경쟁자로 등장했다고는 해도 여전히 사해상가는 육주 제일
의 상가였다.

배들은 바로 그 사해상가의 상선들이었다.

다섯 척의 상선 가장 앞쪽에는 사해상가의 대행수 사 인 중
한 명이자 가장 노련한 인물로 알려진 풍주가 타고 있었다.

그리고 그의 옆에는 과거 파나류 중동부 금하강 유역에 산재
했던 사해상가의 철광산들을 오가던 상선의 책임자이자 노련한

선장 야부가 대행수 풍주를 보좌하고 있었다.

야부는 신마성의 공격 때 자신의 상선을 잃은 죄인으로서 사해상가의 뇌옥에 갇혀 있었지만, 이번에 사해상가의 대공자 노만이 거금을 주고 다시 사들인 금하강의 철광산으로부터 안정적으로 철을 실어 나르는 데 필요한 사람이란 평가를 받아 뇌옥에서 풀려나 다시 한번 배를 몰 기회를 얻게 되었다.

"이제 걱정은 없을 것 같습니다."

야부가 묵묵히 바다를 보고 있는 풍주에게 조심스럽게 말했다.

파나류 금하강에서 다섯 척의 배에 철을 가득 싣고 항해를 시작한 지 오 일째다. 선단이 대양의 중심까지 나왔으므로 사해상가까지 가는 길에 더 이상 위험은 없을 거라 생각하는 야부였다.

"만화도에 도착할 때까지는 절대 방심할 수 없다."

풍주가 단호하게 말했다.

그는 이번 상행의 중요성을 누구보다 잘 알고 있었다.

바야흐로 야심가들의 시절, 지금 육주 각 성의 성주들은 누구나 질 좋은 철을 원하고 있었다.

이럴 때 질 좋은 철을 확보하는 것은 천록회와의 경쟁에서 우위에 설 수 있는 가장 좋은 방법이었다. 그만큼 이번 항해가 중요했다.

"알겠습니다. 철저히 방비를 하겠습니다."

야부가 괜한 말을 꺼냈다 싶은 표정으로 얼른 대답했다.

그런데 그때였다.

마치 대행수 풍주의 걱정을 들었다는 듯 망루에 올라 바다를 살피던 선원이 큰 소리로 외쳤다.

"북쪽 삼백여 장 거리에 배들이 보입니다!"

*　　　　*　　　　*

화르륵!

"악!"

"살려줘!"

검은 바다가 붉은 화염과 비명으로 가득 찼다.

사해상가의 대행수 풍주는 불타는 상선들을 넋을 잃고 바라보고 있었다.

다섯 척의 상선 중 두 척은 불이 붙은 채 침몰 중이었고, 다른 두 척은 적에게 포획당했으며, 그가 타고 있는 배는 세 척의 적선에 포위되어 있었다.

그야말로 눈 깜짝할 사이에 일어난 불행이었다. 어떻게 대항할 시간과 여유조차 없었다.

처음 북쪽에서 십여 척의 정체 모를 배를 발견했을 때는 상상조차 하지 못한 일이었다.

그 배들이 해적선으로 보이지도 않았고, 설혹 해적선이라 해도 육주의 바다에서 감히 대사해상가의 상선을 상대로 도적질을 할 해적은 전무하기 때문이었다.

물론 약간의 경계심이 없었던 것은 아니었다. 나타난 배들이 일반적인 상선들과 다른 모습을 하고 있었기 때문이었다.

속도를 내기 위한 것으로 보이는 날렵한 선체, 그러면서도 쾌속선이라고 부르기에는 긴 선체를 가진 배들이었다.

소속을 알 수 없다는 것 역시 경계할 일이기는 했다.

그러나 그럼에도 불구하고 그리 큰 걱정을 하지 않은 것은 역시 사해상가라는 이름 때문이었다.

그런데 그런 여유가 돌이킬 수 없는 파멸을 가져왔다.

북쪽에서 나타난 배들이 어떤 경고나 예고도 없이 전광석화처럼 사해상가의 상선들을 공격했기 때문이었다.

그리고 그 결과가 지금 대행수 풍주의 눈앞에 펼쳐진 광경이었다.

"대체⋯ 누구냐?"

풍주가 자신이 탄 배를 가로막은 검은 전선 위에 서 있는 무표정한 초로의 사내를 보며 물었다.

질문을 던지면서도 풍주는 등줄기에 소름이 돋는 듯한 느낌을 받았다. 단지 위협하기 위해서가 아닌, 태생적으로 표정이 없는 듯한 초로의 사내가 귀신처럼 느껴졌기 때문이었다.

"난 후탄이라 한다. 이름을 들어봤을 것 같은데⋯⋯."

초로의 사내, 무면귀 후탄이 말했다.

"후탄⋯⋯? 헛! 무면귀?"

"맞아. 내가 바로 십이귀선의 그 무면귀 후탄이다. 물론, 지금은 십이귀선이라는 해적단은 더 이상 존재하지 않지만."

무면귀 후탄이 예의 그 무표정한 얼굴로 말했다.

"십이귀선이 존재하지 않는다면 대체 왜 사해상가의 상선을 공격한 것이냐?"

십이귀선이 존재하지 않는다는 것은 후탄이 해적질을 그만두었다는 의미라고 생각한 풍주가 물었다.

"해적질은 그만두었지만, 새로운 일을 시작했거든."

"새로운 일? 그게 무엇인데 감히 대사해상가에게 도전을 한단 말이냐?"

"육주 정복!"

"…뭐?"

"귀가 처먹었느냐? 다시 말해주지. 내가 새로 시작한 일은 육주 정복이다."

"…미친 거냐?"

풍주가 말도 안 되는 소리를 지껄인다는 듯 경멸 어린 시선으로 무면귀 후탄을 보며 물었다.

"물론 그렇게 생각할 수도 있겠지. 하지만 내 뒤에 누가 있는지를 안다면 결코 그렇게 말하지 못할 것이다."

무면귀 후탄의 말에 그제야 풍주는 무면귀 후탄에게 배후가 있다는 것을 깨달았다.

생각해 보면 당연한 일이었다. 아무리 무면귀 후탄이 대양에서 가장 강한 해적단을 이끌었다 해도 그 혼자 육주 정복 같은 소리를 할 수는 없었다.

당장 그는 독안룡 탑살의 묵룡대선조차 감당하지 못했던 자다.

그런 자가 감히 육주 정복을 운운한다면 그에게 새로운 배후가 생겼다는 의미였다.

"누가 네 뒤에 있느냐?"

풍주가 물었다.

그러자 후탄이 되물었다.

"감당할 수 있겠느냐? 내 대답을 들으면 넌 죽거나 항복해야 하는데… 아! 아니군. 내 대답을 듣지 못한다 해도 그건 변함이 없는 일이군. 그럼 말해 줘도 되겠지. 난 십이신무종 중 사대무종의 부름을 받았다."

"뭣? 사대무종……? 사대휴무종이란 말이냐?"

풍주가 믿을 수 없다는 듯 되물었다.

"그들 말고 누가 감히 육주 정복을 운운하겠느냐?"

후탄이 부인하지 않고 대답했다.

"하지만……."

풍주가 고개를 저었다. 아무리 신무종이 최근 들어 부쩍 세상의 일에 관여했다고 해도 이런 식의 노골적인 정복전은 상상하기 힘든 일이었다.

"믿기 힘들겠지. 하지만 믿어라. 지금 네가 겪고 있는 일이 바로 그 증거니까. 세상은 언제나 변하지. 사람은 그 변화에 따라 움직이고… 그러니 신무종이 변했다고 누가 비난을 할 수 있겠느냐? 자, 쓸데없는 소리는 그만하고 항복해라. 목숨은 살려주겠다. 또한 너로 인해 사해상가와 사대무종의 간의 연대가 가능해지면 너의 신분도 한층 상승하지 않겠는가?"

후탄이 정복자의 태도로 풍주를 설득했다.

풍주가 후탄의 말에 반발하려는데 곁에서 야부가 풍주의 옷자락을 잡아당겼다.

"뭐냐?"

풍주가 야부를 보며 화를 내자 야부가 천천히 고개를 저었다.

그 순간 풍주도 자신의 처지를 깨달았다. 이대로 반발했다가
는 죽음 말고는 다른 길이 없었다.

그는 상인이었다. 이득을 위해선 뭐든 할 수 있는. 하물며 자
신의 목숨을 살리는 일에 자존심은 사치였다.

풍주가 깊게 한숨을 내쉬었다. 이미 마음속에서는 계산이 섰
지만, 바로 꼬리를 내리려니 창피한 마음이 들었기 때문이었다.

그러나 어차피 정해진 길이었다.

"내가 어찌하면 되겠소?"

풍주가 후탄에게 시선을 돌리며 물었다.

그러자 후탄이 역시나 무표정한 얼굴로 대답했다.

"신무종의 종주님들을 만나 보거라. 그리고 그분들의 뜻을 사
해상가주에게 전하면 될 것이다. 물론… 최선을 다해 사해상가
주를 설득해야겠지."

                    *   *   *

독안룡 탑살이 묵묵히 어둠에 잠겨가는 천록항을 바라보고
있었다.

왕의 섬에서 바라보는 천록항은 최근 들어 급격하게 변하고
있었다. 특히 밤에는 그 화려함이 사해상가가 이뤄낸 송강 하구
의 시전을 떠올리게 했다.

그런 세상의 변화가 독안룡 탑살에게는 무척 이질적으로 느

껴졌다.

"후… 지켜질 수 있을지……."

독안룡 탑살이 깊게 한숨을 내쉬며 중얼거렸다.

화려하게 변해가는 천록항이 한순간 잿더미로 변할 수도 있다는 것을 알고 있기 때문이었다.

그리고 그 실질적인 위험이 다가오고 있었다.

똑똑!

문득 문을 두드리는 소리가 들렸다.

"누구냐?"

"함로입니다."

문밖에서 묵룡대선의 총관 함로의 목소리가 들렸다.

"들어오시오."

독안룡 탑살이 천록항에서 시선을 돌려 문 쪽으로 걸어가며 말했다.

그러자 문이 열리면서 묵룡본선의 총관 함로와 왕의 섬을 책임지는 총관 좌월이 동시에 안으로 들어왔다.

"같이 오셨군. 마침 적적하던 차인데 잘되었소. 차나 한잔합시다."

"준비시키지요."

총관 함로가 대답하고 다시 문 쪽으로 가 독안룡 탑살의 거처를 지키는 무사에게 차를 준비시켰다.

그러고는 급히 돌아와 탑살의 맞은편에 자리를 잡고 앉았다.

"그런데 이렇게 늦은 시간에 두 사람이 어쩐 일로 같이……?"

독안룡 탑살이 두 사람을 부른 것은 아니었다. 그래서 늦은 방문에는 특별한 이유가 있을 수밖에 없었다.

"소식이 왔습니다. 기다리고 계실 것 같아서……."

"음, 어떻게 답신이 왔소?"

독안룡이 물었다.

"움직이겠답니다."

총관 함로가 무겁게 말했다.

"다행이구려. 은갑전사단이 온다면 정말 큰 힘이 될 것이오."

독안룡 탑살이 기쁜 표정으로 말했다.

"다만 시간은 조금 걸릴 것 같습니다. 아무래도 육주의 바다를 건너려면 큰 배가 필요하니까요."

"묵룡이선으로는 부족할 것 같소?"

"묵룡이선을요?"

"어차피 부를 수밖에 없는 상황이오. 그들을 막아내려면……."

탑살이 말했다.

"그렇다면 조금 더 빨라질 수 있겠습니다. 일백의 은갑전사들이 모두 올 수는 없을 것이고. 절반 정도만 온다면……."

함로가 고개를 끄떡였다.

"또, 묵룡이선과 함께라면 은갑전사단이 보유한 배로도 대양을 건널 수 있을 것입니다. 묵룡이선이 보호막이 될 테니 말입니다."

좌월이 말했다.

"그럼 묵룡이선에게 수호자들의 섬에 들러 오라 전서를 보냅시다."

탑살이 말했다.

"알겠습니다. 그리하겠습니다. 하지만 그래도 여전히 전력이 부족할 것입니다."

함로가 걱정스럽게 말했다.

"육주의 성주들이 움직이지 않는다면… 어려운 싸움이 될 것입니다. 신마성과 사대휴무종이라면……."

좌월도 걱정스럽게 말했다.

"육주의 성주들과 팔대무종은 결국 올 것이오."

탑살이 확신하듯 말했다.

"왜 그렇게 생각하십니까? 흑라의 시대에도 그들은 선장님께 홀로 바다의 싸움을 맡겼었습니다. 각자의 본거지에 들어앉아 자신들만의 안위를 챙겼지요. 그들은 믿을 수 없습니다."

함로가 불신의 빛을 드러냈다.

"이번에는 오지 않을 수 없을 것이오."

"다른 방법이 있으십니까?"

총관 좌월이 물었다. 독안룡 탑살이 함부로 미래를 예측하는 사람이 아니라는 것을 누구보다 잘 알고 있기 때문일 것이다.

그러자 독안룡 탑살이 서탁에 놓인 지도를 펼치며 물었다.

"그들이 온다면 어디에 상륙하려 하겠소?"

그러자 함로와 좌월이 육주와 파나류가 함께 그려진 세밀한 지도를 보며 잠시 생각하다 입을 열었다.

"아무래도 방어막이 없는 곳을 택하지 않을까요? 그러면서도 거리가 가장 짧은 곳이라면, 역시 육주 남부를 택할 것 같습니다만… 남화성이 몰락한 곳이기도 하고. 남화성의 성을 취하려 할 수도 있을 것 같습니다. 해안에서 멀지 않은 곳에 있으니."

좌월이 대답했다.

그러자 독안룡 탑살이 고개를 저었다.

"그렇지 않소. 그들은 아마도 송강 하구로 들어올 것이오."

"설마 그럴 리가 있겠습니까? 사해상가가 비록 상가라 해도 그들의 전력은 쉽게 안방을 내어줄 정도가 아닙니다. 사해상가가 부를 수 있는 육주의 성주들도 한둘이 아닌데……."

"그럼에도 불구하고 그들은 송강 하구로 올 것이오. 일단 사해상가를 손에 넣으면 육주에서의 장기전이 가능하기 때문이오. 다른 곳에 상륙한다면 보급이 어려워 자칫 고립될 수 있소. 그래서 무리를 하더라도 사해상가를 먼저 노릴 것이오."

탑살이 신중하게 말했다.

"음… 그럴 수도 있겠군요. 그런데 그래서 사해상가가 십이신무종과 육주 각 성의 성주들을 불러 모을 수 있다고 생각하시는 것입니까? 그게 가능할까요?"

함로가 어려운 일이라는 듯 되물었다.

"물론 그렇지는 않소. 사해상가에 그럴 만한 힘은 없소. 하지만 내가 보내는 서신을 보면 오지 않을 수 없을 것이오."

"어떤 서신을 보내시려는지요?"

함로가 물었다.

"난 팔대무종과 육주의 각 성에 과거와 같은 일은 없을 것이라는 서신을 보낼 것이오. 묵룡대선이 먼저 나서서 바다에서 적을 막는 일은 없을 것이라고 선언할 것이오. 날 움직이려면 그들이 먼저 움직여야 할 것이오. 그렇지 않다면 난 사대휴무종과 신마성의 마인들이 육주에 상륙하는 것을 막지 않을 생각이오. 팔대활무종과 육주의 각 성주들은 절대 그걸 원치 않을 것이오. 그들은 이 싸움이 바다에서 끝나기를 원할 테니까."

"…그런데 정말 그들이 오지 않으면 해전은 없는 겁니까?"

좌월이 물었다.

"그렇소. 단지 말뿐인 경고가 아니오. 주인들이 나서지 않는 싸움을 도맡을 생각은 더 이상 없소. 그건 흑라의 시대 한 번의 경험으로 족하오. 그들이 오지 않으면 묵룡대선도 움직이지 않을 것이오."

탑살이 단호하게 대답했다.

*　　　　*　　　　*

육주의 각 성과 십이신무종에 사대휴무종과 신마성의 전사들이 사자의 섬에 집결했다는 것과, 그들이 육주의 바다를 건너 대 원정을 시도할 것이란 소식이 전해졌다.

그들은 처음에는 독안룡 탑살의 그 엄청난 전언을 반신반의했다.

그래서 독안룡 탑살의 요구에 응해 송강과 대하강 사이의 초원에 전사들을 파견하려는 준비를 하는 세력은 오직 한 곳뿐이었다.

연이설이 이끄는 부활한 천록의 왕국만이 선발대 백여 명을 보내 탑살의 전언을 확인하는 한편, 정예 전사들이 파견되었을 때 숙영할 지역을 찾아볼 뿐이었다.

그 외 다른 세력들은 준비조차 시작하지 않았다.

하지만 바다에서는 달랐다.

해신성의 성주 궁마천은 수시로 왕의 섬을 오가며 바다에 대한 경계를 강화하고 있었다.

육주의 남쪽 바다를 지배하는 그만이 사자의 섬에서 들려오는 소식의 심각성을 몸으로 체감하고 있었다.

그렇게 소수의 사람만이 탑살의 경고에 반응하는 사이, 하나의 충격적인 소식이 육주에 전해졌다.

그리고 그 소식이 전해지는 순간 육주의 각 성주들과 팔대활무종이 급해지기 시작했다.

그리고 육주의 사람들은 어쩌면 자신들의 비옥한 해안가와 평야의 농지를 떠나, 삼룡대산맥이나 신화산맥 깊은 곳으로 피난을 가야 할지도 모른다는 두려움을 갖기 시작했다.

그 소식의 진원지는 육주 최고의 상가 사해상가였다.

쾅!

사해상가주 노백이 강하게 서탁을 내리쳤다.

우지직!

그 충격에 서탁의 일부가 부서져 내렸다. 그러나 그의 주변에 모여 있는 사해상가의 수뇌들은 어떤 말도 할 수 없었다.

노백의 분노가 당연하기 때문이었다.

대행수 풍주가 가져온 소식은 그야말로 사해상가의 뿌리를 뒤흔드는 것이었다.

최근 들어 노백이 심혈을 기울여 추진한 일, 사해상가의 재력 삼분지 일을 투입한 일이 처절한 실패로 끝난 것이다.

노백은 자존심을 굽히면서까지 파나류에 남은 큰 아들 노만에게 부탁해 금하강 철광산들 중 두 곳을 회복했다.

그리고 대상선 다섯 척을 보내 상품(上品)의 철을 육주로 실어

오게 했다.

그 철들이 도착하면 천록회 최대 상가라는 삼룡철가에 의해 잠식되던 육주 철시장의 지배권을 다시 회복할 수 있었다.

그런데 그 중요한 철을 실은 상선들이 모두 약탈을 당한 것이다.

사해상가로서는 치명적인 손실이 아닐 수 없었다. 노백의 분노 역시 당연한 일이었다.

"분명히… 사대휴무종이라 했느냐?"

다른 때라면 이런 식으로 하대를 할 수 있는 대행수 풍주가 아니다. 하지만 지금은 노백의 분노가 너무 커서 소식을 전한 풍주는 이미 대행수가 아니라 사해상가의 대역죄인이었다.

그런데 노백의 분노를 받아내는 풍주의 태도가 생각보다 담담했다.

"그렇습니다."

풍주가 침착하게 대답했다.

"그리고 너는 그 모든 것을 잃고 살아서 돌아왔고?"

"가주……! 그 일은 불가항력적인 일이었습니다. 그 누가 그 자리에 있었다고 해도 그들의 공격을 막을 수는 없었을 겁니다. 물론, 그런 일이 벌어졌으니 대행수인 제가 상선들과 함께 죽는 것이 명예로운 일이겠지요. 하지만 사해상가를 위해서 전 살아 돌아와 가주님을 만나 봬야 한다고 생각했습니다."

"…사해상가를 위해서? 네가 그런 변명이나 늘어놓을 정도로 한심한 인간이었던가?"

노백이 풍주를 비난했다.

하지만 풍주는 전혀 흔들리지 않았다.

"상대는 사대휴무종입니다. 그리고 십이귀선을 이끌던 무면귀 후탄이 그들의 선봉장이었습니다. 더군다나, 사대무종은 신마성 의 마전사들까지 끌어들였습니다. 이 세력을 사분오열된 육주의 세력들이 막아낼 수 있다고 보십니까?"

풍주의 물음에 노백이 다시 분노를 분출하려다 말고, 잠시 침 묵을 지켰다. 그러다가 서서히 표정이 변하더니 확연히 침착해 진 어투로 물었다.

"…그래서?"

"제가 살아서 가주를 뵈러 온 것은 제 뜻이 아닙니다. 죽으려 던 저를 살려서 가주께 보낸 것은 사대휴무종 종주들입니다. 그 들은 저를 통해 가주께 한 가지 제안을 하고자 했습니다. 저로 서는 적어도 그 제안을 한 번은 심사숙고할 필요가 있다고 생각 했기에, 굴욕을 참고 살아 온 것입니다. 특히 제 눈으로 그들의 세력을 확인했으니……."

풍주의 말에 노백이 다시 깊은 생각에 잠겼다가 물었다.

"강하더냐?"

"전선이 백여 척! 육주의 바다를 건너는 것은 무면귀 후탄이 있 으니 문제 될 것이 없을 겁니다. 사대휴무종의 고수 전부가 이 원 정에 참여할 것이고, 그 숫자가 오백을 넘습니다. 거기에 신마성의 정예 마전사 수천이 함께한다면… 문제는 육주의 동맹이겠지요."

풍주가 거침없이 자신의 의견을 말했다.

"육주의 동맹… 확실히 쉽지 않은 일이지. 독안룡 탑살의 경고 에도 움직인 곳은 부활한 천록의 제국과 해신성뿐……."

"해신성이 움직였습니까?"

풍주가 되물었다.

"음… 그들은 독안룡 탑살이 왕의 섬으로 온 이후 줄곧 그와 함께 움직이고 있다. 처음에는 독안룡 탑살을 견제하려는 의도인가 싶었지만, 시간이 지날수록 둘 사이에 모종의 거래가 있었던 것이 확실해지더군."

노백이 이제는 완전히 화가 사라진 듯 덤덤한 목소리로 해신성의 상황까지 설명했다.

"그렇다면 변수군요. 묵룡대선과 해신성의 연합이라면… 사대휴무종이나 신마성이 바다를 건널 수 없을지도 모르겠습니다. 예전 흑라의 시대에 한 번 실패를 했듯이… 더군다나 그때는 독안룡 홀로 무면귀 후탄이 이끄는 흑라의 대선단을 막아냈으니까요."

풍주가 상황을 판단하기 어렵다는 듯 말했다.

그러자 노백이 말했다.

"변수는 있다. 독안룡이 첫 번째 경고 이후에 삼 일 전 두 번째 서신을 보냈다. 다분히 협박이랄 수 있는 서신이지. 아마도 그때문에 팔대휴무종과 육주 각 성은 큰 고민에 빠졌을 것이다."

"협박이라면……?"

"신무종과 육주 각 성이 출병하여 앞서서 외부의 적에 맞서지 않겠다면 자신은 북쪽으로 물러가겠다고 하더군. 당연히 해신성도 남쪽으로 돌아갈 것이고. 곧 육주의 바다를 사대휴무종과 신마성의 세력에게 열어주겠다는 것이지. 그렇게 되면… 육주는 절대 그들을 감당할 수 없겠지. 그들에게 대항할 연합 세력을 구축할 시간조차 없을 테니까."

"무서운 협박이군요. 육주 세력의 공멸을 가져올 수도 있는……."

풍주가 고개를 저으며 말했다.

"사실 나라도 그럴 것 같아. 희생은 한 번으로 족한 거지. 더군다나 독안룡 탑살은 최근 무산해협 인근에 강력한 연대 세력을 구축했지. 자신의 근거지를 완전히 무산해협 쪽으로 옮긴다면 사대휴무종과 신마성이 육주를 정복한다 해도 그에게는 아쉬울 것이 없지. 그나마 이런 제안이라도 하는 것은 아직도 육주에 대한 애정이 조금은 남아 있기 때문일 것이고."

노백이 말했다.

"어찌 선택하시렵니까?"

풍주가 노백에게 물었다.

"그들에게 답을 줘야 한다는 뜻이냐? 이미 그들의 사람이 된 것이냐?"

자신의 결정을 강압하는 것 같은 느낌에 노백의 노기가 되살아났다.

"제가 어찌 감히… 다만 그들은 빠른 결정을 원하고 있습니다. 그들로서는 싸우지 않고 상륙해 거점을 만드는 것이 최선이니까요. 아니면……."

"아니면?"

"아마도 이곳, 송강 하구로 모든 전력을 몰고 올 겁니다."

"왜 이곳이지? 사해상가가 그리 만만해 보인다는 뜻이냐?"

"그것보다는 물자가 풍부한 곳이니……."

"보급을 안에서 해결할 수 있다?"

"그렇습니다. 그래서 본가의 철을 실은 상선을 공격한 것이기도 합니다. 그들에게도 철이 꼭 필요한 시기니까요."

풍주가 담담하게 대답했다.

말은 달리했지만 그 자신이 사해상가와 사대휴무종 사이에 위치한 사람이란 의도가 확연한 태도였다.

그런 풍주를 보며 노백이 분노를 거두고 빙그레 미소를 지었다.

"그렇단 말이지? 좋은 정보를 주었구나. 그들의 의도를 알았으니 육주의 성주들과 팔대활무종을 이곳으로 불러올 수 있겠구나. 더불어 그들이 움직이면 독안룡도 참전할 것이고… 후후후, 잘 살아 돌아왔다. 모든 정보는 쓰이기 나름이니 네가 가지고 온 그들의 제안도 역으로 이용하면 본가를 지키는 데 유용하게 쓰일 것이다. 이 전쟁에서 승리한다면 본가의 지위도 다시 회복될 것이고……."

"가, 가주……?"

생각지도 못한 결론을 내리는 노백을 보며 풍주가 당황한 표정을 지었다.

"왜, 내가 설마 넙죽 네가 가져온 제안을 받아들일 줄 알았더냐? 그건 곧 그들의 개가 되는 일인데? 어리석은 놈! 이놈을 옥에 가둬라. 당장 죽이고 싶지만 신무종과 육주의 성주들에게 사대휴무종의 움직임을 증언할 자가 필요하니 당분간은 살려둔다!"

노백이 얼음처럼 차가운 시선으로 풍주를 바라보며 명을 내렸다.

*　　　　*　　　　*

덜컹!

다시 빛의 정원으로 이어지는 문이 열렸다. 환영으로 가득한 길이 그 뒤에 있었다.

하지만 무한은 서슴없이 그 안으로 걸음을 내디뎠다.

"술사님!"

빛의 길로 들어서려는 무한을 사곤이 급하게 잡았다.

"왜요?"

무한이 사곤을 돌아보며 물었다.

"괜찮으시겠습니까?"

"뭐가요?"

"빛의 정원으로 이어지는 길은 환영으로 가득 차 있다고 하시지 않았습니까? 보통 사람이라면 그 환영 속에서 죽을 때까지 헤매고 다니다가 쓰러지고 마는……."

무한이 빛의 정원을 경험하고 나와서 한 말이었다.

"전 보통 사람이 아니잖아요? 이 정원의 주인인데요."

"하지만 공력이 모두 사라지셔서……."

사곤이 걱정을 덜지 못하고 불안하게 말했다.

그러자 무한이 웃으며 소매를 잡은 사곤의 손을 풀어냈다.

"걱정 마세요. 빛의 길은 공력으로 이겨내는 길이 아닙니다. 천년밀교의 법과 인연이 있는 사람에게만 열리는 길이죠. 굳이 말하자면 공력의 세계가 아니라 정신의 세계랄까… 더군다나 전 이 정원의 주인입니다. 사실 이 빛의 길에 있는 환영들을 해체하려면 할 수도 있어요. 하지만 굳이 그럴 필요가 없는 거죠. 이곳의 환영은 더 이상 제게 어떤 위협도 되지 않으니까요."

"그런… 겁니까?"

사곤이 안심이 된다는 표정을 지으며 무한의 소매를 놓았다.

"나오려면 얼마나 걸릴지 알 수 없군요. 어쩌면 아주 오랫동안 기다리셔야 할 수도 있습니다."

무한이 사곤과 용노, 그리고 이공을 보며 말했다.

그러자 용노가 장난스레 답했다.

"기다리는 거야말로 우리의 최고 장기지요. 평생을 기다린 사람들인데요. 걱정 마십시오."

"하하, 그런가요? 그럼 걱정 없이 다녀오겠습니다. 저도 게으름을 피우지는 않을 겁니다. 서둘러 나와야 할 이유가 많으니까요."

무한이 그렇게 작별을 고하고 빛의 정원으로 이어진 길로 들어섰다.

구르릉!

무한이 빛의 길로 들어서자마자 거대한 석문이 닫히고 문밖의 세상은 다시 어둠으로 변했다.

『사자의 아들: 칸의 여행』 12권에 계속…